白领江湖

玉壶冰心 ◎ 著

重庆出版集团 重庆出版社

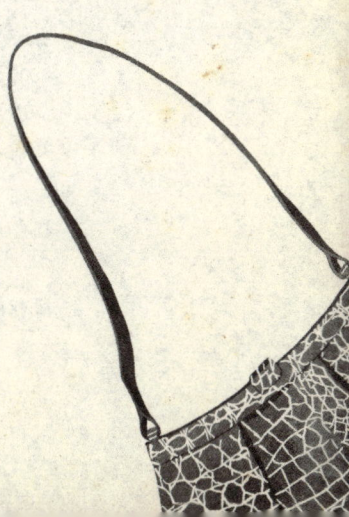

图书在版编目（CIP）数据

白领江湖 / 玉壶冰心著. —重庆：重庆出版社，2009.7
ISBN 978-7-229-00802-4

Ⅰ. 白⋯ Ⅱ. 玉⋯ Ⅲ. 长篇小说—中国—当代 Ⅳ. I247.5

中国版本图书馆 CIP 数据核字（2009）第 094950 号

白领江湖
BAILING JIANGHU

玉壶冰心　著

出　版　人：罗小卫
统筹策划：温远才　李　媛
责任编辑：温远才　李元一
装帧设计：回归线视觉传达

重庆出版集团
重庆出版社　出版

重庆长江二路 205 号　邮政编码：400016　http://www.cqph.com
北京嘉业印刷厂制版印刷
重庆出版集团图书发行有限公司发行
E-MAIL：fxchu@cqph.com　电话：023-68809452
全国新华书店经销

开本：787mm×1092mm　1/16　印张：13　字数：200 千字
2009 年 7 月第 1 版　2009 年 7 月第 1 次印刷
ISBN 978-7-229-00802-4
定价：22.00 元

如有印装质量问题，请向本集团图书发行有限公司调换：023-68706683

版权所有　侵权必究

白领江湖
THE WHITE COLLAR'S
RIVER IS PASTED

目录 contents

一　崭露头角

1　第一道曙光　　/1
2　寓言故事　　/3
3　"我们都可以是朋友的！"　　/4
4　只有香如故　　/7
5　似是故人来　　/9
6　一人一个梦想　　/11
7　神秘"狮子王"　　/13
8　办公室"艳照门"　　/15
9　意味深长的饭局　　/16
10　何处不相逢　　/18
11　棋子的舞台　　/21
12　机会　/24
13　"绯闻"　/26
14　一手遮天的颜悦　　/29

15　尹家胥讲故事　　　　　/34

16　下决心要学会　　　　　/36

17　吵起来了　　　　　　　/40

18　"海鲜"大餐　　　　　　/43

19　"艳遇"　　　/48

20　"这就叫办公室政治！"　/53

21　珍惜相识这份缘　　　　/55

22　走马上任　　　　　/58

二　珍惜机遇　殚精竭虑

23　粉墨登场，左抵右挡　　/61

24　两个辣妇，一地鸡毛　　/64

25　本是同根生　　　/68

26　隐秘的情感　　　/71

27　VIP风波　　　　/75

28　颜悦的使用价值　　/78

29　狗仔精神　　　　/80

30　甲之砒霜，乙之蜜糖　　/83

31　席文来了　　　　/87

32　"人家缇香对您也可以了"　/90

33　变脸　　　/95

34　吕倾辞职　　　　/98

35　席文的推荐　　　/100

36　被质疑　　　　　/102

37	牙拣翅风波	/105
38	送你一束勿忘我	/108
39	失落	/110
40	如履薄冰	/113
41	家庭危机	/115
42	李琳辞职	/117
43	职场如茶	/120

三　金枝欲孽　黯然伤怀

44	培训计划	/126
45	"皇帝娶了个妃子！"	/129
46	"我才不管你的敏感呢！"	/132
47	大梦初醒	/135
48	拙劣的计谋	/138
49	"缇香，你得努力了！"	/141
50	"哦，你可千万别称我师傅！"	/143
51	工作就是接圣旨	/146
52	"杨修之死"	/149
53	间谍007	/151
54	欲盖弥彰	/155
55	步步紧逼	/159
56	阴谋浮出水面	/161
57	相忘于江湖	/164

四 忆往昔得失淡然 拼未来笑对浮沉

58　不妨做只忍者神龟　　　　　　/168

59　缇香的职场博文之一：埋头苦干，却不得老板欢心　/172

60　缇香的职场博文之二：该走的时候不必留　/174

61　缇香的职场博文之三：办公室小人招招破　/176

62　缇香的职场博文之四：遭遇事必躬亲的上司之后……　/178

63　缇香的职场博文之五：上司形象面面观　/179

64　缇香的职场博文之六：远离职场尴尬，不做边缘人　/181

65　缇香的漫漫求职路　　　/182

66　望"月"兴叹　　/186

67　缇香的宅女"生涯"　　/189

68　柳暗花明又一村　　　/190

69　不期而遇　　/192

70　尘埃落定　　/194

71　相逢一笑泯恩仇　　　　/198

主要人物表

缇香：财务部应付账款主管，后升职为成本控制部助理经理
尹家胥：财务总监
辛枫：财务副总监，后调往外省
付蓉：财务经理
冯恬：助理财务经理
陆博：财务部应付账款文员
向姝：财务部应付账款文员，后调职为成本控制部文员
彭安飞：财务部收入审计主管，后辞职去外省酒店
颜悦：财务副总监
林松：成本控制经理
毛丽：成本控制主管
李琳：成本控制部收货员，后升职成本控制主管
吕倾：成本控制部文员
席文：长春曼珠莎华酒店成本控制经理
陈言：成本控制部文员
卫晨：成本控制部文员
卓环：成本控制部收货主管
郑强：成本控制部仓库主管
陶欢：采购部经理
孙元：采购员
艾琳：销售总监
尹敏：财务总监秘书
元冰：餐饮部行政总厨
齐智：润泽酒店总经理
宫先生：润泽酒店人力资源部经理

白 领 江 湖
THE WHITE COLLAR'S
RIVER IS PASTED

一 崭露头角

1 第一道曙光

每一个职位的更替都会在看似波平浪静的办公室掀起阵阵涟漪，更何况是举足轻重的财务总监了。

这天，当缇香刚推开办公室门时，恰好和马来西亚总监、香港来的新财务总监一前一后的身影撞到了一起。她愣了下，有点尴尬地闪在了一边，扶着门让他们先出去。下意识地回头，恰好和新财务总监尹家胥的眼神不期而遇。她微笑着问候他："尹先生，您好！"他也回她友善灿烂的一笑："你好，缇香。"真没想到他一下子就叫出了她的名字，缇香心里莫名兴奋了起来。

缇香在这家享有国际声誉的五星级酒店耕耘数年，始终郁郁不得志。本来马先生离开前都答应给她升职了，但被财务经理付蓉和财务副总监辛枫给否定了。这个穿着飘逸风衣，走路如风，目光炯炯的新总监，让她突然间升腾起一股一定要擦亮他眼球的豪情。

尹家胥的到来使办公室里好多人都活跃了起来："粉丝团"拭目以待，"评审团"冷眼观望，普通观众当然是左右摇摆。有说他"英气不足，愚气有余"的，有说他"卖相还不错，就是海拔有点低"的，而老板的秘书通常都是总结性发言："看上去，观赏性和价值性要比上一个强，不过，似乎娱乐性欠缺些，案头工作比较多。"于是，大家都翘首以待。

每个老板在临走的时候，都会提拔一批人，可最后的结果似乎并不能令人心悦诚服。

看着新上来的整日居高临下，发号施令的样子，大家竟联名上书，请"明君"重整河山再选才，还纷纷找各种时机向尹家胥倾诉前任老板马先生的偏袒嗜好，都被他一口否决，说没收到投诉信。"泼出去的水了，我要对她们负责任。"看来挺怜香惜玉的，显然没什么是非观念。

于是，有成群结队到他办公室要求加薪的，有抱怨自己怀才不遇、渴望慧眼识英雄的，再加上地方行政部门接二连三的查账、罚款，让本就人生地不熟的尹家胥更加焦头烂额，一筹莫展。来了没几个月，就休起了年假，去加拿大了。

等尹家胥回来后，缇香将一张纸条递进他的办公室："尊敬的老板，请允许我冒昧地问一句，还记得您刚来时答应我的升职吗？也许您认为我不重要，但是您不可能认为应付账款工作不重要。"休完假后神清气爽的尹家胥看了后又好气又好笑，等级森严的五星级饭店，竟然有如此敢和上司叫板的员工。他将纸条完璧归赵，怎样递进来的就怎样由秘书递出去。他透过百叶窗，颇感兴趣地往外看着缇香的表情：缇香看到那张纸条竟然连点回复都没有，就生气地抿了抿嘴唇，冲他办公室狠狠瞪了一眼。他笑了，觉得这个女子蛮有意思。

他其实刚来就注意到她了：着清一色制服时她毫不出众，但一穿上时装，整个人就灵动飘逸起来，黑色公主衫的领口一圈轻柔的蕾丝，真丝阔脚裤，裤角是镂空的，很典雅也很时尚的花朵就在上面若隐若现，踏着浅红色古典鞋面的现代凉拖，袅袅娜娜处，挥洒起清香一缕，淡雅宜人。她办公桌上摆着香水瓶，项链坠也是香水瓶，面对他的疑惑，她似乎是很轻描淡写道："不爱香水的女子没有未来。"说完后，手指又噼里啪啦地输起了凭证，她很努力。

他终于还是给她填了升职书。她笑道："感谢你慧眼识英雄，没有误人子弟。"他又是一愣，忍不住拍了拍她的肩膀："你呀，你呀。"

缇香掩饰不住自己内心的喜悦，还没等她走回座位，就被尹家胥的副手辛枫叫到了办公室："恭喜你！缇香。"虽然，城府颇深的他打心眼里不想接受这个事实。

尹家胥和辛枫合作一点也不融洽，因为辛枫是前任老板马先生提拔起来的，而且大多数的人也都挺倾向于前任。虽然马先生在任的时候，是"半江瑟瑟半江红"，但他不是尹家胥这种类型的，在为人随和而精明的他手下工作，强度和压力都不大，比较符合人们知足常乐的心态。所以，"工作狂"尹家胥缺少为他死心塌地卖命的人。

2 寓言故事

新上任的财务经理付蓉及助手冯恬在同事沸沸扬扬的不服声中,坐上了梦寐以求的职位。虽然,在这间办公室里,比她们两人出色的大有人在。可是,就"领导基础"而言,却无人能与她俩相提并论。

工资主任伊洁很不服气,他问副总监辛枫:"请问我们公司升职加薪的标准是什么?"辛枫不苟言笑,斩钉截铁地说:"老板喜欢谁就给谁升职,老板看好谁就给谁加工资。"她气得推门而出。

尹家胥刚来没多久的时候,就开会申明:"请大家把精力都用在如何将工作做好上,而不要想着怎样讨好我,期待得到老板的青睐。若有人送我礼物,不准超过20元钱,否则,我拒收,大家都会尴尬……"缇香看着他说这些话时的威严表情,蓦然间想起了早年看过的香港电视剧里那个总是一身正气、双目炯炯的明星刘志荣,感觉他仿佛就是带着正义的光芒而来。

尹家胥天天早出晚归,工作起来严谨有序,待人有修养,总是笑眯眯的,还会问候经常加班的同事。

尹家胥将丢在走廊里的一块布草捡回,叮嘱秘书把它交到客房部,堂堂财政大臣,爱护公司财物到如此一丝不苟的程度,让人肃然起敬。

尹家胥和他的太太请大家吃饭。席间,他谈笑风生,尽力缩短员工和老板之间的距离,还笑说喜欢听梅艳芳的《似是故人来》。

尹家胥鼓励大家多学习,争当才子才女,还把缇香发表的文章用透明胶粘得整整齐齐的,签上他的名字,贴在布告栏上。同事笑曰:"他现在真是力捧'文人'缇香啊!"

细节显示:跟着他干,正直的人会有出头之日的。渴望拨开云雾见晴天的人们,期待着他的慧眼识珠。

可是,集团每年一次举行的员工满意度调查,财务部口碑竟是全集团最差的。辛枫领着大家讨论,暗示了很多对尹家胥不利的话,没有人吭声表示反对。缇香挺为尹家胥不平的,说尹先生来了还不到半年,结果不好,并不能把责任都推到他身上。工资主任认为她说的很有见地,但大部分人却微笑不语。

尹家胥要"文人"缇香帮他写文件,缇香欣然应允,写到高兴处,竟然要朗诵给尹家胥听听。他瞪着黑框大眼镜包围下的大眼睛，听她声情并茂地读完文件后，她却话锋一转，很诡秘地笑道："我写得太枯燥了，讲个故事调剂一下，可以吗？""可以啊。"尹家胥颇感兴趣。缇香娓娓道来："从前，有一只老虎，看上了一户人家的女儿。女孩的父亲害怕老虎的威严，便说如果它能把牙拔掉，就同意把女儿嫁给它。老虎照做了，可是，谁还会再怕它呢？""我不会拔掉我的牙的。"尹家胥很敏感。"你有'牙'吗？"缇香笑着反问。他似乎若有所悟。

他是聪明睿智的一个人，而缇香也渐渐感觉到了他对她的欣赏，所以，渴望被伯乐识马的心理也激励着她暗示他，要注意维护自己的权威，不要被别有用心的人破坏了自己的威信。

见她的故事引起了他的沉思，缇香又诚恳地对他说："我做应付账款这个职位太久了，从技术、知识上讲，我并不比冯恬和付蓉差，可她们机遇比我好得多。我不想和别人争木已成舟的事情，就让她们去航行吧。我也不想成为焦点。如果可能的话，我希望换个部门，到别的岗位去锻炼。"尹家胥快速地上上下下打量着缇香，突然间，她听到有人进来的声音，马上转移了话题，脸部表情也活泼了起来，"林志玲30岁了还能大放异彩，张爱玲说出名要趁早……"

进来一个人，匆匆问了问题后离开。关门声响过之后，缇香清了清嗓子："职场上的女人就得找准机会主动出击，这样才会有未来。"

"好，我记住你的请求了。赶紧下班吧。"他面无表情地下了逐客令。缇香以为她的行动很失败，尹家胥却从心里欣赏她的胆大心细。

国际饭店财务部，本就群芳争艳，纵然缇香"无意苦争春"，可是"树欲静而风不止"。财务经理付蓉和副总监辛枫两人都是她的上司，他们绞尽脑汁地来挤对她，所以，缇香的另辟蹊径并非无缘无故。

3 "我们都可以是朋友的！"

缇香病了，不停地咳嗽，下班后将请假申请单递到付蓉桌子上，付蓉冷笑着递还给她："你一大堆活还没干完呢，休什么休？"还没等缇香解释，

辛枫的呵斥又来了，她不得不再微笑着听辛枫的冷嘲热讽：说她报表错得一塌糊涂，不及时完成工作是应该开过失单的，看在尹家胥的面子上，这次先免了，下不为例，但是今天无论到几点，是一定要把这些报表都做出来的。

缇香接过他手中的一堆资料，无言以对。

沉默着做完这些重复性工作，她已经非常疲惫，打了辆出租车，昏昏沉沉得都要睡着了。

回到家，她打开电脑，思忖片刻，索性破釜沉舟，她把自己当成了一个赌注，看看是否能赢得老板的心。

尊敬的尹先生：

您好！

天下没有不散的宴席。曾经有无数次在去与留之间徘徊，终于还是把自己的心留给了工作。有时候，不是我不相信您，而是我不相信我自己，我不知道自己的承受力究竟如何。况且，为一些无聊的小事费神真是不值得，为一些马上就知真相的事情去请求正直的人的评判也实在不是成年人该做的事情。何苦为难别人呢？我可以把所有的往事都当成是"俱往矣"，但别人可以吗？真的是没有什么理由可以这样对我刁难的，我有时都不明白自己之所以有这样的处境是因为自己太厉害了还是太不厉害了，也许是兼而有之吧。但是，该努力的我依然不会放弃，我早已明白有些心肠其实是无法感动的。能够在职场上相逢本是人与人之间很深的缘分，何苦演绎出一些无聊的麻烦。我厌倦了这样与邻为壑的气氛，即使我有魄力有智慧去应付。我向来是一个不怕邪恶的人，我不能被人打了一巴掌再把整张脸都凑上去，我没那么贱。我知道自己凡事要以大局为重，人不可以太自私，但即使有能挑重担的机会，我也准备退场了。除了有一颗兢兢业业工作、孜孜不倦追求的坦诚的心，我真的是别无所长了。每个人的付出有目共睹，每个人的心迹日渐清晰，如果我的失败能为别人带来一些启示，让他们不要再有我这样的尴尬，我也就没有什么可以遗憾的了。

选择这样的方式实在是迫不得已，因为我不知道面对着您时我该如何开口。即使我心在流泪，我也要面带微笑；即使我泪流满面，我也会独自地默默流泪。可是，人非圣贤，谁又能保证让自己时时刻刻都心平如镜，心如止水呢？

　　曾经我问过您，如果有一天，我决定离开，您会怎样？您会挽留我吗？现在，我已经无可奈何地决定了这一天，您是否还是给出相同的答案呢？

　　我知道您是一个凡事以工作为重、曾经力挽狂澜的老板，对您的帮助与鼓励我会铭记在心的，对我所带给您的麻烦我也很歉意地说一声抱歉了。

　　如果说有遗憾也是一种美丽，那么我将接受这份遗憾的美丽，毕竟还有太多值得我回忆、值得我珍藏、值得我思索的事情。何况，一个普通员工的去与留、荣与辱对于一家公司来说，实在是无足轻重的事情。我来这里是工作的，可是，我离开的原因不是因为我的工作。

　　痛下决心，流着眼泪，缇香将这份辞职报告发到了尹家胥的邮箱里。而明天中午，尹家胥就要坐飞机出差了。

　　第二天早晨一上班，尹家胥就看到了缇香的那封辞职信。他有片刻的诧异，太突然了，虽然他来之后，微微能感觉到缇香的被压制，但是他也发现了她面对问题时相当不错的领悟力，他认定她是个工作上很有灵气与潜力的女子。

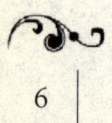

　　尹家胥迫不及待地将缇香叫进了办公室："缇香，我知道你面临着挺大的压力。记得我以前的时候呢，看过一本书，书上说如果人有压力的时候，会有一些调剂压力的方法。""是啊，我觉得我就挺会自我调节的，有压力的时候我就听听音乐，逛逛街……""哦，我说的不是这种压力，算了，不谈这个话题了，你生病吃药了吗？"缇香点点头。"身体健康很重要，你要吃抗生素。"缇香愣了愣，刚看到报纸上讲不能乱吃抗生素。"不，那样对身体不好。"她摇摇头。"不吃药怎么能好呢？"缇香不想再在这个话题上绕下去了："尹先生，我真的是已经好了，谢谢您这么关心我，我对老板永远只是倾慕与欣赏。""缇香，谢谢你这么坦诚，其实，我们之间都可以是朋友的，你也不要觉得是麻烦了我，我还要谢谢你支持了我的工作。既然我们对彼此的印象都是那么的好，你为什么要离开呢？好，就要合作下去，在这间办公室里，你是帮我的人，帮我的，我是不会让她走的，我要培养她。请你留下来，你除了会会计，还会写文章，你是有特长的人。"

　　望着他恳切期待的眼神，听着他语重心长的肯定，本来就心有留恋的她，

一走了之的决心顷刻间便瓦解了，也真正相信了他是真心赏识她的。

"可是，尹先生，您这样做，值得吗？""值得。"他斩钉截铁地说。"我愿意留下来，可如果他们再这样刁难我，我是不会客气的。人应该善良，但善不可欺。"缇香仍心潮难平地倾诉着。他并不觉得厌烦。"嗯。如果他们再欺负你，我就开一个'文人'论坛，把他们都论倒。"他做了个挥斥方遒的手势，她忍不住笑了。

见缇香点头应允后，尹家胥似乎长舒了一口气，放心地提起旅行包走了。

当缇香走出办公室时，一种酸酸的笑浮现在付蓉那张修饰得精致漂亮的脸庞上。

4　只有香如故

"缇香，你该减肥了。"尹家胥笑着打量正往门外走的缇香。商务中心的经理正在财务部复印，也和他搭讪："哦，尹先生，您现在还是很忙吗？""不像刚来时那样忙了，因为有缇香帮我了。"他含笑望着缇香的背影，挺有点炫耀的意味。

尹家胥和辛枫的不和从一开始就已露端倪，经常听见他在办公室里高呼辛枫的名字，缇香的位置正好可以看得见辛枫的表情，就见他恨恨地嘟囔了句什么，继而挺不情愿地站起来，面红耳赤然而笑容可掬地走进办公室，却又和急匆匆找他的尹家胥撞个满怀。于是，大家就看见一高一矮的两个人对峙着，一个很恼火，一个很尴尬。

一次，参加同事的婚礼，大家嬉闹着将白酒、红酒、水果等搅和在一起，辛枫就笑着说："看，本是渲染气氛吗，可 Mr.Yin 竟说这样卫生吗？"他那表情很夸张，潜台词就是——整个一书呆子。他知道缇香是很尊重尹家胥的，就又讥笑地看了她一眼。

辛枫很聪明，很会来事儿，英语也很出色，要不，也不可能不是科班出身就坐上财务副总监的位置。也许，是缇香的科班出身，也许是她表现出的对尹家胥的敬佩，也许是尹家胥总是有意无意地夸她，更或许是尹家胥的挽留，更让他们感觉出了缇香存在下去对他们的威胁，辛枫和付蓉依旧对她百般刁难。

同事去国外旅游了，缇香被安排帮助他工作一段时间。下班了，见外面大雨滂沱，索性继续回办公室干活。

第二天，缇香填了份加班申请表，付蓉那张漂亮的脸立刻阴云密布："你不申请就加班我是不会批准的，你已经好几次了，我告诉你，我对我所有的员工都一视同仁。"说完这话，眼角瞥向尹家胥的办公室。"我让你签是尊重你，难道你要让你的老板来管这种小事吗？"缇香也不甘示弱。"谁让你去找老板了！"付蓉声音忽然间高了八度。缇香也不由地笑了："我说，你是不是有点气急败坏了，你当自己是个老板啊，你有几个员工呀，我祝你早一点当老板。"

辛枫从办公室探出那张故作深沉的脸，把付蓉唤进去，就见她在里面慷慨激昂，终于一诉衷肠了。不一会儿，缇香也被叫了进去。"说我不事先填加班申请是违反制度，为什么不说我加班是为了什么呢？"辛枫一愣，拍着桌子说："我告诉你，你们两人不要整天争风吃醋了。你以后说话要小心一点了，你不要整天光想着出风头。"缇香气得脸绯红："辛先生，请不要亵渎曼珠莎华这家公司在我心中圣洁的地位，我的水平，还达不到争风吃醋的层次，风头更谈不上，珍珠放在角落里也难掩光华。"付蓉又进来了："她刚才还说我是个小人。"缇香反唇相讥："你那么有自知之明呀。"辛枫阴笑着说："缇香，你摸着你的良心说，你刚才说什么了。""我当着他把话跟你讲清楚，水平高低的问题咱先不谈，你现在的位置是比我高的，你就拿出点高水平来给我们看，我不会和你争任何的东西，有些东西，靠争是争不来的。我喜欢水到渠成，心安理得。"付蓉杏眼圆睁："你也不要把别人看得都没水平。"缇香笑得灿烂又马上收敛住："水平高的人从来都不说自己水平高。我说话自会有分寸，不用谁来教训，写首古诗念给你们听吧。水平都是那么高，不会听不懂吧？"

她龙飞凤舞地在辛枫办公室的黑板上写着，边写边掷地有声："无意苦争春，一任群芳妒，零落成泥碾作尘，只有香如故。"

走出办公室，有同事跟缇香开玩笑："天呢，简直就和看动画片一样，你高昂着头，一会儿迎击这边，一会儿又迎击那边。然后，大步流星笑容满面地出来了。"缇香也跟着苦笑："哎，你说我能怎么办呢，树欲静而风不止。"

奇怪的是,刚才还看见尹家胥在办公室坐着,转眼间却不见了。缇香气愤地跑进伊洁办公室,见她惊慌失措的样子,伊洁也很吃惊地问:"怎么了?""我一定要找尹家胥把事儿理清。"她默默地看了看缇香,不置可否。

尹家胥回来了,他把缇香叫进办公室,借一件别的事情暗示她:"世界上什么样的人都有,你确实要小心一点了。"这算什么话,是安慰还是提醒呀,在需要一个老板为员工主持正义的时候,这边针尖对麦芒地势不两立,他那边却置身事外了。

事还没折腾完呢,意犹未尽的付蓉又拿着缇香做的账开始找茬了,然而,尹家胥不苟言笑地说:"这只是个小问题吧。"然后,他打开他的电脑,指着屏幕说,"我要把这里的黑的全变成白的,你可不可以告诉我应该怎么去做?"

5 似是故人来

传说一个局长的女儿要来财务部,是总经理的关系。采购部经理陶欢几次进进出出尹家胥的办公室,隐约听说陶欢无论如何不答应把那个人安排到她们部门。谁都知道,采购部是个敏感部门,小巧玲珑的陶欢是个相当精明的女子,她怕安这么个关系在这,会给她捅出事情来。

再后来,又听长得像言承旭的收入审计主管彭安飞说,要安排到他们那里学运作。

这天,缇香正这边发着传真,那边打着报表,手上往电脑里输入着凭证,尹家胥笑容可掬地走过来:"缇香,安排一个人到你这来。"她一愣,心里莫名其妙涌出一种反感,心想,为什么尹家胥总是把一些难题推给她呢,他怕安个关系在这给他惹麻烦,收入审计组要上早班,采购部经理又不听他的,就想让缇香接下。"尹先生,我已经很忙了,您觉得我还有时间再带新人吗?"缇香苦笑着问他。他眉头一皱,很不开心的样子:"我知道你能干很多事情的。"缇香无奈地摇了摇头。

女孩子来上班了,皮肤白白的,很文静、很秀气的样子,缇香忽然有种一见如故的感觉。"你多大了?"她笑着问她。"24岁,我叫向姝。"她很大方地回答。"唉，我比你大了很多啊。""是吗，可感觉你跟我差不了多少似的。"缇香开心地笑了，真是个会说话的女孩子。

她顺手拿起缇香面前的杂志，小声念着封面的文字：馨香蕴情，是我们的韵致；孜孜以求，是我们的风格；再接再厉，是我们的追求；高瞻远瞩，是我们的向往。"这是我写的我们饭店杂志的刊首语。""是吗？"她挺惊讶地说，"有奖励吗？""精神鼓励。"缇香笑了笑。

下班了，众人陆陆续续地往外走着，尹家胥出来把向姝叫进办公室。缇香留了张纸条给向姝：向姝，你好！我今晚有事，就不等你了。总感觉和你特别有眼缘，希望我们合作愉快，我将我的QQ号留给你，有空我们网聊。

第二天，向姝告诉缇香："缇香，我觉得尹先生好像对咱这的同事并不是很满意。""是吗？"缇香表示惊诧。"但他对你就很满意。感觉他挺喜欢你的。"缇香轻笑了声，心里隐约有点惬意，谁不希望被上司喜欢呢。"可能是傻得可爱吧，光知埋头苦干。"她又自我解嘲般低语了句。"他说这个办公室里有很多不好的现象，让我不要跟着学，让我跟着你多学点知识。"

缇香没想到尹家胥竟给她招起了"粉丝"，心里有点激动地回了办公室，刚坐下，发现办公桌上突然多了瓶CD的香水，是向姝送的，"REMEMBER ME"。她是个酷爱香水的女子，拒绝不了，便喜笑颜开地问向姝："你怎么知道我一直用CD啊，你最喜欢什么品牌呢？"向姝见自己的礼物深得缇香欢心，也挺欣慰，却并没有回答缇香的问题。

此后，两人经常如影随形，缇香也逐渐感觉到向姝有着和同龄人相比少有的冷静与领悟力。有次，跳绳比赛，看见总经理一个人站在赛场中央，可能大家都太全神贯注于比赛了，没有人上去搭讪，竟让他的身影凸显了一份孤寂与冷清。"真是高处不胜寒啊！"向姝突然间冒出这句话，缇香更加对她刮目相看了。"太恰当了。"两人不由相视而笑。"所以，我不喜欢拼到最后，却孑然一身的结果，太累了。"向姝突然间冒出了这样一句话。"是吗，可是我喜欢，不拼一拼怎么知道自己究竟能到达哪个高度呢，不过，我还喜欢另一种境界：众里寻他千百度，蓦然回首，那人却在灯火阑珊处。"缇香意犹未尽地说。"缇香，没想到你不仅能干，还挺浪漫挺诗情画意啊，真让我羡慕。"向姝由衷地说。

6　一人一个梦想

曼珠莎华是一座国际五星级饭店，明星们常常光顾。缇香有一天坐员工电梯到三楼去送资料，却没想到一下电梯就见到了大名鼎鼎的刘德华，比电影上瘦小了些，真是相当的帅气，彬彬有礼的样子不像是明星，还主动和路过的员工打招呼。缇香边走边听路过的同事们议论着："是不是怕人围观啊，怎么竟和我们一样走员工梯呢？真是很低调。"缇香还第一次这么近距离地看大明星，因忙着回办公室，匆匆看了几眼就走了。

刚回办公室就被尹家胥叫了去，让她帮着写乒乓球比赛的宣传词，还限定她30分钟内交卷。看着他得意洋洋的样子，缇香觉得又好气又好笑：怎么男上司有时候就像小孩子一样啊，就好像她写不出来一样，有什么呀！

她不一会儿就写完了。尹家胥的文学水平实在有限，都读不成句，缇香边笑边大声读给他听：人生最大的荣幸莫过于与高手相逢，人生最大的乐趣也是战胜高手，输赢皆显风采，过招频露智慧，含蓄虽是风格，酣畅才显激情，爱拼才会赢。等缇香抑扬顿挫地读完抬起头来，看到尹家胥的表情透露出说不出来的震惊。他确实没有想到，这个看似斯文的女子，有时候的爆发力还真是挺强的。他是从心里欣赏她的文采。他让她把大家都招集到办公室来，说说乒乓球邀请赛的事儿。

听着尹家胥一本正经地号召大家一定要拿冠军的诙谐语言，缇香和向姝忍不住地相视而笑。再看看尹家胥说着说着竟又开始在纸上写了个成语，号召大家要齐心协力，争取比赛胜利的兴奋样子，缇香真是乐不可支了。先不说用词是否恰当，单是写都写错了，"集腋成裘"竟然写成了"集液成球"。

大家都被老板的好情绪感染了，刚各就各位去准备工作，尹家胥的八卦精神又来了。"你们想不想看刘德华啊，中午大家可以去当一下粉丝了。"缇香蓦然间想起来，还没等和向姝说，向姝就挺神秘地对缇香说："刚才我同学来电话了，他说他晚上要和刘德华一起吃饭呢，我让他帮我要个签名。""是吗？"缇香半信半疑。"是啊，我同学他爸爸是副市长。"

等到缇香他们到了香厅，哪有天王的影子啊。本来缇香也是去凑个热闹，可向姝却看上去颇为失落,还说她有个小学同学现在是家喻户晓的"万人迷"了,哪个女孩没有做明星的梦想呢,昙花一现也好啊。她感慨着。缇香就说:"你现在多好啊,找个能帮你实现梦想的男朋友不就行了吗?爱情也是改变生活方式的一种途径啊。""是啊,我男朋友答应过,说会帮我实现这个梦想的。只是,我总觉得我和我男朋友不是一类人,他那个人啊,太急功近利了,整天只闻其声不见其人。"

缇香笑了笑,想想自己当年关于爱情的伟大梦想,现在又实现了多少呢?爱情本身也许就是一个梦吧,就像她自己偶尔写的那些浪漫的文字,里面情深义重的男主人公,还不都是她杜撰出来的,虽说她已是围城中人,但性情浪漫的她,偶尔午夜梦回的时刻,脑海也会浮现出梦中情人的朦胧面容。

第二天上了班,缇香还不忘看看"天王"的签名到底是什么样子的,向姝呵呵地笑着拿出张纸,只见绿色荧光笔写了个宛如标点符号的东西。"这写的是哪国文字啊?"缇香撇了撇嘴。"我同学骗我的,他哪里和天王一起吃饭了,不过,这个签名真是个香港明星的,是郑伊健的。""是吗?我对他不感兴趣。和二琪谈恋爱的那个是吧,男人不守承诺叫什么男人呢。出尔反尔的,特没劲。"缇香鼻孔里哼了一声。

晚上,缇香上了自己的博客,将与"天王"刹那相逢的片段写了写,还不忘调侃下明星签名:当时某位明星来这里的时候,众人蜂拥而至,明星忙得都签不过来,于是一位总监级人物就亲自出马,收齐了本子一起交给明星,粉丝们拿到后简直是如获至宝啊,可那个总监却在偷着笑他们傻得出奇,粉丝们孜孜以求的那个签名,其实是那个房务总监的签字。讲完了这个笑话,缇香总结道:这个总监是有点亵渎粉丝们的感情了,有点欠扁,可是,一个签名至于那么狂热吗?追星,就多欣赏他们给我们带来的那份精神上的愉悦感就可以了。

她发上去没多长时间,就看到博客后面有个署名"狮子王"的人的留言:博主还真是有眼福啊,能一睹"天王"风采还没被电倒,想来定是个心境不俗的女子。夸完后又来了段诗句,似乎是和缇香的观点有着异曲同工之妙:天上的星星之所以美丽,是因为我们不了解他们的私生活……

缇香眼睛一亮,她其实是边听着刘德华的歌边写博客的,明星的魅力

还是颇让人回味的，但她仍挺感激这么晚了还有人给她留言，于是她幽默地回复了一句：感谢"狮子王"大驾光临！

7 神秘"狮子王"

　　一连几天，缇香都发现，自己的博客竟成了"狮子王"的森林了。特别是缇香在博客里叹息股市动荡，"狮子王"竟然留言达几千字，从股神巴菲特的预测谈到了国内的经济形势，还有他自己炒股票的经历，看得缇香都有点眼晕，这真是个超级热心人啊。忽然想到，尹家胥也在炒国内的A股，他的星座就是狮子座，难道会是他？转念一想，又很快否定了自己的猜测，尹家胥的中文水平没这么高。

　　她对神秘的"狮子王"充满了一种惺惺相惜的感觉，竟觉得一天不更新博客就挺对不起"狮子王"那些长篇的留言似的。

　　她把自己的疑惑告诉了向姝，QQ那边的向姝很快发给她一大捧正在次第开放的玫瑰花，然后又发了个偷笑的表情，终于打上了一行字："我替那个狮子座男人送你玫瑰花，我想他是爱上你了。""怎么可能，我可不相信素昧平生的两个人通过网络就能恋一块儿去，太虚幻了吧，我看似感性其实骨子里蛮理性的。"缇香为自己辩解着，开始写一篇《男人就该有情有义》的八卦博文。

　　看电影的时候，最感动的是当女主角身受凌辱时，有情有义的男主角仍能一往情深，不顾忌世人的流言飞语。这样的男人，是值得用心去爱的。

　　感叹着戏如人生、人生如戏的时候，想起了年轻时那个风月无边的梁朝伟，眉宇间多了一份凝重，忧郁气质透露出的更多的是一份成熟与坚定，依然不忘当年的他，默默地站在被凌辱的女友身后，对她的倾诉给予一份无言然而坚定的支持。在爱人最需要心灵慰藉的时候，他没有逃避。

　　能够同甘共苦的恋情总是令人心驰神往的。茫茫人海中有着太多曾经沧海、刻骨铭心的劳燕分飞，恨得咬牙切齿、肝肠寸断的悲情剧。不欣赏那些在女人处境不妙时在她们心口上再撒一把盐的负心男人，正因如此，才更感觉梁朝伟是个真男人。

刚踏入外企时，偶尔和受过良好教育的老板聊天，他说他的偶像是《北京人在纽约》里的阿春，风情万种，泼辣能干，无怨无悔地付出感情又从不向男人索取什么。但我对他的话不屑一顾。持这种观点的男人未免太自私了吧。让女人为他无怨无悔地付出，他却不必为此负责。

所以，当我的眼光锐利到足以知道自己该欣赏什么样的人的时候，我一如既往地将目光投向了有情有义的男人们。可以没有地位与金钱，不能没有良知与勇气，可以含蓄，不可暧昧，可以在我心情阳光明媚时给我一个不怎么专注的眼神，但是，不能在我步履维艰地走在布满荆棘的小路上时，将一直牵着我的手无情无义地甩开。

缇香写这篇博文并非无病呻吟，办公室有个同事得了乳腺癌住院了，可曾经承诺一生一世的丈夫却要和她离婚，当缇香和同事们去看望她的时候，同事感叹着她丈夫这雪上加霜的行为，哪怕等她出院了，身体稍微好点了再提也不迟啊。真是世态炎凉，哪怕曾经同床共枕的丈夫。

缇香感慨着，有情有义就是她对完美男人的全部理想。正在构思着一篇小说情节时，她看到博客上又有了新留言：同意你的观点，直觉博主是个很理想化的女子，对爱情认真而执著。其实，有情有义，也是每一个男子的愿望，只是，在现实社会里，男人往往比女人承载了更多的责任与义务，所以，有时候不得不妥协于现实的无奈。但是，相信你是一个值得男人有情有义的性情女子。

这样静谧的午夜，有一个人，在细细共鸣着她心灵流泻出的点点思绪，这种披着面纱，不动声色地恭维，让缇香心里对"狮子王"充满了无尽的猜测与遐想。

走向阳台，长舒一口气，抬头望望月明星稀的夜空，似乎星星们也在眨着眼睛，好玩地逗她说："想知道我是谁吗？"

打拼职场，步步为营，想想尹家胥固然赏识她，却也经常是在平衡她和付蓉、辛枫之间的僵局，搞得她天天戒备着付蓉今天又要怎样整治她了。只有向姝称得上是她的好朋友，只是，同性与异性之间的思想，毕竟是有一些不同的地方，缇香真希望"狮子王"是潜伏在她周围的"护花使者"，在

那些人又无端生事时,他突然地亮明身份,来个"英雄救美"。

也许世上的每一个女子心灵深处,都是有着浓郁的英雄情结的吧。

8 办公室"艳照门"

付蓉和缇香之间的僵硬关系,并不是一开始就有。在缇香还是个普通员工时,付蓉和她之间并无矛盾,付蓉甚至会向马总监推荐缇香的文章,说她有着挺不错的文笔。可是自从尹家胥来了后,付蓉不像以前那样受宠了,尹家胥将欣赏的目光更多地给了缇香,这让付蓉极其失落,两人都是相当好强的性格,只不过缇香的好强是骨子里的,而付蓉更表面一些,这也正应了两人的长相,付蓉是一看就光彩照人的明星相,连尹家胥一见她都笑称,怎么香港的关之琳坐到了曼珠莎华的财务部了,女人哪有不喜欢听恭维话的呢。而缇香不是那种一览无余的美,虽然很多人说缇香气质一流,但她自认是个第十眼美女。

女人都敏感,自从缇香升职后,付蓉更是视她为眼中钉了,时不时地刁难她。她对缇香的厌恶,和她对尹家胥的讨好,形成了鲜明的对比。

有一天,尹家胥正在办公室忙碌着做预算,付蓉笑容可掬地走进来,说怎么那个报表打不开了,请尹先生过去给她看一下。尹家胥不明所以地走出来,刚在付蓉的椅子上坐下,就突然站了起来,电脑上缩小框里确实是报表的画面,可是,尹家胥此刻看到的却是付蓉张张美丽动人、含情脉脉的写真照。他哭笑不得地冲付蓉嘟囔了句:"我看不懂喔。"就迈着小碎步奔回了办公室,心想,难道这"艳照门"的威力也传到了财务部。

缇香的位置恰好在付蓉的斜对面,尹家胥突然的一跳让正往电脑里输着凭证的她也好奇心大增,偏偏尹家胥此时相当地善解人意,叫起了缇香的名字,缇香于是笑眯眯地走向了尹家胥。路过付蓉旁边时,她装做是无意地歪头看了看她的电脑,于是就看到了美女一笑倾城却袅袅而去的画面,付蓉正忙不迭地关着窗口呢。原来是美人计啊,缇香惊叹了,可真够有心计的啊。

可是,缇香想,这么好的创意,这么美的人,如果换了是她,她就编个小剧本演出来,放播客里,给他个网址不就搞定了呗。

付蓉显然是有点情绪了,当尹家胥要她将一张报表改了又改的时候,她受不了了,站在尹家胥的面前说道:"尹先生,我真是江郎才尽,黔驴技穷了。"尹家胥的表情简直就是目瞪口呆、无语问苍天了。

缇香第一次发现:美女说成语真是妙趣横生,锦上添花啊!

9 意味深长的饭局

周末,尹家胥交给付蓉一些固定资产的材料让她查,她得意洋洋地从办公室走出来,转手放到缇香的桌上便扬长而去。缇香面前,材料已堆积如山。

快要下班了,付蓉和尹家胥开会回来,她像想起什么似的问缇香完成固定资产报表的情况,缇香和她简略一说,她却不依不饶,跑到尹家胥面前汇报缇香没有完成她安排的工作。于是,缇香又被尹家胥叫进去,把查询到的资料一一给他看。付蓉也很"坚定"地站在缇香旁边,"缇香,如果付蓉让你帮她做什么,你要先把工作跟她说一下,你要尊重她。""我不同意你的观点,尊重是相互的。"然后,缇香又转向付蓉,"星期一,你也可以去查这些东西,你也懂得怎么去查的,对不对?"说完,缇香很气愤地走出了办公室。

此刻,已怀有身孕的付蓉却站在尹家胥面前,冲着屋外的缇香大喊大叫:"Mr. Yin,你听见了没有,她竟然指挥我干活,哦,你的意思是不是说我应该替你去做,你不要太敏感了啊,你也太敏感了吧,你给我进来!"

坐在缇香旁边的向姝起初看得莫名其妙,继而目瞪口呆,最后,低垂下眼帘,轻蔑地一撇嘴,默默地走出了办公室。

看着她蛮横无理的无赖样,缇香觉得好笑:一个女人,在男上司面前撒泼似的冲着下属暴跳如雷,有点领导的层次没有,我凭什么要进去,我又没做错什么,有本事你出来跟我理论,你拿出点领导的素质让我心服口服,都不是些小孩子了,犯不上什么事都非要找个撑腰的。

尹家胥看着她不愿罢休的样子,不得不再把缇香唤进去,缇香强忍住心中的怒火,努力让自己的面色平静,语调自如:"交给我的工作,我会想

白领江湖
THE WHITE COLLAR'S
RIVER IS PASTED

尽一切办法去把工作做好。付蓉，如果我工作中请求你的帮助也是希望能得到你的指教，希望你下次安排我工作的时候可以先说明一下。"她微微感觉尹家胥在默默地点头，便话锋一转，"今天是周末啊，应该愉快才对，希望我们都能周末愉快，也希望两位上司工作愉快。"说完缇香迅速走出了尹家胥的办公室。

付蓉很不甘心地哼了一声，快速地从办公室溜走了。

缇香神色平静地坐在位子上整理着资料，心中却翻江倒海般的难受。真是埋头苦干，挡不了难看啊。向姝又进来了。"不早了，咱们下班吧。"她轻声对缇香说。

冬天的冷风中，心也冷了的缇香，瑟瑟缩缩地直打哆嗦，默默地走到车站。向姝说："缇香，我之所以回去找你就是想告诉你，你不要对尹家胥太实在了，你看，他们欺负你到那样，他都没说一句倾向于你的话。你何苦凡事都替他着想呢。"缇香终于忍不住掩面痛哭："我不知道为什么要让我遭受这么多的尴尬，我只是一个勤勤恳恳干活的人啊！"缇香泣不成声。

"缇香，你给我看的书上有一句话，如果你要一个朋友，你就弱于你的上司；如果你要一个仇人，你就胜过你的上司。"寒冷的天气里，向姝闪烁着明亮的大眼睛，真诚地望着缇香，"你就是优点太突出了。"缇香释然地笑了笑。"你想想，你是科班的，又会写文章，就算你自己不当回事，他们还看着眼红呢，再加上尹家胥又总是对你说些好听的话，他们能不气吗？你小心，不要让他利用你啊。"缇香不由打了个冷战："说实话，向姝，我也挺怕真心付出，却又被利用的。因为我从来都不会利用别人。好多人都告诉我你爸爸是局长，还调侃我说你多教也不行是少教也不行，不教更不行。尹家胥把你放在我这，说是信任，可更多的也是为他自己着想。""是的。因为你维护他，不会说他不好。其实，我也就听你一个人说他好。"

第二天，缇香刚从银行回来，向姝就告诉她，尹家胥中午要请她吃饭。中午了，缇香看见尹家胥挺幽默地做了个请的姿势，向姝便矜持地笑着，随着他去了咖啡厅。

毕竟是初次和老板共进午餐，虽说向姝见识过很多场面，也不免有些拘谨。何况，又不知他葫芦里卖的什么药。

"向姝，昨天晚上你都看见了，是吗？"尹家胥问。向姝点点头。"缇香无论哪方面都很好,你要好好地跟着她学。"然后,他又意犹未尽地说,"如果有不明白的问题,你也可以多问问付蓉,她是你们的主管,但你要好好跟着缇香啊!"

向姝一回到办公室就将尹家胥的话说给缇香听。"看来他是挺支持你的。"向姝笑了笑说:"可能老板做事风格不同,有些人明朗,有些人曲折一些,也可能他知道,我肯定会将他的话说给你听。他真是个挺有心计的老板。这餐饭让我们俩各吃了一丸药。""什么药?"缇香好奇地问她。"给我的是一粒安定剂,给你的是一味安慰剂,我比你要幸福些,吃了顿西餐,不过,和他吃饭还真是感觉挺别扭的,他说的每一句话都充满玄机,让我听得好累好累。"

10　何处不相逢

传闻副总监辛枫要走的消息终于得到了证实,缇香心想,怪不得付蓉说她敏感呢。

缇香以为将要离开的辛枫会对自己仁慈一些,显然,她是太天真了。

寒冷的冬天里,辛枫叫缇香和向姝一起去盘点固定资产,他竟然跟别的部门的人开玩笑,要让缇香到餐厅去做收银员。唯一的一件大衣,缇香和向姝彼此推让着,往对方身上套。辛枫竟然瞪了她一眼说:"你们两人穿一件吧!"其实,他是怪她们没有把他当成个领导。在户外,有公司的很多设备,他却嫌标签贴得不规范。两个女子穿着很单薄的制服,在风中瑟瑟而行,他却笑眯眯地说:"来,我们跑起来,锻炼锻炼身体吧!"只惹得缇香和向姝眼冒金星,真想揍他一顿,热血一沸腾,反而身上温暖如春了。

一回办公室,就听见尹家胥喊:"缇香回来了没有?"一听这个,辛枫更加沮丧,咧嘴笑了笑,回头轻声对向姝说:"下班后到我办公室来一趟。"

下班了,因公司晚上有活动,缇香便到更衣室去等着向姝。

向姝坐在辛枫对前。"你对今天缇香对我的态度有什么看法?"他一本正经地问道。"我觉得您要求很严格,但缇香已经很尽力了,再说,她是兼着固定资产管理在做。"辛枫听了,眉头一皱,感觉答案不尽如人意,又继

续有意无意地说:"缇香技术和知识都很好,但……"

突然间,尹家胥用力推开关得紧紧的门,已经没有太大的空隙给他坐了,他偏偏迅速扯过一把椅子,让向姝不得不使劲往里挪。"你们在讨论什么呀,我也要参加。"然后,他又不管不顾辛枫涨红了的脸,迫不及待地说,"缇香的确技术和知识都很好。"辛枫脸红一阵白一阵的,噎在嘴角的话不得不咽了回去。"我们在交流思想啊。"他给自己打着圆场。"哦,你可以和向姝用英语交流,她英语不错的。"尹家胥有点调侃他。"我怕她听不懂。"辛枫尴尬之中不忘自我标榜一下。向姝看着他们两个各怀心事的样子,想笑又没敢笑出声来。

辛枫临走都不舍得让缇香心里舒服一下,他让缇香把一份报表改了又改,然后,当着付蓉的面对缇香说:"你被 save 了,是 Labour cost save 了。"缇香明白他的潜台词,就是说她被尹家胥拯救了,但被尹家胥拯救的原因是缇香干的多,但拿的少。

这句话缇香也听出了他的一番醋意,而当她后来真正领略了其中的含义并有了股如梦方醒感觉的时候,心里不由感叹,辛枫真是个有城府的人啊。

送别辛枫的晚会很热烈,辛枫的发言也是发自内心的:"我无比热爱这个城市。希望有一天,尹先生不在这做了的时候,通知我一声,我好马上回来接班。"大家面面相觑。尹家胥说得却很坦然:"哦,以后,也许会有本地人在这做财务总监。"

缇香被邀请献给他一首歌,辛枫很感意外,嘴咧了咧,又实在笑不出来,表情忐忑不安的,不知道她将会说些什么。

缇香从人群的最后排走到中央,落落大方地拿起话筒,微笑着侃侃而谈:"每当有同事实现自己的人生目标的时候,我想我们在座的各位都会有一份祝福的心情,来祝愿即将远行的人。因为,能够在人生路上相遇相知已是一种很深的缘分,更何况人生何处不相逢。所以,我要祝福在座的各位和即将远行的人,'莫愁前路无知己,天下谁人不识君'。"

掌声响起,很热烈,辛枫挺不自然地笑着。"又见炊烟升起,暮色照大地,想问阵阵炊烟,你要去哪里?"缇香狡黠又友好的笑容投向辛枫。"夕阳有诗情,黄昏有画意,诗情画意虽然美丽,我心中只有你。"

大家都跟着缇香的歌声拍着手,场面温馨而和谐,同事告诉她歌唱得很好。只是没有人告诉她听了那段话的感想，除了向姝以外。"知道我为什么唱这首歌吗？"听到缇香的问话，向姝点点头。缇香真想在辛枫离开的时候，好好痛骂他一顿，那些他曾给过她的尴尬，历历在目，何况她还有这么好的机会。可是，人之将去，其言也善啊，罢了，罢了。缇香在心里笑起了自己的狭隘，曾经她在心里痛骂过别人的小气，自己又何苦变成和他们一样的人呢。

缇香走回向姝身边时，向姝悄声对她说："啊，你没看见你唱歌时，尹家胥的那种表情，抿着嘴东瞅瞅、西望望的，似乎在向所有的人炫耀着呢，看，我们的缇香，多有才啊！""是吗？"缇香也挺开心。然后，她又悄声说："付蓉和陶欢听到你的名字的时候，那表情真叫一个酸。"

临近尾声时，大家和辛枫相互合影留念，缇香和向姝表现得都不踊跃。付蓉和冯恬却一左一右簇拥着辛枫，作出种种亲昵的举动。尹家胥走向辛枫，他们两人也要合照了。缇香忙和向姝说："咱们快走吧。"

刚走出门口，就听见尹家胥大喊着："缇香，缇香。""他是不是要你回去照相。"向姝问她。缇香摇摇头，不置可否。

她不会和他们两人照的，心里隐隐有些不舒服的感觉，想起尹家胥一贯的平衡方式，她忽然觉得辛枫如此对她刁难，固然是他心胸狭窄的表现，但是不是她对尹家胥近乎崇拜的感觉，也让辛枫很不舒服了呢。谁心里又没有点阴暗的心理呢。

想起上学时老师总说不能偏科，是不是就像上学要学习不同的课程一样，每一样知识都会有它的用武之地，而职场上道理也是这样啊。但她又一想，若她不倾向于尹家胥，她会有今天的职位吗。她扪心自问，究竟欣赏尹家胥的哪些方面呢？当然是他的正直和敬业，她自问自答了无数遍。

而此刻的大厅里却传出了王菲的歌声：想走出你控制的领域，却走进你安排的战局。我没有坚强的防备，也没有后路可以退。我像是一颗棋，进退任由你决定，我不是你眼中唯一将领，却是不起眼的小兵。

苦笑一声，缇香想起向姝曾经说过的一句话：做棋子也没有什么不好，只有做棋子，也才有机会挪动。后来的缇香渐渐醒悟，自己或许就是那颗看起来总有机会挪动，但每一步都很坎坷并且生死茫茫的棋子吧。

而对于辛枫，缇香其实本无意冒犯他，只是因为他对她实在苛刻，她

也是不得已。

被人当做棋子虽然无奈却不可悲,真正可悲可怕的是棋子们互相之间的钩心斗角,居心叵测。

11　棋子的舞台

初涉职场的向姝一直跟着缇香做事,也许是家庭背景和教育背景的缘故,她比她的同龄人要成熟得多,说话也很文气,两个人整日如影随形。有着特殊背景的她,对缇香很维护,这引起了一些人的妒意。

付蓉要回家生育了,工作分配本是一件再正常不过的事情,可是,她却唯恐被别人取代。而冯恬也一个劲儿地说:"我和缇香无法沟通。"

缇香还有一个助手叫陆博,不知他为何消息如此灵通,他找到向姝说:"现在有一个机会,我一定要抓住,机不可失,时不再来。老板已经决定了,由你来接管我的工作,而我要调到另一个岗位了,因为付蓉要休假了。你不要整天光跟着缇香了,你也不是个小孩了,不要整天跟个打杂的似的。"向姝气坏了:"老板已经决定了,怎么缇香不知道。""缇香没必要知道,这是一个秘密,等这个秘密揭晓的时候,缇香就自然知道了。我们以前都是这样的。"向姝说:"缇香是我的主管,我一定要跟她说的。"

缇香找到陆博问:"有什么机会啊,可不可以透露一下,如果你要发展,没有必要瞒着我,相信我有祝福别人成功的雅量。我只是不明白,你为什么还要说那些伤人感情的话,职场上,性情相投的人是可以成为朋友的,难道我连交朋友的权力都没有了吗?"可陆博却矢口否认,又说自己也是被人所逼。缇香更是气不打一处来:"你这么个大男人,完全可以独立自主,谁又能逼得了你。"他不承认自己与向姝谈过话,而且还胡搅蛮缠:"谁在散布谣言,向姝是自愿跟我学习的,互相学习学习,都不可以了吗,你管得也太宽了吧。"他露出藐视的神情。

第二天,"孕美人"付蓉走进了新来的副总监颜悦的办公室。不一会儿,颜悦又走进尹家胥的办公室。接着,付蓉找到缇香,向她宣布了陆博调到总账,陆博的应付账款文员职务由向姝担任的决定,并要她去通知陆博。缇香摇摇头:"我不会去通知他的,这个决定不是我做出的,如果我的同事有很好的发展,我会很真诚地祝福他,何况他早已经知道并宣布了这个决定。"付蓉故作诧异地说:"他已经知道了,谁告诉他的,我没有告诉他。"缇香觉得很可笑:"这样吧,我把他叫进来,你当着我们的面把这件事情说清楚。"付蓉摇摇头:"缇香,如果你不去告诉他,我就视为我给你一项工作而你没有好好地完成,我知道,如果让你去做我的职位,你也会做好,但这个决定是老板做出的,不是我的意见。还有,老实说,老板上次找我们两人谈话,我对谈话的结果并不满意,有些话题他并没有深入……"缇香想起那次谈话,就觉得可笑。心想:树欲静而风不止,你偏偏要为那几句表扬我的话而为难我,心胸也太狭窄了吧,何况,这是多么荣耀的事情吗,还值得你再三回味……

缇香冲到尹家胥办公室:"尹先生,请您收回这个决定吧。"尹家胥冷冷地说:"我已经决定了。"缇香绝望地走回椅子上坐下,看见向姝也是一脸的不悦。缇香将她叫出来说:"向姝,职场上能建立一份友情很不容易,原来,你是跟着我学,现在,你很快就要独立地做事了,好朋友合作不见得好,再说,我做这个职位时间也太久了,所以,我会申请调一下岗位,也是给你一个机会。""缇香,你不要有顾虑的,我们两人之间合作不会有问题的。"缇香苦笑着摇摇头。

越想越咽不下这口气,缇香决定给尹家胥发封邮件。她虽然无意改变任何决定,但她不能总是忍受这种莫名的冷风冷雨的煎熬。

尹先生:

您好!

虽然,我为一些无聊的事情伤神、伤心,但我尊重您所做出的任何决定。何况,对于有利于工作的安排,我向来都是义不容辞的。虽说物以类聚,人以群分。但好比一场意义重大的足球比赛,无论队员之间有着怎样的隔膜,都应该全心全意地争取比赛的胜利。而无论进球的是谁,都应该功不可没。我相信自己有祝福别人成功的雅量。我是一个合作观念很强的人,尊重领导的观念也很强,也是一个不缺乏是非观念的人。但请您相信我,在调整岗位这件本该很简单、很正常的事情上,不从人性善恶的角度,只从凡事合乎情理的角度讲,我确实是受到了一定程度的伤害,因为我从没有伤害过任何人。

您告诉我您的决定是今天做出的,可为什么事先被调动的员工,就借您的名义向另一位员工宣布了这个决定,还说这是一个秘密,要瞒着我,要让她离我远一点儿。而我向他询问时,他又矢口否认。等我向您确认了已是事实的结果时,我还没有对他宣布。不过,面对着硬装出一副平静表情的我,陆博说:"没想到您抗打击的能力这么强。"更多的伤感情的话我也不想再去回忆了,大肚能容,容天下难容之事。我只是惊诧,难道我就可怜到不只一次地要受到这种伤害。我是来这里工作的,性情相投的人是可以成为职场上的朋友的,难道我连一份友情的得到都要受到破坏吗。每个人都有权力去争取让自己所能生活得更好的机会,这无可厚非,我也愿意祝福名副其实、名正言顺地得到机会的人。可凭什么,要以伤害别人的感情,当然不止一个人的感情为手段呢。这也太无耻,太伤人了吧。

人情世故,人情的冷暖,每个人都有权体会得到,可最温暖的,应该是朋友之间体会到的最深刻的真诚。所以,我一言难尽。

西方人都崇尚简单生活,不过,这种简单是基于一种拥有了高度物质文明与精神文明基础上的心境坦然,充实地追求完美的人生,是一种胸有成竹,随遇而安,安而不惰的、积极的、光明的生活态度。所谓,看似简单,实则耐人寻味。我喜欢这样的简单生活。

踏踏实实地拥有现在所拥有的一切,光明磊落地争取可以更好地尽心尽力的机会。不再等待!

信发出后,是否在尹家胥心中掀起了波澜,缇香无从知晓,她一直觉得尹家胥是个相处起来很费智力细胞的高深莫测的人。再往高层次上说就是:若你把他的神秘当成一种睿智,那么你就会在不知不觉中被他培养成个猜谜高手,即使永远没有唯一答案,你也将会沉浸其中,并乐此不疲。缇香曾把这看做是男人有深度的表现之一。

似乎一切已成定局:忧心忡忡的付蓉策划成功,大可放心地回家生她可爱的宝贝;忐忑不安的冯恬,也不必担心缇香的加盟总账会使她黯然失色,职位岌岌可危;缇香手下的陆博将要踏上一条机会无限的锦绣大道。

然而,职场的魅力,就在于它的风云变幻。想要猜出老板的下一步行动,特别是尹家胥这种类型的老板的思路,不是件轻而易举的事情。

那封信，尹家胥只是蜻蜓点水地瞄了一眼，他心笑道，缇香真不愧是个文人，都要把他培养成她的读者了。可是，她又何必那样悲观呢？他下一步怎样走，自有打算。

闷闷不乐地回到家，缇香上了自己的博客。博客都有些荒芜了，连她的忠实粉丝"狮子王"都挺纳闷地留言问她怎么这么长时间了也不更新博客，并留了自己的QQ号码给她，这点发现让缇香挺兴奋，她毫不犹豫地加了他的号，和他在网络上聊起来。心情郁闷的她，将这个职场事件语无伦次地打在QQ上，也不管那边有没有回应，只管自己发泄完了情绪就好。噼里啪啦地敲出一个故事之后，缇香有点觉得自己太冒失了，就发了个羞涩的表情说："我本来是要上博客上发泄一番的，这会儿让你先睹为快了，谢谢你一直以来默默的关注。"那边发来一个哈哈大笑后的表情后又递上了一杯咖啡："给你一杯安慰，有些时候呢，你可以换位思考一下，老板不是法官啊！是不是呢？"

12 机 会

突如其来的金融危机让饭店的生意一落千丈，大家被分批安排回家休假，排班表排了一次又一次，排得大家焦头烂额的，一时间都不知道自己哪天该上班。大家都戏言说："现在，谁会划考勤，谁就最有希望升职。"

缇香倒是挺喜欢这个安排，本就不太得意，正好可以回家休息下，有更多的时间写点东西。可还没等她的计划实行，就被叫进了尹家胥的办公室。

"你会不会辞职啊，或者说你有没有过辞职的想法。"他很突然地问缇香。缇香面有难色："说实话，我曾经有过这个想法，可后来改变了。同甘共苦，就算想离开，也希望是看到它好的时候再离开。再说，您什么时候走啊？"他笑笑说："我不走也不辞职。""我也不辞职，等您走了我才会考虑离开。"缇香欣慰地笑着。"说真的？"他眼睛一亮。"真的。"她回答得很爽快。

"你原来跟我提过想培训的是不是？"他继而面色平静地望着缇香，她点点头。"现在，有一个机会，是让你到成本控制部去培训，而你这边的工作我会尽快找人交接。你估计你多长时间能全学会？"他挺期待的眼神望着她。"两个月吧。"他一愣："这么自信！"她也一怔："不是说全脱产吗？"

他又点点头。"你知道红酒有多少种吗,迷你吧里都有些什么东西吗?"他笑得很含蓄,缇香却一头雾水。"当然了,你现在还不知道,等你做了,你就知道了。我知道迷你吧里有很多东西的,你要一一地展示给我看啊。你以前总觉得自己没有发展,你也会做的事情却没有机会做,其实,我也一直在关注着你的发展,而且相信你是很有潜力的。现在,我把机会给你了,就看你怎样把握了。如果你碰到困难了,你怕不怕,你会不会半途而废?"缇香让他说得很糊涂,只是去培训又怎么会受打击呢?但她仍摇着头说:"我不怕。"他满意地点点头。"可我培训完以后做什么呀,那边又有经理又有主管,我如果再回来,又没我的位置了。"缇香想着,说着,忽然,心头一惊:"你上次说我和付蓉的时候,警示我们如果再不和,就考虑调换岗位。你不会是……"缇香有点难以置信地说出自己的揣测。"你在说什么,首先,我要告诉你的是,我不是个工于心计的人。培训完以后,怎样安排就看你的表现了。"他一脸严肃的表情。"工于心计也不是件坏事啊,就看是好的心计还是坏的心计了。""好吧,就说到这吧,具体的安排,一会儿我让副总监颜悦告诉你。"

颜悦是尹家胥以前的下属,她没来之前,缇香对她已有所耳闻。但缇香认为了解一个人还要靠自己的观察与接触,不可以道听途说。

颜悦长得挺黑的,而后来的点点滴滴,更让缇香心有余悸。

颜悦的眼睫毛修饰得很漂亮,长长的,很妩媚,可当她说话语速很快的时候,就会流露出浓重的家乡口音,一股大碴子味。

"我们的成本经理林松到年底就要走了,我们饭店需要培养一个本地的成本经理,本来要选一个男孩子,可考虑到性格稳定的要求,便选择了你。那边的人员年龄偏大,又不是学会计的,这些困难我们都替你考虑到了。毛丽是成本主管,这样的安排肯定会对她的情绪有影响,如果她能接受,就留下来和你合作,如果她不能接受,她提出辞职我们也不会挽留。公司之所以留林松到年底就是为了让他带你一下,这个安排尹家胥已经跟林松谈过了。"缇香脑海里忽然闪过在员工餐厅里的一幕:尹家胥笑容可掬地环住林松的肩膀,而后拍拍他,像对待久别重逢的老友。缇香没想到热情的背后却隐藏着别样的含义。

"公司留他到年底全是为了要他带出一个新人,所以,希望你不要辜负了公司对你的期望。说是让你过去培训,其实,你不仅要跟着林松学习,还要多看一下周围的人在做些什么，多想想将来怎样更好地管理她们。"

哦，原来如此。

"怪不得尹先生问我碰到困难怕不怕，问得我都挺莫名其妙的。"缇香笑笑。"姜还是老的辣嘛。"颜悦接着缇香的话说道。

"可林松接受吗，他很喜欢这个城市的，他会教我吗？"缇香有点担心地问。

"这个我已经跟他沟通过了，你不要有这方面的顾虑。他也知道自己在这太久了，再说了公司也会再为他安排新职位。"颜悦很肯定地说。

缇香来到尹家胥办公室和他告辞。"嗯，我可没说过机会就是你的啊，还要看你的表现。那边的大哥大姐多，人家可没你说话有水平，更不会写文章，你得……"他不冷不热、不软不硬、不痛不痒的一番话说得缇香无所适从，心里却隐约升腾起一股感激之情。

13 "绯 闻"

成本经理林松是在公司打工时间最长的外地人，已经有五六年了。原来，缇香和他并无太多工作上的接触，但他挺肯定她的。因为缇香曾给他和他女儿的照片配了首诗，登在公司内刊上。他为此还送了缇香一份小礼物，声称是全城都买不到的，物小，很便宜但收藏价值高。答案是牛年的邮票。很早之前，他曾经问缇香，愿不愿意到外地去工作，缇香摇摇头，他却很肯定地说："凭你这水平没问题的。"

这天中午吃饭，林松特意在缇香旁边坐下，挺神秘地问她："他们（指尹家胥和颜悦）都跟你谈了吗？"缇香点点头，心里感觉怪怪的，怎么他说"他们"两个字的时候就仿佛楚河汉界、泾渭分明一样啊。"你呀，先别急着搞一些人事上的事，先就坐我旁边看我怎么做。""那要多谢你了。"缇香很恳切地说，眼神中充满了对他的敬重和对自己前途未卜的茫然。

培训的第一天结束后，颜悦问缇香学得怎么样，缇香尴尬地笑笑说："林松说要让我先有一个一个点的认识，然后再由点到面，像过电影一样把它们都串起来。所以，他光让我看，不让我做。""这怎么能行呢？第一天，

第二天可以这样，再往下我可不允许他这样了。看着吧，我不会让他像过电影一样的。"她挺豪迈地挥了挥手。

第二天，缇香请求林松给她写一份培训内容提要，他于是找出厚厚的英文工作标准，划了很多条，让她自己抄。缇香希望能帮他干些活，好让他忙一些管理事务，可他说她经验不行，缇香很无辜很友好地为自己辩解："我做了很多年会计了，我懂系统里的英文，我的电脑输入是很快的。"他则跟没听见似的。别的部门的人来找他，他则很随意地说："哦，我的徒弟们都走了。"根本就不顾及坐在他旁边孜孜以求的缇香。

每天就是他在 Do，她在 Watch，缇香感觉培训简直比自学考试还难，好在林松这个大活人还没有拒绝缇香的"观摩"，偶有进来办事的同事就好奇："我说林松，怎么你就跟演哑剧一样，好歹也是红袖添香，你就慷慨一回吧。""上边分下来的，没办法。"林松似乎没头脑地回一句，对缇香的问题，却始终答非所问。

下班了，别人都走了，万家灯火中，茕茕独坐在电脑前的缇香拿出白天匆忙记下的"秘籍"，苦苦斟酌，细细翻着小本子，绞尽脑汁地回忆着林松白天的工作内容，在 Fidelio 系统的试用版上演示着。好在她英文阅读还不错，只是这样一点点宛如蚂蚁搬家似的劳作，什么时候能学出个头啊。"TMD，这个林松太难对付了，搞得我跟想要刺探军情的007一样，可人家007身边是美女如云，我却是怪男成群。"她的性格决定了她认准的事情是绝对不会放弃的，何况，世界上只要是别人能做出来的事情她也能。

缇香以前虽说和成本部接触不多，但大家平常见了面也是客客气气的。可现在，他们见了她，就像见了间谍一样，说话冷嘲热讽，声东击西又话里有话。缇香和仓库主管郑强去外库忙着搬家，回来后，成本文员吕倾就笑得很暧昧地说："吆，你这大老爷们和'文人'出去了一趟就高兴成这样了，看来缇香的魅力真是无穷啊！"她也总愿意有意无意地暗示缇香："做这个很累的，饭店的成本太复杂了，你还不如回家当个自由撰稿人呢。"还没等缇香反应过来，旁边又有个声音响起来了："缇香是个特殊人才吗，特殊人才就要特殊对待。"听着这些充满着酸甜苦辣咸味道的讥诮的话，再加上林松对业务的遮遮掩掩的那股保守劲儿，缇香恍若踏入了一个布满荆棘的迷宫。

更让缇香不可思议的是，明明她天天郁闷地独坐着冥思苦想着，半夜三更也专心致志地趴在电脑前研究，可总有人看她的眼神充满了粉色味道。甚至有一天，有个部门深夜12点多了找尹家胥问事情，竟闯到了她这里，劈头就问尹家胥在不在。缇香疑惑极了，忍不住向向姝抱怨，怎么职场上的有些人就跟狗仔队一样，挖绯闻都挖她这来了。她如果有那个施展美人计的本事，她干吗不去做章子怡呢，还能名利双收，享誉国内外呢，真是的。电话那边的向姝就呵呵笑个不停："确实啊，缇香，我还没跟你说呢，你现在还真成了焦点人物了，有些人还跑我这打听呢，你想，咱部门有哪个人是全脱产培训呢，本来就是女人多的地方，嫉妒心好奇心一强，八卦自然就生产出来了，你让她们编去呗，若编得有点创意你正好可以拿来当素材写个小说赚点稿费呀，等我听什么新颖的八卦我也和你分享一下啊。"向姝的调侃真是让缇香啼笑皆非。

　　大凡有点姿色的职场女子，工作上再有点起色，而老板恰好又是个男人的时候，某些人练习的不是看她如何敬业的观察力，而是着重于磨炼对两人关系猜测的想象力。这也许是职场的一大特色和一大魅力吧。

　　人都说男女搭配，干活不累，可颜悦和林松之间可不是这样，两人可能是天生职场不合的那种，时常唇枪舌剑。林松有个习惯，接电话总爱摁免提，于是，办公室每个人都能听见颜悦那机关枪似的训话："你他妈的五分钟之内赶紧过来。"她骂起人来挺不含糊的，就听林松不紧不慢地悠悠道："我他妈的八分钟也过不去。"他有个习惯，接起电话说话之前，总爱先轻咳一声。有时，大家都听不下去了，觉得太没面子了，堂堂一个经理，年龄又比颜悦大，却给训成这样。可他虽然涨红着脸，却自我解嘲道："我的忍耐力是经过特殊训练的，我是练佛法功的。"不知道他是无奈还是自嘲，是涵养还是修炼，反正没人懂佛法功。

　　颜悦总爱下班后给林松打电话。每次，办公室只剩缇香和林松的时候，就听电话响老半天了，林松就是不接。缇香刚要接，林松却紧张地直冲她摆手道："别接，别接，让那个'大娘'等着去吧。"缇香想笑却不好意思笑出来，他一边往白色的长长的洗衣袋里放进很多收货单，然后，把袋口一紧，像农民背粮食一样背在身上，说回家还要接着做"功课"呢，一边又苦笑着说："我呀，当时让总账付蓉和冯恬那俩大姐把我给折腾得呀，哎，现在又来了个颜大娘，狠着呢。"看着他似无奈又似无所谓的背影，缇香觉得又好气又好笑。

14　一手遮天的颜悦

金融危机的时候，饭店没什么生意，尹家胥休了一个月的长假。那时，颜悦刚来还不到一个月。她做事情风风火火、雷厉风行的，而且态度属很强硬的那种。

她挺爱弄权的，本来是成本经理林松负责各部门的领货，她偏偏接了过去。于是，每天，就看到她的办公室里一排等着她签字的人，什么申购单与领货单，都要有她的签字才能执行。

那阵子，常常听到的是大家对颜悦"新官上任三把火"的纷纷议论，不屑一顾又不得不阳奉阴违的牢骚话。

采购员戏言："好不容易来了个客人要点排骨吃，可咱竟然没货，因为颜悦不给批单子。"礼宾部来领清洁用品，颜悦轻轻一扫单子，又退给那个同事，不容置疑地说："到别的部门去借点用就行了。"

电话铃又响了，然后，中餐行政总厨的抱怨声就在办公室响起，林松赶紧拿起了电话，电话那边说："这活没法干了，根本就不顾实际情况，领一样东西还要让我们写出哪几道菜用，用多少，客人点什么菜我们事先能知道吗？控制成本没有关系，但要符合实际。"林松也是随声附和着说："我干这行十几年了，里面的事情太熟悉了，她非要这样做我也没办法。"也许是考虑到缇香在旁边的缘故，他说话的内容还是蛮保守的，但还是忍不住说了句她净在瞎指挥。"郑师傅，你们要来一位行政总厨了，是管着你的。"放下电话，他又意犹未尽地说，"别到时候来人管郑师傅的时候，他还不知怎么回事呢。这从哪旮旯里蹦出这样一人物来呀，郑师傅年龄比他大，到时候会不适应的，让他先有个心理准备。"大家笑了笑，知道他其实是在暗指自己看不惯颜悦的颐指气使。

正说着，门打开了，本来就够乱的办公室更加乱成一片，冯恬和彭安飞推着把转椅来回收各个部门还没有用完的 A4 纸。缇香也觉挺怪异的，话咽在心里没有说，却听见林松又开始发表见解了："这男人和女人办事就是不一样，小家子气，要是辛枫还在这，打死他，他也不会这样做。我还头一次碰到这样做事的，真好笑！"

电话铃又响起来了，是颜悦的，让林松赶紧把各部门被授权领货的货品名单送过去。他说了句没空就把电话挂了，缇香主动要给送过去，别让她再骂。她来到颜悦办公室，见她又在给林松打电话，可却始终没有人接，颜悦忙压低了嗓门，很诡秘地招呼着缇香说："你马上回他那儿看看，他到底是不在还是故意不接电话，我饶不了他。"缇香不得不又返回林松那儿，果然他在那儿呢，电话依旧寂寞地唱着歌，他却跟没事人一样，缇香真佩服他的淡定。

"你可不可以多和颜悦沟通一下。"缇香笑着说。"沟通了也没用。"他这次回答得倒蛮快。

某种角度上看，缇香也挺理解林松的心情的，但到这个部门来培训并不是缇香的选择，是公司的安排。缇香曾含蓄地把她的想法表达给林松听，并真诚地问他最想到哪个城市。"我就是喜欢这个城市，有海有山的多好啊。所以不到最后一天，我是不会放弃自己的工作的。不过，你也不要以小人之心度君子之腹，谁来我也是这样的。跟谁说谁信啊，我这个外聘的经理，干了五六年了，连上咖啡厅吃免费饭的待遇都没有，我有什么义务教人呢？不过，我也就是说说罢了，我这人好凑合，在哪吃不一样啊。"缇香无言以对。

第二天，缇香依然先帮他沏好了茶，坐在他旁边观摩着他工作。

星期六，缇香跑到书城，找了一大堆公司成本控制、财务软件方面的书籍，买回家如饥似渴地读着。她要争取在尹家胥回来之前给他一个结果，她不能辜负他对她的期望。

这天晚上，缇香要参加季度的营业餐具大盘点，事先请示林松需要几点钟到。他不情愿地回答她："10点就行了，你这样的，什么也不会干，来早了也没用。"一句话噎得缇香喘不上气来。

9点多，缇香跑到更衣室，换好制服后，见毛丽和收货主管卓环在有一搭没一搭地大声说笑着。她走过他们身边时，声音却戛然而止，缇香佯装不知地大方而友好地冲他们笑了笑，他们却故意将头歪向一边。缇香虽然挺难过也挺尴尬的，却也已经习惯了。也许，她的加盟使他们少了一个晋升的机会，所以，他们的排斥也是可以理解的。自古新人遭冷遇，似乎也是职场江湖的规矩吧。

大家陆陆续续地都坐在了成本办公室，除了主角林松。颜悦也来了，

一进门就找林松，缇香忙给他打手机，接通后，还没开腔呢，那边就已有数了。"马上就到了。"林松懒洋洋的声音。"林松有没有给你们讲盘点的程序，有没有分组？"颜悦问，大家都低着头，不吭声。

快 10 点了，林松还没来，颜悦便招呼着大家先上了大宴会厅等着，驻店经理新加坡人李家豪已经在那开始指挥了，都说他是一个追求完美到近乎苛刻的人，缇香便也心中生出了几分敬畏。

突然间，李先生大声呵斥起来："林松，You are late。"然后是扑面而来的暴风骤雨般的一顿训斥。林松那从来都波澜不惊的脸顿时通红，不惑之年的人了，在众目睽睽之下，像个木头人似的呆立在那里，没有一丝辩解的机会。而李先生话音刚落，站在他旁边的颜悦又柳眉倒竖，细细的却尖刻的话语劈头盖脸地甩向林松："我早已经通知你时间了，你脑子干什么去了？""路上塞车。"林松终于挤出了一句话。

终于开始盘点了，因事先没有很好的组织，整个场面看上去跟赶集似的，颜悦很不满地在和李先生倾诉着，盘点完后，有同事坐着歇了一会儿，她便将缇香招呼过去说："缇香，你过去把他们都叫起来。"缇香点点头，蓦然间发现林松孤独地蹲在无人的角落里。"林经理，颜悦说要让他们都起来。""哦。"他没搭腔。缇香半蹲在他身边："是不是你感觉很委屈？"她轻声地问道。"不光是委屈，我就是不明白，你在会计部干得好好的，偏偏给弄我这儿来了，我不明白我得罪谁了，要这样来对待我。"他苦闷地皱着眉头，牢骚满腹，缇香听了，心中也挺恼火，却还是心平气和地说道："我很理解你的心情，可这并不是我的选择，我无意要取代你，我只是想真诚地把你当做我的老师。""可我有当你老师的这个义务吗？"缇香无言以对。

忙碌得都忘记了时间，已经是凌晨 3 点多了，大领导们早就走了，林松要开车一一送大家回家。

虽是夏天了，可刚从热乎乎的饭店里走出来，凌晨习习的凉风，竟让缇香不由地打了个冷战，可这竟也如此契合了萦绕在她心头的凉意，盘点时一幕幕恍若还在眼前。毛丽从开始到结束，一直是冲在前面的，就似乎是在憋着股劲儿，缇香知道她干成本有经验，好心请教她，她却鄙夷地一笑。缇香偶尔哼了句歌，卓环竟瞪了她一眼："别唱了！"那冷淡的神态，拒人于千里之外。

他们都去洗澡了，缇香累坏了，好想早点回家，便先坐上了林松的车。林松也早已坐在驾驶座上了，两手捧着脑袋。缇香将头靠在窗户上，闭了一会儿眼，再睁开时，林松依然是那幅姿势。"林经理……"缇香打破沉寂。"我累了，我不是小孩子了，用不着你来给我讲大道理。"他推开车门，站到了冷风中。

大家都坐上车后，林松问："咱上哪儿吃消夜去？"于是，大家七嘴八舌，在兴致盎然的议论中，车便开到了一个肉串店。

推杯换盏间，林松用低沉的嗓音煞有介事地宣布："这次搬家，我给你们每个人都记一功。"他一边评功论赏着，一边指着他们解说着，独独没有为坐在他身边的缇香也记个功。"我可不可以算最佳参与奖啊！"缇香幽默地问道，林松置若罔闻，自顾自地宣泄着情绪："你们要是按照尹家胥的意思干活，你们非累死不可。他有个习惯，爱给人讲课，都能把人给讲睡了。干成本控制这行，千万别太较真，要不没法干。"大家都面面相觑，想说点什么，看了看缇香，就没言语了，都只顾闷着头吃东西。

走出小饭店时，已是黎明破晓的时刻，他挨个送他们回去，毛丽还一个劲儿地邀请大家到她家玩。当缇香下车时，最后一个被送回家的李琳很热情地帮她下车开门，竟让缇香感到受宠若惊。

此后，林松和颜悦的关系更加恶化，他经常和毛丽在办公室里发泄不满。"卓环说颜悦到库房去过，说出句话来跟没上过学似的。"毛丽说。"我刚才把她狠剋了一顿，说那么晚了盘点也不给员工准备点饭吃。我早说了，颜悦太年轻，她保护不了我们。人家老欺负咱，咱也得忍着。我说她，她乖乖地听着，还承认她那天晚上的态度是有点过分。"林松说的不知是真是假，看那神情倒挺像个真事的。

"我怎么觉得让她一指挥，都不会干活了。"毛丽有点可气又有点好笑似的说。林松咳咳了两声，算是默许吧。

快到中午吃饭时间了，缇香按照自己的笔记操作着电脑，并打印出报表。突然，毛丽大声吆喝起来："是不是你打东西了，害得我这边全是些乱码。"缇香望着她杏眼圆睁的样子，浑身一哆嗦，又有点莫名其妙。"这个打印机只能一个人用，你跟我抢什么，你又不了解这里的情况。"缇香知道她是话里有话，一语双关，在她心中，她认为她这个成本主管才应该是理所当然的经理接班人，可没想到半路杀出了缇香这么个"程咬金"，再说了，她本就是个脾气暴烈的人。"忍了吧。"缇香对自己说。她尴尬地笑着："对不起。""等她们都下班了，你再用吧，别耽误他们干活。"林松说话慢条斯理，却让缇香委屈不已。他还故意加重了他们干活这几个字的语气，缇香真想反问他一句："我难道不是在干活吗？"

她不光是在这边培训，还要回会计部做工程改造凭证的录入工作。因此只能晚上回财务部办公室去做。

这天，缇香刚走进办公室，就听见颜悦在电话里小声诉说着什么。"尹先生，天天开会我都要替他挨骂。他都这样了，我们何苦要留他在这儿呢。"缇香轻轻走进去，坐到她面前，就听尹家胥那高深莫测的声音犹疑着："哦，你不要给我太大压力啊！""不，不是给你压力，只是我们没有必要为他承担这些训斥啊。我们还是用缇香吧，而且总经理也很关心缇香学习的情况。"颜悦说着说着，眼泪都似乎要流下来了，这也是缇香唯一一次见她掉眼泪。

缇香听着她最后对尹家胥近乎撒娇似的请求，有一丝丝的诧异，不知是女性的敏感还是颜悦那罕见的温情脉脉的眼神提示了她，她觉得颜悦心中对尹家胥有着一份很不寻常的情感。

放下电话，颜悦的眼神转瞬间抹掉了那份柔情，咬咬牙问缇香道："缇香，我忍不下去了，我想问你和毛丽合作会怎样，我先不要求你太多，你只把每月要给总账的凭证做出来就行了。"她急切地说。

"就为了一点事情，你就要让林松走，至于吗，何况，我觉得尹先生也不可能这样做，他是个挺有人情味的人。"缇香很不理解她的偏激。"但他也是很现实的。我也知道，让他在这一天，就多教你一天，又不用你付工资。"缇香摇摇头说："不，即使他不教我，我也要想办法学会。只是我苦一点而已。我只是觉得做人不可太狠，做事要留有余地。何况，你有你的说法，而他也会有他的说法说给尹先生听啊。"

颜悦果真狠呢，她要尹家胥将林松开除。做人何苦如此不留余地呢。缇香想起她的决定，就觉得不寒而栗。

15 尹家胥讲故事

早晨10点多钟，缇香继续观摩着林松工作，生怕错过他操作电脑程序的任何一个环节，然后，趁他休息的工夫再赶快记到本子上。

电话突然响了，林松继续按着免提，尹家胥那港味颇重的普通话回响着，办公室顿时鸦雀无声。他先问了一些日常工作，林松于是不失时机地倾诉着："尹先生，有一件事情我不太明白，本来我这边月初都关了上一个月的账了，可颜悦非要我改数字，又通知各部门呼呼呼领了一批货，没办法，我又要改数。"他说的是对的，颜悦打出报表一看，各部门费用并不多，于是，又指挥各部门领了一批货。而城府颇深的林松怎么会不明白呢，拐弯抹角地告状罢了。同是老江湖的尹家胥只是敷衍地答应问一下颜悦。然后，他话锋一转："缇香跟你学了些什么，她现在都会做什么了？"林松支支吾吾地说："在这件事情上，你一定要帮忙啊，你要问缇香她懂了多少了。"林松不置可否。办公室的同事也是互相交换着眼神，只有李琳友好地冲缇香笑了笑，"尹先生真关心你啊！"她羡慕地说道。缇香也挺感动的，心中竟升腾起了一股很微妙的情愫。

下午，尹家胥赶回来上班了，他端着水杯走出办公室，冲缇香和气地笑着，让缇香和林松马上到他办公室。

林松还没来，他就先和缇香聊了起来。中间，颜悦时不时地过来请示尹家胥问题。尹家胥回答着颜悦的询问，眼睛却始终含笑注视着缇香。不一会儿，林松挺随和地走进来，边走边说："有个供货商看好了15楼的那个衣架子了，偏要买，他们要我一块儿上去看看，所以耽搁了会儿。"又习惯性地咳咳了两声后坐下来，感觉见尹家胥就像见兄弟一样随意。

话不投机，林松不情不愿，缇香又一知半解，于是，尹家胥就让林松写一份培训概要给缇香。

刚回到自己椅子上坐下没多会儿，尹家胥就拿着他写的培训报告交给缇香，他做事很讲效率。也许，他知道林松是不会给缇香写的。

第二天中午吃饭，缇香和向姝、陆博、彭安飞坐在一起，尹家胥也到员工餐厅来了。陆博调侃着："咱待会儿看看老板会坐在哪。"然后，冲缇香诡秘地一笑。他自问自答:"肯定是坐在他最得意的弟子旁边——非'文人'莫属也。"话音还未落,尹家胥真的已笑容可掬地坐到了缇香旁边,众人都会意地笑了。"缇香!"他亲热地叫了她一声,颜悦也赶紧走过来,坐在尹家胥的对面。

　　谈话不像刚才那样无拘无束了。尹家胥敷衍似的问着大家最近工作感觉如何,大家也附和着点头:"还行,还行。"无伤大雅的寒暄之后,尹家胥突然讲起了故事:有一次,参加游泳比赛,别人都已经游上岸了,甚至另一组也要开始比赛了,可仍有一个人在很缓慢地游着,岸上好多人笑话他,讽刺他,可他依然游到了终点。然后他接着说:"那个人就是我。"他似乎无意识地歪头看了缇香一眼。"这是不是说,做任何事情我们都要有恒心,要坚持到底。"缇香很虔诚地问他,他笑笑没吱声。

　　这天,因赶一份报表,林松在加班,缇香便跑到美食阁,买了几块小点心,他客气了一番却也没有拒绝。大约七点半多,他下班走了,缇香打开白天记下的内容,开始工作。

　　夜晚,她回财务部办公室签离,尹家胥和颜悦还在研究着工作,看到缇香,他表现出异常的惊讶与惊喜,继而,却又眼神黯淡了,说道:"我听到林松对你的评价了,你是不是说过你瞧不起付蓉……"缇香尴尬极了,其实是林松断章取义了,而缇香为了维护尹家胥,就说了一番话。可尹家胥却不依不饶:"嗯,你是能说出这种话的,你也不要跟我争论什么。"缇香强忍着使自己平静:"我是不会也不需要跟你争论什么的。"她快速走出公司,将自己孤独落寞疲惫的身体塞进出租车,委屈得泪如雨下。

　　"缇香,尹家胥真的是对你很好啊!"颜悦的话在耳边回旋着。"可她老说我。""他从不说别人,他对别人不是这样的,你要理解他的苦心,你以前没做过饭店成本控制的,他把你调过来,就好像是下了一个巨大的赌注一样,是用心良苦啊。"缇香点点头:"我不会辜负他的,我会对得起他的提携的。"

　　眼泪仍是止不住地流,还唯恐司机看出来,缇香就假装揉揉眼睛,有口无心地问了句什么,可司机的回答她却一句也没有听进去。

　　望着窗外静寂的黑夜,缇香感慨万千,凭什么她就要受这种煎熬,为什么别人轻而易举就得到了与能力不相称的东西,而她却常常感觉爬了一坡又一坡。别人上着班吊儿郎当,打起电话来滔滔不绝,冯恬甚至在办公室开起了家庭倾诉会,拿着电话声泪俱下,和公公、婆婆吵成一团,让正坐在她对面干活的向姝惊诧不已。可尹家胥匆匆地走来走去,路过她身边,听到了,却置若罔闻。而且,他在办公室叫她,颜悦赶紧跑出来为冯恬辩解:"她在讲电话呢。"

这是为什么呢?

路边一排排高大的白杨树,发出哗哗的声响,似乎是在与可怜的缇香的深深感慨共鸣,将她心中的疑问求助于苍穹。然而,夜空无言,只有孤寂的月亮和一颗颗神秘眨着眼睛的小星星。

16　下决心要学会

林松念着缇香的培训报告:"相信随着时间的推移,能从经验丰富的林经理那学到很多的东西,也希望自己的人生路上能有一份难得的难忘的师生之谊……"林松连声说不错不错,不愧是写文章的人,情感很充沛,继而又调侃道,"有些人别看什么活都没干,让她写还真挺能写,我本来想从里面找出一句废话,竟然一句也没找出来,行啊,你就这样继续写下去吧。"他笑了,缇香却笑不出来。她顿悟,无论她怎样表现,林松都把她看成是来抢他饭碗的。而老谋深算的林松,是不可能交出手中的一切的,除非答应他的条件,比如,允许他到咖啡厅吃饭。

他觉得他帮助尹家胥培训了缇香,相应的,尹家胥就该给他点好处。世上哪有无缘无故地付出呢,缇香从表面看上去的那些频频好运,暗地里早有不少人议论纷纷。

啪的一声,杏眼圆睁的缇香拍着桌子站了起来:"我告诉你,林松,你打击我,我是完全可以理解的,你还记得你曾经说过我可真够倒霉的话吗,可我挺过去了,真金不怕火炼。你不是就觉得我是来抢你饭碗的吗,好,咱两人今天就打个赌,谁猜输了谁就辞职。"她冲到林松面前,将一元硬币狠狠甩在地上,立马又用脚踩住:"说,是正面还是反面。"林松皱着眉头,不是一般的吃惊,旋即,又用带点颤抖的不紧不慢的声音说道:"你以为你是张艺谋啊，还掷硬币选红高粱女主角。"他可真是个老油条，她心想，然后说："我告诉你，就算你不教我，我也一定能学会，不信你就等着瞧。"林松若有所悟地"哦"了一声，从来波澜不惊的脸上浮上微微的惊诧。

这时，刚来的行政总厨元冰走进来，坐到林松的旁边聊了起来。"这是我所见过的条件最差的成本办公室，哪有和收货部并在一起的。"他抿嘴一笑，站起身来，拍打着林松，"老兄啊，你就让你的弟兄们在这样的环境里待着啊。"林松低着头，似乎有点难为情地赔着笑，讲元冰的秘书老下错订单，让他好好培训培训，元冰就笑眯眯地说："已经挺不错的了，我天天晚上到几点，她也工作到几点，不管怎么样，态度在那摆着呢，教徒弟干活谁不愿意教个用功的呢，是不是啊，缇香。"他看似轻描淡写地冲缇香笑了笑，缇香也回元冰一个友好的笑容，看着这个比自己大一岁的高高大大的南方人，心里赞同着他可贵的人情味。

元冰挺帅的，他也是集团第一个到国外工作过的厨师，缇香每天下班很晚，看到他依旧在办公室忙个不停。他问缇香：尹家胥在这里都干了两年多了，为什么电脑里还是没有基本菜谱呢，而且，成本控制工作给他的印象就是乱糟糟的。缇香想起其实尹家胥在这的两年多里也确实是有很多地方没有施展开，他有他的苦衷，便笑笑说："我们都认为他很敬业的，业务也很好。"元冰愣了愣，不再吭声。

缇香虽然已经很疲惫，但她还是来到颜悦办公室签退，自打她来了后，她就要求把签名表贴到她的门上，大家每天趴到她门上签到，不管是门开着还是关着，她来了还是没来。

"哦，这个时间见到你我真高兴。"尹家胥春风满面地说。"刚才，我到美食阁买东西吃碰上总经理了，他说要找个时间跟我谈谈。"缇香倦色中掩饰不住喜悦地说着。"是吗？那你高不高兴，啊，你高不高兴？"他更加兴高采烈。"只要您高兴就行，老板高兴，我们就都高兴。"缇香挺诧异他怎么会如此兴奋。尹太太坐在秘书的座位上，缇香便礼貌地问候了一声，尹家胥咂吧咂吧嘴，是和太太刚吃过晚饭吧，她想。颜悦也坐在外面，低着头在看报表，缇香一边在门上签名，一边精疲力竭地开着玩笑道："尹先生，我这样有家难回跟在外地打工有什么两样啊，还不如流落异乡呢。"望着灯火通明的办公室，缇香的眼前却像是火星闪烁，迷迷离离、朦朦胧胧的，扶着桌子，真怕自己会晕倒不省人事。"哦，你这些感想呢可以到你的文章里、博客里去尽情地抒发。"他收敛了笑容，转过身向自己的办公室走去。缇香轻声地嘟囔了一句："我哪有时间写文章啊。"却见他似乎耸了耸肩膀，回头用挺奇怪的眼神快速瞥了她一眼，走进了办公室。

第二天，一进办公室，就听见毛丽赌气似的在说："要让她七天都做的啊。"缇香知道是在说她，尹家胥也进来了，让林松安排一下做自助餐测试的时间，还说不一定每个人每餐都要全做的。临走了，他不忘叮嘱缇香："缇香，你要好好跟着学习啊。"

林松拿出一个小本本，上面密密麻麻记了一些文字，他故作姿态地对缇香说："看见了吧，这就是我这几年来的工作体会，我呢，是边干边学，边学边干……"他摇头晃脑，跟念经似的，还把本子递给缇香，缇香翻了翻，看不出能从中体会出些什么。他妈的装大方啊，她在心里暗骂着他。

早晨不到五点，缇香就打车到了饭店，毛丽还没来呢，她想象着毛丽会以什么样的态度来对待自己，而自己又该怎样去面对她。因为林松年底要走的消息已不是什么秘密了，毛丽认为她才应是顺理成章的经理，态度便也生硬得很。真累啊，这么费脑筋的人事，步步为营，都把缇香的睡意给撑跑了。

毛丽来了，两人便一起进了西餐厨房，毛丽很熟练地记着食品的种类数量。元冰走过来说："怎么林松不来做啊，大老爷们光知道睡懒觉，明天让他来。"他挺随和地开着玩笑，毛丽只是笑。每当厨师加一道菜时，元冰就挺热情地告诉她们重量，渐渐地，只剩下稀稀拉拉的几个人了，毛丽便和缇香聊天，缇香挺感激她主动打破僵局，看毛丽头发垂下来了，便帮她重新盘了下头。毛丽笑着说："我记这些萝卜茄子都记够了，都记了快六年了。""可我觉得挺有意思的啊。""你要练到什么程度就可以出徒了啊我告诉你，"她似乎很神秘的样子，"你对着这盘已经切好的西瓜，要能够马上估量出它是由多少个带着皮的西瓜切出来的，你就算成功了。"她见缇香半信半疑的样子，笑着走开了。

做测试挺累的，晚上也还要继续做，也许是看缇香挺虔诚的吧，毛丽和她聊起天来也很真诚。"我觉得尹先生跟个理论家似的，不太现实，成本控制和会计核算不太一样，不需要那么准确的，它是很灵活的，尹先生偏要条条面面地去做，太死板了，有时都觉是些无用功，太细了。"她边说边摇头，

"可我觉得跟他挺学东西的，像我以前做应付账款吧，本来没觉得能学什么东西，可让他一问，觉得自己好多方面并没领悟透彻。"缇香也很推心置腹。"有什么透彻不透彻的，该付多少钱付多少钱就是了，也没见上面对他工作有多满意。"她轻笑着撇撇嘴，"反正，我是不太习惯他。"

缇香挺替尹家胥难过的，这么个忙活法，还没几个人看好他，部门关系也搞得一塌糊涂。缇香跟别的部门总监聊天时，总是感觉每当替他说话的时候，对方表情就很猜不透似的，甚至有个总监还暗示她："缇香，你对他也够出力了，他还是不提拔你。"说实话，缇香听这话也很难过，职位是什么呀，一张纸而已。可能是尹家胥摸透缇香的弱点了，他知道几句好话就可以哄得她废寝忘食地孜孜不倦，何况尹家胥现在也算给了她一道曙光，所以难过归难过，话听完了，缇香也并不往心里去。

接连做了两天的测试，缇香头晕目眩的，林松说可以早晨稍晚点来，她便10点半上了班。等她刚一进门，李琳就告诉她尹家胥早晨来了两趟了，林松也没好气地说："每次来就站我旁边，跟幽灵似的问缇香来了没有，缇香来了没有。"缇香有点高兴，他确实是挺关心自己的，又有点忐忑不安。

果然，晚上，当缇香一个人在办公室里琢磨报表的时候，尹家胥推门走进来："缇香，你今天几点来的？""我有点头晕，就跟林松说了晚来一会儿。"他坐在缇香的斜对面，忧心忡忡又话里有话地说："你在这儿按照总部的要求做两年，如果做得好的话，我都可以推荐你到香港去工作，你知道在香港有多少人找不到工作吗，即使这样，他们都愿意用大陆的成本控制经理，你明白我的意思吗？我也总是会回香港的，那我们不就依然可以在一起了吗。"朦胧的灯光让他的话散发出了一丝暧昧的气息，而缇香的心里也似乎游荡着一种莫名的情意，有一点蠢蠢欲动，但听到他下面的话后，还是努力压抑了下去。他又朝四周看了看："你要努力啊，我说过机会不一定是你的啊，不过从积极主动的态度上看，他们就已经和你有很大的差距了，我们谈得已经够多了。"临出门，他又不忘回头叮嘱缇香一句，"你要知道，留给你的时间已经不多了，就算是爬着来，你明天也要准时来上班。"

望着他的背影匆匆地消失在夜幕中，又揣摩着他似乎藏着很多潜台词的话语，缇香似懂非懂，却又似乎充满了一种向往和期待。她听人说香港人都找不到工作，怎么可能用大陆人呢，又想起他的秘书曾背后骂他："从来不顾员工的死活。"可缇香曾经看到过一份尹家胥发往香港总部的邮件，内容确实是推荐缇香去那里参加一个培训班，虽然培训班后来给取消了，但是尹家胥确实是在想办法培养她成长啊。

缇香太善解人意了，总觉得严师出高徒，也许他是在想方设法地激励她上进吧。缇香这样安慰着自己的劳碌命。

她就如走火入魔了一样，林松越不教她，她就越要学会，别人越挖苦她，她越要修成正果。

17　吵起来了

刚一走进会计部，缇香就听冯恬那黏黏糊糊的声音有气无力地飘进了耳朵里："哼，谁知道她培训完之后做助理经理还是做经理。"听那称呼，缇香知道她是在跟采购部经理陶欢通电话，不知陶欢在电话那边问了她句什么，就见冯恬往椅背上一仰，带点酸意暧昧地笑着说："哎，你看看，现在谁敢惹乎她啊，那是老板心中的第一宠啊。"缇香装没听见似的坐在自己的椅子上，心里却挺讨厌她背后嚼人舌头的行为。她狠狠地瞪了她一眼，真没良心，当初缇香和她搭档的时候，她是缇香的主管，缇香却还要教她怎么干活。她要生孩子了，唯恐缇香抢了她的位置，一天也不早休息，突然间又去生孩子了，扔给缇香个烂摊子，缇香独自顶着干了半个多月。等冯恬生完孩子回来后，担心坐不回原来的位置了，又吹毛求疵地找缇香的毛病，整个一小人。

缇香正生着气呢，见陶欢挺着个大肚子进来了，她走进尹家胥办公室，丹唇未启笑先闻，刚想说话，正在和颜悦忙着的尹家胥头不抬、眼不睁地说："过一会儿好吗？"陶欢的笑容跟话卡了壳似的，脸部表情立刻无法再继续灿烂了，讪讪地走到冯恬对面，有一句没一句地搭讪着。

过了好长时间，尹家胥才把陶欢叫进办公室。"唉，尹先生，我现在连和您说话的机会都没有了。"陶欢依然笑着，装出一副又委屈又释然的表情。"啊，千万别这么说，我只不过是太忙了。"尹家胥也客气地笑着，伸手示意要陶欢坐下，并关上了办公室的门。

缇香默默地看着陶欢遭到的冷遇，心想着特会来事儿的她要休产前假了，尹家胥马上就不是很热情了，并且陶欢是尹家胥刚提拔了才半年的，连升两级啊，堂堂采购部经理，不是个一般的位置。"向姝，你说会不会有一天，尹家胥也会这样对我，当他认为我没有使用价值的时候。"缇香悄悄地问坐在自己前面的向姝。"不会的。"向姝摇摇头，"从他让你到成本部去培训这件事上看，他挺有眼光的。你和陶欢不是一类人，他自然分辨得清楚。我现在对他很有信心。"缇香心里念叨着：而我，一直都对他信心百倍。

尹家胥办公室的门在陶欢很生动的笑声中开了，两人一前一后走出来，陶欢站在了颜悦的门口。"你有颜悦帮你就行了，不知道颜悦生孩子的时候，你会怎么样对她呢。"陶欢调侃着。尹家胥不以为然地依旧笑着说："哦，应该给你们原来的老板马先生打个电话，告诉他他一走，他曾经的两个秘书，付蓉和陶欢都回家生孩子了。""主要是马先生在的时候，我们都很体谅他，不忙着生孩子，这点您不服不行。"陶欢很有勇气地说着，正想走进颜悦办公室的尹家胥一听此话，扭头向门外走去，板着个面孔。

不一会儿，尹家胥又一阵风似的冲进了办公室，还没等坐下就抓起了电话，声音高昂又生硬地催林松赶快出营业餐具盘点报表，之后啪地挂断电话。缇香见他焦急的样子，心想还是回去看能不能帮上点忙吧，却见林松不紧不慢地在办公室倾诉着："看，还是得求着咱干活。"缇香见他不紧不慢的样子，笑着说："谁给你发工资啊，要不我们一起做吧，老板都等急了喔。"他便又咳咳了两声："我告诉你们吧，他根本就不配评价我。"他对尹家胥始终是耿耿于怀。

缇香和林松坐在尹家胥的办公室里。"你这个地方对吗，什么筷子要三十多块钱一双啊。"尹家胥质疑着林松的报表，在电脑上给他指出来，睁大眼睛问询着他。林松看了看："哦，这块可能是有点小问题。"尹家胥又用荧光笔在打印出的报表上圈出了几处让林松回去查，还半真半假，半开玩笑地说："你在这儿快六年了，还想继续这样再骗下去啊。"缇香见林松只是低着头嗯了一声，面无表情，却并不解释。"这个报表毛丽会不会做？"林松摇摇头："她不会做这个，这报表是新的。""那你就教给缇香来做吧，你要和我一样，把缇香当做小妹妹一样去呵护她，去教她，缇香，你要像尊重你的大哥哥一样去好好地跟林经理学习。"缇香心里瞬间滑过一丝温软的暖流。"缇香,你今天都跟林经理学什么了?"缇香正想认真地一一道来,一直在旁边闷声不语的林松扫了她一眼,又注视了尹家胥一会儿,不由分说地拿起桌上的报表:"好了,今天不早了,我都困了,咱们改天再聊吧。"自顾自走出办公室。缇香将又尴尬又困惑又期待的表情留在了尹家胥的目光中,他似乎也挺无可奈何地摇摇头,自我解嘲般地笑了笑,冲走进他办公室的颜悦说:"看,有些时候呢,连我的话他都不一定听的,所以,还要靠你们自己的智慧了。"

　　星期天的自助餐测试缇香不能做了,只好跟林松请假,说要回会计部和彭安飞做工程改造的凭证输入。他便让缇香也和毛丽说一声,没想到毛丽大发雷霆:"我一个人做不了。""可我要回会计部干活啊。"缇香又急又气。

　　刚坐在座位上整理着资料,就见毛丽怒气冲冲地走进尹家胥办公室:"为什么缇香整天不干活,还独自坐在小屋里看书。"尹家胥见她很激动的样子,便让她先回去找林松,让林松再安排一个做自助餐测试的人。

　　没多长时间,毛丽便出来了。缇香走进去:"尹先生,是您安排我做在建工程凭证输入的工作在前的,并非我有意不参加,我昨天是打了辆夜间车来做自助餐测试的啊,天还没亮呢。"缇香越说越委屈。"那么,我想问问你,你有没在小屋里看书?"缇香摇摇头:"毛丽推开门看看,并没进来就走了,她怎么可能知道我在干什么呢。""我们都共事了这么长的时间,彼此已经很了解彼此的为人了。你给我点时间,我找颜悦问一下林松。你不要介意了,这是小问题。"

　　他走进颜悦办公室,马上把门关上,隔着玻璃,缇香看见颜悦一边打电话一边很激动地用手比划着,陆博凑过来问:"怎么了,好像吵起来了。"缇香莫名其妙地摇摇头。

　　门开了,尹家胥气冲冲地走出来,边走边说:"让林松过来说话,让毛丽也一起过来。"可是,好久,也没个人影,办公室里,大家陆陆续续地走了。尹家胥又拿起电话,缇香听见李琳清脆的声音:"尹先生,林经理下班了,毛丽也不在。""什么,我让他过来他却敢走了。"尹家胥火冒三丈,"等星期一再说。缇香,你再忍耐一会儿,你应该也忍耐不了多长时间了。"缇香不明白他这句话的意思,懵懵懂懂地点着头,依旧往电脑里输入着凭证。

　　"走,先去吃饭,我有事情要和你谈。"尹家胥叫上颜悦去吃饭了。办公室里只剩下了缇香一个人。

"缇香，你还没吃饭吧。"颜悦回来了，毛丽低着头跟在后面。

已经是九点多了，"没关系的，颜悦，我不饿。"缇香挺感动地冲颜悦笑了笑。

颜悦将办公室门关好后，示意毛丽坐在她对面，面对着毛丽为自己不能升职而极力不满的情绪和她对缇香的极其不好的评价，笑笑说："对缇香的评价，是管理层来做出的，不是你一个人说她什么就是什么。"

"那可不可以提拔两个经理。"毛丽很不甘心。颜悦挺费解地笑笑，不置可否。

两人走出来后，颜悦走到缇香跟前："缇香，快回家吧，不早了，明天再做。"又很知心地问她，"你知道林松都跟我讲什么了吗，他问我你都跟我说什么话了，有没有向我告密。"缇香一时间没明白过来这句话的意思，等她醒悟后，心想，看来林松真是不了解她啊，林松是说了无数对尹家胥和颜悦不满甚至不敬的话，可乱嚼舌头、搬弄是非可真不是自己所热衷的啊，自己骨子里是挺清高的一个人。

颜悦指着自己的脑袋说："我看毛丽啊，她是不聪明，都什么时候了，她还跟着林松走，你不知道，现在，各部门对林松的评价都很差，说他工作一团糟。再说了，她的上面不是林松，是尹家胥，是总经理啊。还在那儿整天稀里糊涂地跟着个林松瞎折腾呢。"

"有个问题啊，"缇香问她，"做测试的时候，看着加工好的实物，不拿秤称，就要估出实物的毛重量，你觉得这个有没有可能呢？""卖菜的啊！"颜悦很直率的回答把缇香给逗笑了。

18　"海鲜"大餐

星期天，正在办公室忙着，尹家胥和颜悦的门开了。尹家胥有个特点，他特别爱关上门跟人谈话，就好像他脑子里整天有什么不可告人的事似的，每当这时，陆博就笑曰："看，特高课又要有新行动了啊！"

"缇香，从FIDELIO往EXCEL转文件，你会做吗？"尹家胥喊着屋外的缇香。"我会的。"缇香毫不迟疑地说。然后,他又把门关上了。

缇香其实挺不喜欢尹家胥这种做法的,什么事老搞得神神秘秘的,特别是外面就缇香一个人坐着,就好像她会泄露什么风声似的,特别不信任人。

办公室的门哗地一下开了,尹家胥又兴冲冲走出来说:"八月八号,缇香,学多少算多少了,我要用人了。"缇香脑子里嗡地一下,离那天不到一个月了啊,不是说让林松年底走吗,难道……缇香给弄糊涂了,也很惊诧他们办事怎么老这样虎头蛇尾的,跟快刀斩乱麻似的,让人心里老悬着不踏实。

星期一一上班,林松就被叫到了尹家胥办公室。"经和公司管理层商量,决定让你工作到八月八号,我们会推荐你到别的正筹建的曼珠莎华饭店去工作。如果他们问你在这里工作的表现,我们就会推荐说你很有工作经验。"也许是早就料到了这一天,林松表情很平静,点点头从办公室走出来。

当缇香从伊洁那知道了林松的消息后,缇香有些担心地问颜悦:"他真的会去常州吗?""谁说他要去常州啊。"颜悦露出轻蔑的神情,"只说推荐他去,人家还不一定要他呢,你看他干的那些活吧。"颜悦冷笑一声又说,"尹家胥那么信任他,他把工作干成那样,也不觉得丢人,脸皮真够厚的。他是我所见过的干得最差的成本经理,他的经验和他所表现出来的没一点相称的地方,他还老觉得是尹家胥让他走的,其实这是集团总经理的决定,要用本地人做成本经理。他都那样对尹先生,尹先生还忙着到处打电话帮他找工作,哎,你不知道,我听着尹先生为他说的那些好话啊,我都替他不值,真想扇林松两巴掌。""是吗?我也觉得尹先生这人挺善良的,有时听林松老发牢骚,说些对尹先生不利的话,我也挺想对他拳打脚踢呢。"缇香听颜悦说着尹家胥的有情有义,心中对他更添一份敬意。"不过,林松说他在这里休段无薪假后就去常州上任,还是做老本行。不管怎样,希望他可以如愿啊。"颜悦对缇香说,"不过,你要赶紧准备将他那些文件整理一下了,时间真的不多了,别老坐在会计部里了。我还告诉你啊,你到了那边后,一定要利用他们每个人,要不你会很累的。"她说出"利用"这个词让缇香心里很不舒服,大家都是凭自己的劳动来吃饭的,干吗要利用人家呢。可缇香也不好表示反驳:"我真的是挺头痛和毛丽合作的,她脾气特别大,上次人家电脑房帮着修电脑,问她密码多少,她却反问一句,凭什么要告诉你,把人家气得够呛。""我

告诉你,你大可不必担心她,看我到时候怎么收拾她,她不是说她能封账吗,看如果她封不了账,我再收拾她。"颜悦恶狠狠地说。

晚上,尹家胥要单独请成本控制部的人吃饭,订在了"怡情楼海鲜巨无霸"。缇香往门外走着,彭安飞也要下班了。"别说咱老大对你确实不错,你还没正式上任呢,他就先帮你联络起感情来了。"缇香听了也挺欣慰的,想想自己总算没有白白跟着他苦干,又想到他是个挺重情义的人,吃饭其实也是提前给林松饯行吧,特别是林松以前对他,也还算得上忠心耿耿。

临出门,碰巧坐上了顺路回家的供应商的车,缇香坐在车上等着他们,看见冯恬晃荡着走出大门,她走路肩膀总一高一矮的,就跟穿了双后跟不一样高的鞋一样,深一脚浅一脚的。她故意避开车远远的,装做若无其事可还是忍不住斜睨了一眼车上的人,林松就不失时机地招呼她:"跟着一块去玩玩吧,冯经理。"冯恬肩膀晃悠得更厉害了,小碎步也迈得更快了,想反驳句什么却又想不起说什么好,撇着嘴走开了。

车很平稳地行驶在马路上,林松的手机响了,是颜悦问他缇香有没有在车上,林松肯定地附和着,缇香往车窗外看了看,却一下子看见彭安飞和向姝正谈笑自如地走在马路上呢,车驶过两人身边时,他们也没发觉。"向姝不是有男朋友了吧?"缇香心里掠过一个问号,不过,两人从长相上看,可真是般配呢,可谓是金童玉女。"若真是一段办公室恋情,也挺浪漫啊!"缇香越想越觉得有趣,等进了怡情楼的大门,又将这事忘到了脑后。

走进这间"玲珑亭",缇香顿觉赏心悦目,本是艳阳照人的七月,一进门,淡色的墙,浅黄的沙发,墙上绿意盎然的青山绿水,白云悠悠,好雅致的地方,还有一排排椰树葱郁挺拔着,摇曳在朦朦胧胧的琉璃间,恍若置身椰风海韵,很清凉的风回旋在房间的每个角落。正看着,尹家胥和颜悦进来了,大家忙起身相迎,尹家胥眼神正搜索着缇香的身影呢,却没想到缇香就近在他眼前。缇香今天穿的算是比较性感,荷叶边连衣裙,领口开得稍低,黑色裙身上盛开着暗红色的小花,真丝的质地,轻柔地裹着缇香玲珑有致的身材,再披散开满头飘逸妩媚的卷发,真是别有一份风情与风韵啊,和办公室里正襟危坐的缇香有截然不同的味道。尹家胥不由退后了几步,心里赞叹着并非天生丽质的缇香却独有一股与众不同的韵味,哪怕欧美风情的衣饰着身,也还是给人超凡脱俗的不食人间烟火的感觉。尹家胥掩饰了下自己对缇香的注目,回头吩咐起颜悦去点菜，客套寒暄间，菜也上了差不多了。

尹家胥谈笑风生，张罗着让大家多吃菜。"等等尹太太吧。"林松插了一句。"不用了，她就是出去买点东西，我们先开始吧。"谈话间，尹太太也领着儿子进来坐下了。"你有没有和'杭大美人'一起游过泳啊，你现在正好又可以赤脚走路了。"大家都面面相觑，继而忍俊不禁。"尹先生，你怎么知道林经理的这些嗜好的？"林松也不言语，只反复说着："这地方确实不错。谢谢了，谢谢了。"

说起林松的这两个嗜好，还有一番渊源呢。据说林松刚来这座城市时，举目无亲，一次，看了杭大美人的舞蹈表演，顿觉惊为天人，其实，大家都觉得在销售部工作过的杭小姐确实青春逼人，可竟让大京城来的林松如此倾倒，也很匪夷所思。他做了一份美人排行榜，杭大美人竟高居榜首，甚至连章子怡、周迅等明星也望尘莫及。不过，他的审美也是有点叶公好龙的味道，君子动口不动手，这也是他的长处，在这打工五六年了，没有任何绯闻，人却也变得有点孤僻，说话时不时地会有些彩色语言迸发，越迸越不可收拾，越说越五光十色，到最后简直就有点旁若无人的感觉了，就像他自己说的练功到了某种境界，是很浑然忘我的。而你如果推开成本控制部稀里咣当的大门，"连个插脚的地方都难找"（这话是颜悦说的）的小屋里，举目环绕四周，最先映入眼帘的必定是人高马大、脸色黑黑但依然英俊的林经理，他自己可说是占了半壁江山，绕他而坐的全是清一色的各种风姿的娘子军，特别是缇香这段时间又常伴他左右。所以，江山美人，笑语欢歌，黑白有别，胖瘦分明，那景象很滑稽，也很难为大家的视觉，地方小得跟个鸟笼子似的，桌子上又乱七八糟地摆着摊。林松还把个小塑料瓶放到面前当垃圾桶，擦鼻涕纸还有些别的什么乱七八糟的纸统统扔进去。有进来的同事戏言，说林松是洪常青，大家就并无恶意地反驳道："都快成黄常青了，还洪常青。"林松就很随和地笑，并不在意，兴致来时，还会再唱上一段。

杭大美人后来嫁到新加坡去了，林松便语带留恋，意犹未尽地说："哎，杭大美人也走了，我在这也就没什么可留恋的了。"那时候，他已经知道自己要离开这里了，大家都挺羡慕杭大美人的，觉得她有这一个虔诚的粉丝。可后来却渐渐发现，有些时候，人也需要有一些虚幻的偶像支撑着他们度过人生，而且毕竟他对杭大美人的那么美好的印象也似乎净化着他孤寂的

心灵。

　　林松很有一套养生之道，用茶水泡眼睛，所以，他常洋洋得意："你看我和尹家胥一般大，他那两眼都快成瞎子了，我的眼睛还好使着呢。"他还有更绝的一招，赤脚走路上班。有次，吕倾下班逛超市，老远看有个人影挺面熟的，可一手提着一只鞋，又不敢相信，可那确实是林松。还有更好看的呢，据说他把鞋挂脖子上，胸前还写着什么什么。缇香觉得这就有点杜撰了，可他这么有题材可挖，确实不是个一般人。

　　而元冰讲的故事更让大家笑成一片："听人讲，有次在大街上走过一帮勾肩搭背的农民工，可有一人特眼熟，也笑眯眯地走着，聊着，手里提着鞋子，那人就是林松。"

　　正寻思着这些好玩的事，就听尹家胥热情洋溢的话回旋耳边："搞财务的都戴着眼镜，毛丽，你今天戴上隐形了是吧？"缇香看了看，十几个人中，就缇香和尹家胥戴着眼镜。毛丽挺漂亮的，特别是摘下眼镜后，她今天吃饭也像较着劲似的，往菜里倒了无数的芥末，还嫌不够辣。卓环就对尹家胥说："这个靓女能吃辣。"尹家胥却把头一扭，继续说："你们这里面谁唱歌最好啊？"林松就说："我们都能唱两句。"颜悦也说："我在长春的时候，那边的同事嗓子一个比一个好，一个比一个亮。""可谁唱得最好呢？"他仍不罢休地问着。去年春节晚会的时候，财务部的节目是《青藏高原》，是缇香唱的。"缇香唱歌挺好的，我们去年跳舞……"还没听吕倾把话说完，尹家胥就又接着问："谁写文章最好呢？"这答案就更不用宣布了。林松很机智地岔开话题，悄悄地问他："尹先生，你就一个孩子，不准备和尹太太再要一个了？""你替我养啊！"尹家胥没好气地瞪了他一眼。

　　意兴阑珊地已经再也寒暄不下去的时候，尹家胥说："不早了，明天准时上班啊。"缇香和李琳一起走出来，还有刚来这个部门的缇香以前单位的同事陈言。好多同事都簇拥着林松，也知道是和他吃最后一顿饭了，便和他畅叙着。路过正在等车的缇香时，林松冲她点点头，毛丽说要去买牙膏。"天不早了，我明天帮你带盒吧，我买得挺多的。"缇香友好地冲她说道，毛丽冲她笑笑："不用了，我正好溜达溜达。"

　　察觉出了毛丽那份强忍的落寞和心中的不甘，缇香望着她的背影，陈言的话又很真实地响在耳畔："缇香，你一直是很好强的一个人，不愿让人压着，不过，你确实能力可以，有证书，英语也不错，他们英语都不如你，可你要知道，他们当中也有不服你的。""我知道。"可我会让他们服气的，缇香暗暗在心里给自己打气。

19 "艳 遇"

在宣布缇香正式升职之前，毛丽做得也很勤奋，加班加点地赶自助餐测试的报表。尹家胥给成本部单独开会时，常常说的一句话就是："机会什么时候来我也不知道，但是机会只留给有准备的人。"

那天，缇香正在整理着宴会转货单，毛丽急躁地蹦到她面前："你还要用多长时间，我要查一下，我急着给行政总厨出一份报表。"缇香便把手上的东西先给她。"你先别做，你这样做不对……"她很武断地说。缇香刚想解释，她一把拿走这些单据。"我要给总厨看看。""那我也一起去吧。"缇香紧跟着她。

元冰正看着单子，问着问题，缇香刚要说话，毛丽就打断："你没做过，你不了解我们这儿的情况。"元冰看看缇香，又看看毛丽，正僵持着，尹家胥笑容可掬地进来了。"咦，大老板怎么有时间来了？"缇香忙出去搬了张椅子。尹家胥坐下来，边问边拿起了厨师桌上的面包："这个可不可以吃啊？""你想吃我可不敢让你吃啊！"元冰也客气地笑了笑。

尹家胥来的可真是时候，缓解了两个女子之间的矛盾，毛丽和缇香不便打扰两人谈话，就各自走开了。

第二天一早，颜悦便和缇香来到成本控制部，颜悦当众宣布："从现在开始，缇香正式调任为助理成本经理，全面主持部门的各项工作。"缇香看见毛丽低垂着眼帘，正熟练打着电脑的手有点颤抖，索性就停了下来，黯然不语。

宣布完后，林松也不言语，"噢"了一声后，说了句："你们行动还挺快的呢。"他说话总透着股黑色幽默的味道。缇香说："我先回会计部整理一下资料，过一会儿，我马上过来和你交接。"颜悦坐到缇香对面："缇香，你现在已经是成本经理了，从今天开始，你就要坐到林松的位子上，什么

也别让他干了，如果他再干，你就明确告诉他，我缇香才是这部门的老大，让他放明白点。"缇香看着她眼珠子瞪得像灯泡，跟如临大敌似的，就不寒而栗。心里嘀咕着：我如果像她说的那样做，非打起来不可，我凭什么要那样对人家呢，林松在这儿一天，就是一天的经理，纵然他对我如何保守，我也理解他，毕竟他舍不得钱呢，人要生存吗。但她也没吱声。"你还要注意一下毛丽，她是肯定会走的，但千万别让她现在走，你要争取让她帮你，等她帮你把部门工作理顺后，你再让她走。"她好像是很有计策似的教着缇香，可缇香却不以为然，卸磨杀驴啊，怎么颜悦把人看得都跟傻子似的，就仿佛这些人都是她手中的沙子，想往哪拽往哪拽。就算她缇香想让毛丽留下来，她肯留吗。

　　缇香追着颜悦问和林松什么时候进行交接，希望他能有一份交接报告给她，但是似乎林松很不情愿。缇香想请求颜悦可以帮助她拿到这份交接报告，颜悦却面有难色："你想他并不是心甘情愿要走的，还是你自己写写算了。""万一我写得不全面，影响以后工作的开展怎么办呢？"缇香忧心忡忡道。

　　坐在一间后来成了缇香的办公室的小屋里，缇香、林松、颜悦一起谈着要面临的工作，气氛蛮不错的。想想他们两人曾吵成那样，颜悦和他都似乎有着不共戴天之仇却依旧能够谈笑风生，缇香也挺高兴的，真可谓相逢一笑泯恩怨，离别之时情更浓啊。缇香特别不喜欢大家总是打仗，总是吵架。"缇香这性格，和一般北方女孩不太一样，挺倔强，挺执著的，她是能受得了尹先生的工作方式，不是我说你们，我们这里员工对他的工作方法，意见可是蛮大的，再等你这徒弟一来，吆，跟师傅一样，都是些急脾气。"颜悦听林松说到最后，都笑得很灿烂、很真实了，特别是说到她是尹家胥的好徒弟时，她都笑得像朵向日葵了。

　　他们两人突然间就像久别重逢的老朋友一样了，如数家珍似的开始谈一些同在外地打工的异乡人的难处，"真的，走出家乡的那一天，就是走上了一条不归之路。"林松真诚地说。还谈到有个同事不干了，颜悦就说："人家老公能挣吗，要我找了个有钱的老公，我也回家享福去。""不会的，"缇香插话道，"即使你老公很有钱，你也会在外面打拼的，你多能干啊。"她确实觉得颜悦是个适合在职场打拼的女子，特热衷权术，刚来这里没多久时，就发誓两年后必须要做上财务总监。

接着，林松又简单地给两人讲了讲成本部每个同事的特点，对于颜悦提出的让他对部门员工工作做出合理安排的要求，他很委婉地拒绝了："这我恐怕做不到了，这几年一直都是这样过来的，再说我要走了，就算安排，也不见得他们能听我的。"随后又用一种很煞有介事的口吻说，"很可能呢，毛丽会辞职，如果她辞职，对你们的损失可就大了。哎，对我的这个徒弟，也都怪我，对他们管理得太松了，以至于把她的上进心都给磨损掉了，工作的主动性也没了。不过，看你们可不可以想个办法给她个补偿，毕竟她跟着我干了这么久。"他说得也很诚恳，缇香心里却将信将疑。其实，前任老板曾提出过要提毛丽为副经理，可被林松挡回去了。而越到后来，可能是基于某种担心吧，林松越来越保守，好多工作也不让她插手，毛丽也懒得操心。人啊，总是在跟自己利益没冲突的时候，才将心灵深处那一丝尚未泯灭的善良表露出来，可又有什么用呢，除了自己的良心得到片刻的安宁外，又能安慰多少个伤透了心的人呢。

"既然这样，我也和毛丽谈过了，她对你还是很尊重的，你也可以再和她谈谈，劝劝她。"颜悦说。"其实，我挺理解她的心情，因为我也曾有过相同的境遇，而且比她还感到失落，我想林经理你应该是知道这些事情的。所以，希望你能告诉她，我很愿意和她一起合作，将工作做好。"缇香也真诚地说着。"让缇香坐这个位置也不只是我和尹先生的建议，也是总经理和副总经理的决定，可能是缇香的名气太大了吧……"颜悦说着，表情很复杂。

缇香并不喜欢别人说她名气大，就如她不喜欢颜悦说她性格太锋芒毕露一样。她那次是应餐饮经理的要求，给中餐大菜牌写了宣传词的，没想到宣传词赢得了总经理的极度赏识。"夏的炎热气息淡然在碧海蓝天下微微的风中，夏的浪漫味道凝聚在绿树红瓦里优雅的香厅"，"古乐飘过，古色掠过，宛如步入唐宋诗篇；古香品过，古韵驻过，只因身在人间香厅"。这些优美的句子，也和她的人一样，给管理层留下了印象，以至于被说成是"曼珠莎华一支笔"。她记得当时总经理夸她时，颜悦脸上的表情是很不自然的，回来就借题发挥，说她太张扬了，可她自认为并没有刻意去显示自己啊。之后，总经理还让她继续写冬天的宣传词呢。

尹家胥推开门，见还在热火朝天地聊着，就又退了出去，他是过来叫颜悦一起吃饭的。等到颜悦出来找他时，他已没有踪影了，颜悦说完"尹

先生呢,他为什么不等等我",也出去了。

一吃完饭,颜悦就又神色冷峻地告诉缇香:"你要赶紧整理那些材料了,小心他耍花招。"缇香不由心里掠过一丝不快与不解,刚才还聊得不亦乐乎呢,现在马上就阴云密布,以邻为壑了,活得可真够累的,干吗当时不让他直接把交接表写完了呢。

这天,毛丽高高兴兴地走进尹家胥的办公室:"尹先生,我觉得我做成本这么些年,该学的也都已经学会了,在这儿我也没什么发展了,所以,我提出辞职。"将辞职报告放到尹家胥的办公桌上,毛丽和尹家胥一前一后,各自潇洒地笑着走出办公室。

颜悦立刻把缇香叫到她办公室,缇香刚一进门,她就一脸神秘、一脸严肃地对她说:"你知道吗,毛丽提出辞职了。"缇香点点头,这其实也是她意料之中的事情。"没想到这么快,她是找到新工作了呢,还是就是不想干了,你和她谈一下。现在,你要考虑的是再安排谁到成本部。"缇香心里想到跟了她很久的向姝,可又觉得这时候调她过来并不合适:一是她刚刚到这个部门来,就把跟自己关系好的人调过来,别人心中肯定会有说法;二是现在成本控制部并不稳定,把她调过来对她的发展也没什么好处。所以,缇香立刻打消了这个念头。

而在成本控制部的这段时间,缇香渐渐发现了李琳的灵气与聪明和对工作的认真,如果有机会,还是应该留给自己本部门的员工,缇香便把想法告诉了颜悦。

"李琳,你对缇香到你们部门有些什么看法?你接受吗?"颜悦做事很敏捷,她马上和李琳宣布了这个决定,等招聘到收货部的人后,就会安排她到成本部工作。也许是林松也和李琳谈过什么了,她并没有觉得这个决定突然:"我觉得没有什么,管理层有任命的权力,再说,缇香也很能干,很有才气。"

终于尘埃落定,缇香长长舒了口气,感觉像做了一场梦一样。她准备和向姝下班后到佳世客去买点好东西奖励一下自己,以不辜负自己这大半年来的辛苦付出。

佳世客超市人特别多,韩国人和日本人尤其喜欢到这里来购物,缇香买了些蔬果饮料,正要和向姝到卖衣服那边看看,却被巨幅的广告画吸引了视线，缇香不由自言自语："一次性购物1000元以上可以抽奖去日本旅游啊，真有意思，可惜，我们俩加起来也不够那么多啊！"她毫不在意地和向姝说着。她今天的心情不错，兴致盎然，可没想到她的无心之语却招来了有心之人。"我这里发票正好够，你可以拿去抽奖啊！"缇香惊异地回头看和她说话的人，一张棱角分明的南国男人的脸庞映入了她的眼帘：刚毅的眉，深陷的眼神，冷峻的面容上漾着踌躇满志的笑，特别是一双漂亮的桃花眼，极具魅力。若不是这个男人天生带有一股威严气质，很容易被人误会他是个多情男子。缇香可真没有想到超市里也会遭遇一场艳遇，真是人逢喜事精神爽啊！

她太诧异了，诧异得都不知道怎样拒绝这份好意了，便毫不犹豫地将发票接过来，拉着向姝匆匆地跑抽奖处去了。"哎，缇香，你还真是挺有魅力的啊，这个男人一看就气质不俗啊，咱们忘了向他要张名片了。""不会吧，向姝，我估计他是冲着你去的，你这么清丽脱俗，亭亭玉立。"两人嘻嘻哈哈着到了抽奖处，却被告知活动早结束了，心里有点好笑又好奇，忽然，缇香笑道："哎，向姝，咱得赶紧把发票还给人家，万一人买的鞋子穿坏了，都没法保修了。"

两人便又匆匆往刚才的地方找了回去，可是，哪有那男人的身影呀。"估计也就是城市的匆匆过客吧。"缇香自言自语道。

晚上回到家里，缇香打开博客，好久没有更新了，网站的新格式也让她一时半会儿没搞明白，但终于还是将"尘埃落定"这篇博文传了上去："我即将走马上任了，在我一波三折的职场生涯中，我应该是终于迎来了我的出头之日，就像是高山流水谢知音，我对尹家胥充满着难以言表的感激之情，可我不知道接下来的一切将是否顺利，是否戏剧化的一切也将从此拉开帷幕……"

她很快又上了QQ，看到"狮子王"的头像也是刚刚亮起，还没等她说话，对方就发来一个恭喜的表情："祝贺升职，恭喜你遇到了职场贵人。""谢谢你一直以来的关注。"缇香也回他一个顽皮无比的笑脸。

20　"这就叫办公室政治！"

也许是觉得事已至此，也许是林松看出了缇香真的是很用心的，他们之间的相处比开始时顺利多了。李琳告诉缇香："缇香，林经理当着你面不好意思讲，他常跟我们说，教徒弟谁不想教个用功的啊。"缇香常常迷惑，哪个是更真实的林松，没做他的助手时，他很肯定她的能力，有机会做他的助手了，他不仅无意器重她，还时不时地挖苦她，终于做到助理了，他总归是接受了她。茫茫人海，人海茫茫，现实极了的人层出不穷。缇香想，如果林松认为他与她的交集是一段错误的话，缇香希望错的并不是一份情谊。

林松大缇香六七岁，男人都是很爱面子的，何况他又遭遇如此尴尬境地，虽要"解甲归田"了，缇香依然很在意要小心维护好他的自尊，而他也主动搬出了办公室，到总仓去办公了。缇香希望吕倾和李琳能趁这最后的时刻，多跟林松学点知识，她们两人也挺用心。

缇香也常到总仓去请教林松问题，她坐在他旁边，听他接了个电话，听他感慨万千地说："君叫臣死，臣不得不死。"他是无比眷恋这个地方的，山清水秀，海天一色，他还告诉缇香他存款都快一百万了，大部分都是在这儿挣的。"我是以成本控制部经理的身份来给你讲这些话的。我保证他们半年之内，不会给你太大的压力，毕竟你是个新手。我也坦率地跟你讲，我是前任老板招来的，一朝天子一朝臣，而尹家胥已经在这工作两年多了，他会逐渐厌倦总经理、副总经理的做法，毕竟，他不是个大陆人。"缇香目瞪口呆地听他面无表情地说着，心想他是在暗示她什么呢，还是只是发泄自己的郁闷情绪呢？她觉得林松可真是个挺复杂的人物。"我自认为我在这里工作的这几年，在为人上是软弱了一点，但工作还是做得蛮不错的。"可颜悦对他的评价就是他做的那些东西都是些垃圾，她的口头语就是"都他妈的 shit"，她说林松简直就是个"山寨"经理。"你听说过办公室政治吗，我在这年头是经历了一些，你看，他们自从有了不用我的念头后，经常是我的问题也找我，不是我的问题也找我，当众给我难堪，等决定了我走的时间了，也没人找我了，也没人骂我了，这就叫政治。我跟你讲这些，不见得你能听得懂。"缇香确实是似懂非懂，但如果他说出这些牢骚话后，他心里能好受一点的话，她愿意当他的一个沉默的倾听者。

缇香也确实是看到了林松落魄时候的遭遇。有次，他正按着免提听颜悦在电话里对他河东狮吼，另一个部门的经理也嚷嚷着向他要门口的铁架子，态度就像训孙子一样。于是，小屋里就跟二重唱似的，就见林松脸红红的，慌不择路地奔向门口，电话里颜悦那既悦耳又刺耳的声音依然回荡着。回来后，他自我解嘲道："你说，我这是招谁惹谁了，一大帮子人来找我，再加上几个女将，你看小颜……"他北京人发音儿化音重，小颜听起来就好像说人小心眼一样，让人听了忍俊不禁。

其实，缇香也看出来了，林松也是给折腾得有点不知所措了，虽然他是那样一个城府颇深的人，就连正事找他的，他都不知所云了。有次，行政总厨元冰怒气冲冲地破门而入，大嗓门跟唱美声似的："我说林松呀，你上个月西厨房转货到豪华阁是按多少费用转的呀，怎么才转了那么点呀，实际不是这样的啊。"问了老半天林松也不言语，把元冰给惹火了，大叫一声："林松呀，我怎么感觉跟你说话，就像对牛弹琴一样。"林松这才好不容易抬起他那高贵的头颅，然而，却是一副"无语问苍天"的茫然样，还张着个大嘴："啊！"又自问自答地点了点头，"哦。"缇香坐在他旁边，想如果将他这幅表情录下来，绝对是一部比周星驰版还绝妙的喜剧片。

元冰却仍不依不饶，林松只好说："是房务总监让我转这么多的。"元冰不高兴了："他让你转多少你就转多少，那是不是我让你转多少你也会转多少呢？""那你们两个先回去自己商量商量后再来和我说吧，我很忙。"林松似乎很无奈地说道，元冰只好啼笑皆非地走了。

有一些经历，有一些感触，自己不亲身遭遇，是很难体会深刻的。缇香想，在这里工作的最后时段，也将会是林松心中挥之不去的难忘记忆吧。

林松最后一个月出账了，由林松协助缇香，缇香忙得不可开交，林松也依旧按免提听电话，缇香于是就听见了总账冯恬那酸溜溜的声音里略带着些许惊诧的话语："林松，这月凭证是谁做的呀？""当然是缇香做的了，都什么时候了。"林松回答得很快。"哼，她这么快就会做凭证了。"她惊诧中隐含着掩饰不住的嫉妒。

到晚上七点多了，缇香依旧在钻研着，她问林松问题时，却见他正迷糊着呢。缇香也累了，就走出办公室休息了一会儿。回来后，发现桌子上

有张小纸条:"缇香,我有点困了,我先到外面散会儿步。"缇香顿时觉得挺亲切的,他写得挺实在的,真是再大的男人也有孩子气的一面啊。就像小孩子没写完作业就想看电视一样,活还没干完呢,他就跑出去散步去了。

缇香忙到九点多了也还是平不了账,便打手机找林松。他想了一会儿,说:"哦,是不是上月库存余额数没对上啊。""没对上你为什么要关账呢,你让我怎么去做啊。"缇香很生气地挂断电话,找来找去,又发现有两笔供应商的收货单没有送到会计部。"这个大哥,搞什么吗!"缇香烦躁起来,在心里疑惑着这林松都做了些什么账目啊。

第二天是周六,不必穿工服上班,缇香穿着条盛开着鲜花的海蓝色露肩连衣裙,顿觉神清气爽,似乎换件美丽衣装也可以让灰灰的心情立刻神采飞扬起来。她一溜小跑跑到会计部,颜悦忙问:"账出得怎么样了?"缇香笑了笑:"快做好了,就差成本率的凭证了。我查一下电脑看上月的结余数是否和我那边的一致。"果然是上个月就没有平起账来。"差多少?"颜悦急切地问道。"不到 2000 吧,气死我了,我昨天晚上忙到凌晨呢,想过来查账,这边又关着门。"尹家胥忙把颜悦叫过去,两人要下班走了。颜悦将缇香叫到一边,悄声说道:"你知道吗,尹先生一听你说库存数没对上吃了一惊,差得少还没关系,要是差得多,那可就问题大了。"缇香顿时醒悟到,就算是有差异,她也不应该对着尹家胥讲太多,这毕竟是他领导的部门,如果不出色,问题很大,他脸上也无光。后来的她,也越来越深地体会到了这一点,也由此一步步悲哀地发现,她所无比敬佩的老板,其实并不是被她罩上了一层光环后的那个尹家胥。

21 珍惜相识这份缘

"林经理,你帮我做一下成本率的报表吧。"缇香诚恳地请求着,这没有交接的工作难度系数还真是不低。缇香初次做,不是特别明确数字和数字之间的钩稽关系。

缇香把能找到的数据都填上了,在林松可以开始了的声音中,他指挥着,缇香行动着,缇香宛如跟大师学艺一样聚精会神,在电脑上恣意驰骋。"先停一会儿。"缇香便停住。"哦,成本还是有点高啊,再开始调吧。"缇香便又开始在数字之间穿梭,中厨房加点数、西厨房减点数,啤酒吧加点,大堂吧减点,或者再这边减点,那边加点,反复几次,在林松可以了的话声中,缇香也莫名其妙地结束训练。"看,你的勤奋加上我的聪明,哈哈,成本率出来了。"林松笑成了一朵黑黝黝、闪亮亮的花。"你每月就这样做账的啊。"缇香好奇又吃惊地问。"对,就是这么出来的。"他胸有成竹。"怪不得人都叫你'林调'呢。"缇香在心里疑惑着,这哪里是在做账啊,简直就是在画画吗,这边渲染些,那边减轻些。大师终于公布的江湖秘籍,还比不上魔术师解开的谜底。后者起码有点恍然大悟的感觉,前者却还是仿佛谜中之谜,令人扑朔迷离,云里雾里。

　　成本率数据一出炉,中餐行政总厨郑师傅就三步并作两步地冲到了"林大师"面前:"我的成本率不可能这么低的呀,每个月都40%多,这个月到底是什么原因呢?林经理,你快和我说说啊!"他的南方话本来就快,说得再快起来听上去就好玩得不得了,而林松笑得就跟弥勒佛似的:"老郑啊,就这么低,没原因。缇香,我给你留了个28%,要是我给你留下个58%,好家伙,你解释去吧,估计你解释到天亮你也解释不出来。"听得缇香丈二和尚摸不着头脑,确实是解释不出来,这数据出得太离奇了。但若是说做的是假账吧,似乎也算不上那么严重。

　　冯恬总爱居高临下地对林松发号施令,缇香被叫到了会计部,有的部门对账务提出疑问,缇香便耐心地解释着。冯恬就很得意很不屑地拿起电话也找林松问,语气流露着明显的倾向性和针对性,一个劲儿地引诱林松将错误往缇香身上推,可林松在电话那头一个劲儿地坚持:"人家缇香做的没错,以前就这样的,人家就是没做错啊,你放心吧,都是我的错。"冯恬便也偃旗息鼓了。

　　有一种人,就跟块泡泡糖粘在人身上一样,你要揭下来,还真不好揭,等全揭完了,衣服上都会有个大大的污垢。冯恬便类似这种人。第二天一上班,林松就被她叫过去了,无论冯恬怎样吹毛求疵,林松就三个字——"我的错。"三字经唱了一上午,惹得一个劲儿地想找缇香麻烦的冯恬无计可施不说,还惹得整个财务部同事对林松刮目相看,都说"我的错"三个字简直就是林松大男人包容胸怀的伟大体现啊。

坐在颜悦办公室，尹家胥有意把缇香做的报表放到桌子上，还用意味深长的眼神望了林松一眼，无声胜有声啊，似乎是在说："看，不用你，缇香一样可以将报表做出来。"林松便借别的话题，似乎是又无奈又心甘情愿地说："那你们就让缇香干吧，我接受啊，缇香挺具有拼搏精神的。"缇香就觉得他说话怎么老是让人哭笑不得啊，把她比做当年的女排队员了，听不出他是褒义还是贬义，这职场上的男人可真令人费解。但她也挺欣慰的，因为林松曾经跟她说过："你这月出报表还不得拖到十几号。"可缇香却按时出了报表。

林松这几天非常轻松，每日整点下班，还不忘感慨一番："呵，真没想到，这越到最后，我越无官一身轻了。幸福来得太突然了啊，始料不及。"缇香不知道他心里是否也很想说："早知今日，何必当初。"因为每当一段不愿提及的往事又不得不回首时，浑然不觉溜到嘴边的就常常是这句箴言。

林松要走了，不管曾有过怎样的恩恩怨怨，从此将天各一方，连心有千千结的机会都没有了。缇香找了张海滨风景的明信片，让和他朝夕相处的同事们写下临别的赠言，放到信封里让他回家再看。"林经理，有好多的美丽地方，如果能有一份难忘又美好的经历，也应算是不虚此行的。只是，请您理解我并接受我的一句话，我相信尹先生他真的是一个很重情义的人，请您不要怨恨他。"他点点头，没吭声。

下班了，缇香追上迎着夕阳前行的北京大哥，把准备好的礼物交给他，说："我太忙了，没有时间精心选择礼物，这个杯子你拿着，即使到了异乡，你喝水的时候，就会想起你还有一个跟你时间很短并且不怎么聪明的徒弟。"他其实很帅但很黑的脸上露出挺灿烂的笑容："你还挺有计划的啊。行啊，幸亏你接过去了，要不我还捞不着歇歇。"缇香也笑了。有时候，把别人的诚心当做是一种精心策划，其实是很累的，现实有时就是道是有情却无情啊。

缇香走回正在等着她的向姝面前。"他和你说什么了？"向姝问缇香。缇香便把林松的话转述了一遍。向姝撇撇嘴："缇香啊，我说句话你别不爱听啊，当初林松那样对你，他走后你还送他礼物，如果是我，我才犯不着这么情意绵绵呢，职场哪有这么煽情啊，通情达理的人会念你个人情，但我看这里这样的人还真不大多，你的感情是不是也太丰富了，你这样下去会吃亏的。"缇香愣了愣，她觉得她说的话很有道理，但是她又感觉不到自己哪个地方做错了。她扪心自问，自己是不是也确实太理想化了一些，做事情总愿意从心灵出发，而不是从利益出发。她告诉向姝，她会好好琢磨一下她的忠告的。

22　走马上任

颜悦打电话要缇香参加每周二举行的饭店部门经理会议，缇香便早早地到了，坐在宴会部经理的旁边。尹家胥和颜悦一前一后地进了会议室，他们现在是什么时候都如影随形、比翼齐飞了，颜悦拍拍缇香的肩膀，缇香便会意地坐到了颜悦的旁边。

在一群陌生的熟悉人当中，缇香觉得很新奇：每个人都正襟危坐，不苟言笑的，跟木偶一样，也许内心是丰富成熟的吧，但都如仿佛要发生什么倒霉事一样，都板着个脸，是不是人到高处就要变成机械人了。缇香心里笑自己，像自己这么感情丰富的女子，什么时候能修炼到如此境界啊，真是路漫漫其修远兮，吾将情绪隐藏兮。

尹家胥却很活跃，会议还没开始，他就笑着和餐饮部经理齐丽开起了玩笑。齐丽长得很漂亮，可快40了也没结婚，女强人型吧。"齐小姐，好久不见了，你在忙什么呢？"齐丽没想到尹家胥会主动和她打招呼，很不自然地笑了一下，词不达意地说："我在下面忙着呢。""是这样啊，那么就我在上面，你在下面了。"尹家胥冷不丁地冒出这句话，还挺得意地笑了笑。

缇香惊诧极了，原来香港人还真是无处不八卦啊，温文尔雅、博古通今的尹家胥何时也下里巴人了，津津乐道于这种"文学"，而且还是这样人群聚集的正式场合。缇香眼中的尹家胥，即使他有什么非分之想，说出来的话都是含蓄得不得了，让你觉得像是在对你表示好感吧，可话又模模糊糊，而如果你对他稍有点好感的话，那他的很具有感情色彩的话还是相当中听的。这方面，他确实称得上高手。

他也很会利用女人爱听好话，特别是爱听老板说好话的弱点。有次和银行的客户一起吃饭，尹家胥就再一次赞美漂亮的付蓉比香港的关之琳还楚楚动人。顿时，付蓉激动得一塌糊涂。自打辛枫走了后，付蓉挺失落的，

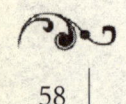

并且在外地和她做着同样职位的颜悦却被尹家胥费了九牛二虎之力调过来，坐上了辛枫的位置，她就心里更不是滋味了，索性做起了"孕美人"。尹家胥这一忽悠，银行的那些老江湖们顿时很激动地纷纷向"关之琳"敬酒表示倾慕，已到了女人最美丽时光的孕美人付蓉便很受用地站起来："那我就比关之琳先走做妈妈这一步吧。"起初没明白过来是什么意思的大家心领神会了后，就开怀畅笑了。

那天晚上，付蓉也趁机向银行的人大大地介绍了饭店正在推出的钻石卡销售活动，银行的人都很踊跃，尹家胥对付蓉那晚的表现满意极了。老板确实厉害啊，连说句美言都蕴含着巨大的经济效益，尹家胥可谓精通此道。

都说醉翁之意不在酒，职场上的每一次饭局，又有多少是单纯的把酒言情意呢。所以，如果以为职场饭局是让人大快朵颐的场合，那真就是大错特错了。而缇香，自认为是很需要磨炼些饭局智慧的。

缇香也突然间想起采购部陶欢有次站在门口，摆着个 pose 冲尹家胥媚笑着，而当缇香不自觉地回头，发现尹家胥又一本正经起来。再看陶欢，一脸惊诧与尴尬，却依旧微笑着走进他的办公室。

总经理宣布会议开始，缇香的回忆也戛然而止，她又一次在心中笑自己的联想能力确实是太丰富了，这可能真是和她喜欢写文章有点关系吧。但是，望着尹家胥对她充满期待与信任的目光，她愿意相信他依然是她心目中那个正直、敏捷而富有魅力的老板。因为她的同事们常说："缇香，你也就碰上了尹家胥，以你这种性格，老板都不喜欢的，不懂献媚的潜规则，就知道埋头苦干，光有才气没用的，重要的是得让老板觉得实用。"所以，缇香相信他，也愿意努力报答他的慧眼识才，知遇之恩。

轮到缇香发言了："我刚刚从会计部调到成本控制部，也是第一次参加这个会议，所以，很真诚地希望能够得到在座的各位的帮助，如果大家对我工作有什么好的建议的话，也希望能够不吝赐教。谢谢大家！"缇香看到总经理由衷地笑着。她眼角的余光注意到尹家胥很关注地在听着，每听一个字都会微微点着头，并重申着林松已经休假，以后任何事情都可以直接找缇香来处理，缇香的职位名称是助理成本经理。

缇香就这样走马上任了，没有交接，好多的资料也不知放在什么地方。她是否会从此忘记了呵护舞者的容颜，忘记了舞者修身养性的小窝，淡漠了真心爱护舞者的亲朋好友呢？她是否会像上紧了发条的机器一样，不分昼夜地旋转着，直到剩下了一堆稀里哗啦的零件呢？一步一步往前冲，一直是要强的缇香的风格，哪怕是高处不胜寒，她也要尝尝站在山顶到底是个什么滋味。

二　珍惜机遇　殚精竭虑

23　粉墨登场，左抵右挡

在让缇香到成本控制部之前，尹家胥曾对她说："在那里，你会发现世界上什么样的人都有。"缇香还没有来得及品味他话语里的深意，乱七八糟的事就如奔腾不息的潮水一样，汹涌而来。而缇香就天天在里面泡着，还要甜蜜蜜地唱着黄河水，浪打浪。毕竟成本是运作部门，和各个部门都要打交道，树立好的职场形象是很重要的。

缇香把那间凌乱不堪的小屋重新布置了一番，收货部被挤到角落里了。和卓环关系很铁的小邢刚想发牢骚，一向不甘人后的卓环却用眼神制止住了他。见已成定局，卓环对缇香的态度也有了很大的转变。

缇香的位置，正对着成本部的这些"难兄难弟"、"难姐难妹"们。办公室里，卓环和还在兼着做收货的李琳是最忙碌的人，进进出出，收货发货，间或和供应商你来我往、唇枪舌剑。嘀一声，又来货了，咣当一声，货给运下来了。于是，戴着墨镜，剃着光头，穿着短衫还汗流浃背的北方汉子，操着海水潮乎乎味道的当地话就很酷地冲进来了，咧嘴一笑："大姐，帮俺收收货吧。""你怎么才来送货，你没看外面门上贴着送货时间表吗，先出去等着去。"卓环挺不耐烦，她说对这些供应商就不能给他们好脸看，否则就把他们惯得更没有人样了。

有天，缇香笑眯眯地温柔地和供货商说，让他把水果按照饭店规定的规格先自己挑挑再称重，长得挺英俊但有些土气的小伙子很顺从地答应着，无助又憪然的大眼睛还挺期待地看着缇香，跟她叨叨着老板老骂他，不把他当人看，缇香深表同情。等缇香再出去一看，这家伙把挑出来的那些不好的水果又放了进去，还自作主张地送到了冷菜间，气得缇香忍不住发作了一番，但还是不舍得丢了那份知书达理的书卷气。真是体会到了什么叫秀才遇到兵，有理讲不清。卓环说，你这才真叫善良是一种傻，也是一种罪呢。

而送海鲜的更是"聪明"得无与伦比，你让他别掺太多的水，他偏要水叽叽地往你的秤上搁，你不横眉竖眼骂他两句，他就当你是傻子。所以，卓环总是声讨着供应商。

缇香就在这样一个嘈杂的，仿佛自由市场的环境中，研究着提供给各运作部门的报表。刚低下头干活，送鸡蛋的供货商拿着好几张去年的送货单来了，说没付给他钱，应付账款组那里没收到成本部的单子，打电话确认后，看看上面确实有以前已经辞职去了国外的同事的签字，其他签字也齐全，缇香便让李琳查一下电脑里是否有记录。这个刚应付过去，又来了个送酒的，仍是同样的情况，缇香诧异地问他们，声音透着无奈与疲惫："以前林松到底是怎么和财务对的账呀，怎么这么多单子都没有递到应付组呢，这样怎么能关账呢……"他们就说："以前是挺乱的，林松一个人独揽全局，我们也不知道怎么回事。"

几乎天天，缇香都要去处理这种陈年旧事。部门断货了找她，食品质量不好了，也找她，她心里羡慕着林松的幸运，也感叹着他果真是个"高手"。想起了颜悦的那句话："生意不好的时候，林松的弱点全暴露出来了，他也就一山寨水平的成本经理。"总经理和副总经理都是做运作出身，非常懂成本控制，一眼就看出了成本控制部的弱点，开会一提起数据是林松领导的成本控制部提供的，就很不信任地哼一声。现在，缇香终于见识了，却不得不背水一战。

安抚了外面供货商，运作部门又找上来了。问缇香是否给多算了领货，多计费用了，影响他们部门的利润，总经理那解释不过去的，缇香便又耐心地解释起会计常识，答应着下次一定将他们领的酒和矿泉水单独分开记账，总算让特爱较真又特能吹毛求疵的东北管家闭上了嘴，还笑着说打扰了，打扰了。卓环笑着说："缇香，你还确实挺有一套的，他进门时还怒气冲冲的，让你一说，脾气好了，你的以柔克刚术比消防队员还厉害啊。"缇香有点自得，但更多的却是无奈的苦笑，好听的话谁不爱听呀。

跟大海捞针似的扒拉着以前的旧账，甚至缇香找标准菜谱资料都要跑郑厨师长那里去要，好说歹说地让人把原件给了她，又十万火急地忙着现在令人焦头烂额的新账。缇香常常在热闹的小屋里暗自叹息着她的"好命"：

前人栽树，后人乘凉，她却是一边栽着树，一边打扫着树叶呢。

夜半时分，缇香和同样挑灯苦干的西餐厅厨师长元冰聊天，他说："林松没有交接，你为什么要接下这个烂摊子？""我从心底里感激尹家胥的赏识，我不能辜负他的期望。"缇香真诚地回答道。他挺奇怪地看看缇香，欲言又止，心想，这什么年代了，怎么还有这样重感情的人呢。缇香从外表上看，怎么说也算是个时尚中人啊。他沉默了一会儿，换了个话题："我在外地时就听说过林松的故事，他很少教给人东西，可能是有某种顾虑吧，一个开业这么久的饭店，成本控制做得这样糟糕，是很难想象的，这也说明尹家胥的工作是很失职的。不管怎样，你要多从工作角度出发去衡量一个人，别带太多感情色彩。""也是啊！"缇香也附和道，"但我确实觉得他很敬业啊，不能全怨他。以前因为种种原因，他的才能并没有全部施展开。"元冰奇怪地看了看她，笑了："你的老板给我的感觉就是阴阴的，不过，能有你这样理解他的下属也算是他的幸运吧。"

缇香脑袋嗡的一声，不知道有多少人，含糊其辞地向她暗示过，可她却始终相信自己的眼光不会这么糟糕吧，那些不欣赏他的人，也许是因为香港人和内地人思维方式上是有点差异存在的吧。

缇香也想试着和尹家胥谈一下，可尹家胥不相信或者说他不愿意相信成本部这边的状况有多么乱，他经常说的话就是："如果简单的事情，我就自己做了。困难是会有，但要想办法克服嘛。不然，我招你们这些人干什么啊。"他很喜欢说如果，缇香一听他这样说，话就咽了一半，再加上众人眼中的缇香是他的"奇迹"，他也是她的贵人，缇香便只有下定决心，排除万难了。

每天，成本部就如同开茶馆一般，直累得缇香口干舌燥，上洗手间的时间都难得，好不容易突围出去了，又跟过河似的，蹑手蹑脚，办公室这一堆未领的用品，那一摞没处放的资料，跟摆地摊似的，又张罗着打电话赶紧让部门主管派人，把这些东西拿走。缇香从心里感叹，林松在这儿养成的这种办事拖拉的工作作风，真是太不好的习惯了，也影响了她工作的顺利开展。

一天过去了，夜深人静的时候，缇香开始挑灯苦干尹家胥要的报表，尹家胥对报表有着一种宛如碰到知己般的热爱，缇香得满足他的这种嗜好，她也绞尽脑汁地想着，怎样让这个部门的工作早日走上正轨。

24　两个辣妇，一地鸡毛

　　林松走了，缇香第一个月独自出账，她正紧锣密鼓地忙上忙下，电话却不断地响着。付蓉回家生孩子了，和缇香平级的冯恬浮出水面，再加上她一个劲儿地讨好颜悦，颜悦也尽可能地给总账减少了很多工作量。比如，原来由总账人的会计凭证都分散到应收、应付、收入审计、成本等小部门自己去入电脑了。所以，同事都说冯恬上班，就跟养老似的。

　　"缇香，你通知我盘点了没有？我告诉你缇香，我这是为你好，我这是在帮你工作，你为什么不告诉我参加盘点！"她在电话里怒吼，正沉浸在做账中的缇香一开始还强忍着，这不是明摆着找事吗，吕倾也在旁边说："都盘点完了，她又来问了，真是无事生非，再说了，她应该主动问我们时间，主动参加盘点，好几年了都是这样的，她也太过分了吧，欺人太甚。"可冯恬仍跟个疯子似的在电话里咆哮着，缇香不得已放下电话，让吕倾帮她接一下，电话刚接过去，就听到冯恬的歇斯底里："我要直接跟成本经理对话，她有什么了不起的，竟然敢不接我的电话。"缇香气愤地又接过去："冯恬，我很明白你为什么会这样，人应该心胸宽广一些，看到别人升职你没有必要这样气急败坏。""我警告你，缇香，你必须2号把所有的凭证都入进去，如果你办不到，你要负责任的，你也不配做个成本经理。"她很不冷静地说着，电话里感觉得到她的气急败坏。

　　"我不需要你来提醒我，我工作有自己的责任感，配不配做应该也不是由你来评判，你还不够资格，你还是多磨炼下自己的水平吧。"缇香真想揍她一顿，明知道她忙，又是个生手，还一个劲儿地电话骚扰她，想要看人笑话也不需要这么明目张胆、迫不及待吧。

　　缇香冲动地抓起电话打给尹家胥，语气激动地说着，他只是一个劲儿地说："我找颜悦来处理这件事。"卓环在旁边看着这一切："一直觉得你是个挺温柔的人，没想到发起火来也挺厉害的，不过，确实挺气人的，她这不是明摆着欺负人吗？"缇香哭笑不得："你说，她这样对我有什么用呢，我碍她什么事了。"在会计部经历的那些尴尬又重上心头，缇香真的是百思不得其解。"缇香，你别忘了，你有证书，又是科班出身，对她们的确是一

种威胁。再说了，你再往上发展就是成本经理了，可她的上面还有付蓉呢，你的机会比她要好！"这职场上的人，怎么就见不得别人的好呢！

尹家胥现在是大事小事都找颜悦。几个女员工闹别扭，尹家胥嫌烦，就让他们去找颜悦。于是，透过玻璃窗户，大家就看着一帮太太们在里面"倾谈"。

若颜悦是个会协调关系的人也行，可她长了一幅关东女侠的模样，走路就跟螃蟹似的，女人穿衣服通常都轻轻柔柔的，她却跟披披风似的往身上一甩，便横冲直撞，勇往直前了。她刚来的时候，向姝就提醒缇香说："缇香，我觉得尹先生把她调过来并不是个明智之举，他自己就不是很会协调部门关系，弄这么个人过来，摆着个跟人打架的架势，你说这部门关系怎么能搞好。"缇香和向姝很铁，甚至无话不谈。她又挺神秘地告诉缇香："缇香，我跟你说件事，我的大学同学告诉我颜悦为了个什么证书，找我这个同学的朋友帮着当了回枪手，花3 000块钱让他帮着写了篇论文。""是吗？"缇香迷惑不已，向姝很肯定地点点头。缇香一向欣赏真才实学的上司，可向姝的话，她也是一直相信的，她只是觉得自己确实挺单纯的，花钱买论文的事情她想都想不出来，更别说去做了。

所以，真是对这头脑灵活的颜悦，能否会很好地处理员工之间发生的纠葛半信半疑。果然，中午刚吃完饭，缇香正马不停蹄地忙着，颜悦就来电话了。她打电话从来都是开门见山，直奔主题，连你的名字都懒得叫，而缇香一听那乡音颇重的大碴子味，就正襟危坐，不敢怠慢。"缇香，你安排会计部参加盘点了吗？"她很严厉，缇香却如坠云雾，我有权力安排吗，我又不是财务副总监。"你什么时候盘点完的，为什么没让会计部参加？"缇香恨得咬牙切齿，明明星期天盘点结束的时候，正碰上颜悦下班，她还很关切地问了缇香盘点的情况，现在却反而装做什么都不知道了，这是在解决问题还是在无中生有地制造事端呢。"颜悦，我盘点的通知也发了，书面报告也给了冯恬了，这些年都这样过来了，工作不应该主动一些的吗？再说了，我们是一个整体，并不存在谁主谁次的问题，她应该主动参加而不是我请她参加。""我告诉你，缇香，我不要听你讲这个，我不管什么整体不整体，我就是要你好好地给我回答问题。"她竟然气不打一处来，缇香不得不如实相告："颜悦，我现在正忙着出账呢，我出完账再回答行吗……"她没再言语，嘭的一声把电话挂了，惊着了正郁闷不已的缇香，一歪头，库房主管郑强又满脸通红地冲她招手。从缇香刚来这个部门起，他就不断地给缇香介绍这个部门员工的特点，而缇香也感觉到他和收货主管卓环的貌合神离。接起他的电话，缇香先入为主："对不起，我现在忙着出账，等我结完账时再谈，好吗？"郑强也有点尴尬地点点头。

李琳昨天虽大清早地来收货，却仍坚持着跑到会计部对账到凌晨一点多才回家。而今天，吕倾忙到深夜了，才在老公一遍又一遍的关切声中跟缇香告别。"缇香，你还非得今天晚上做出来吗，打印机又不好用，电脑系统还总坏，明天早晨再干吧。"缇香摇摇头："我就不能让冯恬看我的笑话。"

办公室里只剩缇香在孤军奋战了，守着些破烂电脑和打印机。果然，电脑系统出现了红屏，缇香怔怔地望着，一筹莫展，时钟已指向凌晨四点了，不行，换一台电脑，重新进遍系统，反复了几次，终于好了。等缇香全部做完账的时候，打印机也给累没声了，针走不动了。

心急火燎地找保安要钥匙开门时，黑夜里突然出现了缇香这么个大活人，把他吓了一跳："这么晚还不下班，你可真敬业！"要赶紧到会计部去入账，这是两套财务系统，林松在时不听颜悦的，入账和以前一样，是总账在做，等轮到缇香了，却又换了规律，这也无所谓，举手之劳吗。缇香不怕干活，就怕有人无事生非，可颜悦偏偏又不同意缇香那边的电脑上安装账务处理系统。

推开财务部办公室的门，正在过夜审的大堂副理睡眼惺忪地从桌子上抬起头来："你怎么还没走啊！"缇香苦笑了笑，点点头。

终于如期出账了，缇香干涩的双眼依旧炯炯有神，虽然感觉若一站起来走路，将不知要摔倒在哪里，但毕竟头脑还是清醒的。第二天，尹家胥见缇香初战告捷，笑眯眯地在她身旁走来走去："你满足了吧？"他问道。并不在意冯恬那连嘴都给气歪了的酸涩的没出息样。"Long way to go！"缇香也微笑着回答他这句曾经他告诉过她的话。"哦，你应该感到满足了。"尹家胥满面笑容地坚持着自己的说法。

好景不长啊，尹家胥问为什么商场代销的库存余额数跟总账不平，缇香找出上月的对账表，上面赫然签着林松和冯恬的大名。"是上个月不平的，总账签了字了，我……"还没等缇香说完，尹家胥就冲缇香吼了一阵："我没问你什么时候不平的，我就是问你为什么不平？"缇香尴尬极了，尹家胥又问冯恬，冯恬却说林松上个月提供的表就是这个数，跟她没关系，她又看不到成本部的系统数据。颜悦板着那张黑脸，画出来的柳眉倒竖，描出来的杏眼圆睁，恶狠狠地捶胸顿足，冲缇香咆哮如雷："我不管是谁的错，安排你查，你就要给我查出来。"缇香强忍着怒火回到办公室，越想越伤心，不由泪如雨下。

"真是不分青红皂白啊，凭什么这个破烂摊子就要我来收拾，你颜悦有本事怎么不让林松弄利索了再走，如果我做到财务副总监的位置，我不可能这么去处理事情，太没素质了。而我，撇家舍业，心无旁骛地来知难而上，却要看你个脸色，凭什么？"缇香越想越气，眼泪流个不停。李琳给缇香递着纸巾，卓环和吕倾也安慰着她："他们不应该这么对你的，逼你这么紧。既然让你坐上这个位置了，就应该扶持你。"说得缇香心潮澎湃，满脸泪痕。

下班了，办公室只剩下了缇香和李琳，李琳看看缇香，吞吞吐吐，缇香笑笑："要和我说什么，说吧！""缇香，今天，你在办公室里哭，好多部门的人都看见了，都在问，我觉得你以后要控制一下自己的情绪，虽然我知道你很委屈，但是，毕竟你现在是部门经理了，这样会给人说闲话的，对你很不利。我也有过和你相同的体会，以前，林经理就是欺软怕硬的，我找他理论，他竟然黑白颠倒……"说着说着，她的眼圈也红了。缇香的脑袋已经昏昏沉沉了，却还有一大堆的报表要做，便说："李琳，谢谢你的提醒，相信我，我会尽力控制自己的情绪，做个让员工信任的好经理。""缇香，说句实话，我挺愿意跟着你做的，也挺佩服你的，会写文章又有学历职称……""可我也有我的弱点，或许我真的是太重感情了……"缇香轻轻地无奈地摇着头，比如，她永远都学不会像颜悦那样蛮不讲理，可尹家胥却似乎很依赖颜悦，也很信任她。

第二天清晨，缇香依旧早早地到办公室签到，尹家胥似乎若无其事地笑眯眯地冲着她说道："哦，缇香，昨晚你睡得好吗？""没睡。"缇香冲着墙笑笑，没好气地说。走过他身边，缇香眼角的余光感觉到颜悦恶狠狠的眼神。"哦，是不是睡不着啊！"他又挺无趣地自问自答着。

穿着时尚珍珠高跟鞋的缇香，好像是看也没看尹家胥一眼，匆匆地到成本办公室干活去了。其实，心里却暗暗动了一下，他说出这样微妙暧昧的话，或许是他心里也觉得昨天自己的做法有点太过分一些了吧，还是原谅他吧，缇香在心里这样说道。

果然到了自己办公室，却发现桌子上摆着一盒水晶饺子，李琳告诉她："是尹先生让秘书送过来的，说是你结账很辛苦，慰问你一下。"缇香苦笑了一下，没想到尹家胥也会打人一巴掌再给人颗甜枣吃的小儿科啊。

人都说，好听的话是一帖药，不能马上妙手回春却可以暂时止痛。这饺子可比药好吃多了。

25　本是同根生

好不容易盼来了星期天，缇香将孩子送到妈妈家，想好好睡个懒觉，却被一阵阵的电话声催起来，她哆嗦着钻出被窝，接起电话就听到那边道："缇香，你好，真不好意思打扰你，怎么办呢？"电话里传来卓环焦急不已的声音。缇香还睡意蒙眬着呢，就听见她又说："现在厨师都在库房门口等着呢，他们急着领货……"她陡然间明白了，今天，是库房主管郑强加班，看看表，8点40了，缇香便装做啥也不知地对她说："卓环，要不劳驾你一下吧，你以前也干过库房主管工作，有经验，跟厨师解释解释，郑强说他9点钟之前肯定到，等回头我说说他，加班也得准点来上班，耽误了运作部门的需要怎么可以呢？谢谢你啊！"电话里卓环沉默了一会儿："好吧。"声音却不似开始时那样兴奋。

拖着晕晕沉沉的身子再钻进背窝，缇香却怎么也睡不着了，眼前全是上班时候一件件焦头烂额事情的画面，这个部门的稳定不是一天两天就能搞利索的，林松真是个高手，六年了，手下不但没有一个人可以代替了他，相反外人看来里面还都是一团和气，"山寨风格"果然挺得人心。

想着也心烦，索性闭上眼睛，能睡就大睡，不睡就假寐。好梦不长，电话又响了，缇香赶紧又去接，这回是郑强来汇报了："缇香，到底谁是这个部门的老大，卓环她竟然指挥我，给我安排任务，我和她是平级的，我告诉她了，你命令我干活没用，缇香命令我干活才有用。我告诉你啊，缇香，她这个人可坏了，经常打小报告，你可得提防着她点……"缇香听得不胜

其烦，这些人怎么了吗，把她家电话当热线了啊，还让不让人脑子歇歇了，但她平息了会儿情绪，依然用耐心温柔客气的语调，侃侃而谈，毕竟刚上这个部门，还得靠这两个主管的辅助。"郑强，等我上班再谈吧，你和卓环都是我的好帮手，你们俩人经验都挺丰富的，等忙过这一阵，我请你们俩吃饭啊。"

这些人啊，真是奇怪，你说整天你说我，我说你的，折腾个啥呀，能有个什么好处啊，累自己也累别人，真是吃饱了撑的，这有男人女人的地方，就是个江湖啊。

星期一上班，缇香装做什么也不知道地继续忙着报表。近来，饭店的生意突然间又如火如荼了起来，听说是新来的香港销售女总监特别强势，把手下人积极性调动得整天不出去跑客户，就好像很对不起自己的良心一样。确实厉害。缇香也在心里暗暗佩服这个打交道不多的女子，想以后有机会一定多和她学两招。传说她是高龄"剩女"，这人生就是这样，情场不得意的女子，往往最适合职场拼搏，而且一定会成绩不俗。缇香想到这些，发现自己真是越来越具有八卦精神了。

婚宴和大公司的宴会活动一个接一个地来，这也意味着成本部有数不清的转货单要算，吕倾和李琳趴在桌子上，头不抬眼不睁，缇香为自己有这样两个敬业的员工感动得都要高歌一曲了，可还没等她莺啼初试呢，办公室里就响起了嘹亮的女高音，她于是不得不当起了忠实听众。

犹如平地一声惊雷，打破了办公室里的沉闷气氛，吕倾冲李琳吆喝起来了："你把这些单子扔我这里干什么，你自己不会算吗，这些单子不归我管，我只管厨房的单子，宴会的你自己算吧。"随手将单子扔回给李琳。"你比我晚来，按道理讲，这些活都应该由你一个人来做。"吕倾理直气壮地说。"你有什么权力指挥我？你和我争什么！"李琳也不甘示弱。缇香的桌子正对着两人，就见两人面对面，即将开骂的架势一触即发，她连忙对旁边不声不响，眼神却是时刻关注着动向的卓环说："你先出去收货吧。"卓环闻言，在两人一声比一声高的争吵声中，一脸茫然的表情走了出去。

办公室陆陆续续地有人推门，见这场面，还没等进屋，又纷纷退出去。"我告诉你，李琳，你已经在尹先生的黑名单上了，你这个人一贯撒谎。缇香，我知道你很喜欢她，但她就会说些好听的，不爱多干活。"吕倾用手指比划着李琳。李琳也是一会儿哭，一会儿笑，面巾纸用了一张又一张："吕倾，你忘了咱当初在香厅的时候多要好，我不明白你现在怎么会这样对我，我告诉你，我就是个干活的，我并不在乎什么主管不主管的，我只要干好自己的活就行了，所以，我不会和你争的。""你不要再和我谈以前，我告诉你，咱两人从此井水不犯河水，缇香，你看她脸皮多厚，没话说了就谈以前，哭完了马上又能笑出来，这样的人多么可怕啊……"

缇香在一边先是和风细雨般劝说，一看不来个倾盆大雨，这两人燃起的熊熊火焰一时半会儿还真熄灭不了。她站起来，啪地拍起了桌子，厉声喝道："都给我把嘴闭上。不准再吵了，别忘了，你们都是些职业女性啊，拿出点涵养来好不好！"李琳闻听此言，拿起包面巾纸，捂着鼻子冲了出去，吕倾却还不依不饶："缇香，我要她向我道歉，你干什么让卓环出去，我就是要让她给我做个证人，证明她胡说八道了。"缇香哭笑不得，这就够乱的了，若再加上个卓环，三个女人一台戏，她岂不成了"台长"。

缇香笑了笑："吕倾，可能这段时间，大家都挺辛苦的，脾气会冲一点，我非常理解也很抱歉让大家都这么疲惫，等有时间我会坐下来和大家好好聊聊，但是我们能够走到一起来就是种缘分啊，不妨我们都心胸开阔一些啊。"可吕倾不满地看了缇香一眼："你必须要李琳向我道歉，而且，我比她先到这个部门来的，算转货单这样最基础的活，你应该让新人干。"

缇香心里明白，两人今天的爆发不是无缘无故的，成本主管毛丽辞职后，吕倾很希望得到这个位置，李琳虽说不是很感兴趣，但天资聪颖的她，言语间也隐隐约约听得出对吕倾不服的微词，缇香当然希望自己能有一个好助手，只是这真的是需要时间的检验。"吕倾，我会把你的愿望跟尹先生谈的，只是，我认为一个主管，她应该团结好她的下属，如果你希望得到这个职位，我想你应该明白自己应该怎样处理好和李琳之间的关系的，你说呢？"

她不吭声了，又埋头干起了活，平心而论，缇香觉得吕倾真是挺实在挺不错的一个人，只是，她的嘴太厉害了，得理不饶人也就罢了，关键是两人刚才的爆发实在是由她而起的呀。

在这家饭店，缇香已经效力了六年。当初香厅就只有两个收银员，就是李琳和吕倾，两人关系真的很好，碰上问题也会互相沟通，互相帮助。但是，职场上的一切情意与利益交锋的时候，都会甘拜下风，不然，单单就这样一个小小的主管职位，怎么就瓦解了两人多年的友情了呢，值得吗？缇香百思而不得其解，她始终相信，无论世界如何变迁，她会坚守一份对朋友的真挚。

更何况，职场上，人的命运，远非自己所能把握得了的，本是同根生的大家，何苦急急相煎呢。

缇香想着想着，就把这番感受说给了吕倾听，并调侃道："吕倾啊，试问职场江湖谁最红，当然是老板他最红了。一切都是老板才有决定权的啊。我们何苦彼此不团结呢。"吕倾依旧冷着张脸，却也不再伶牙俐齿地要缇香让李琳向她道歉了。

缇香打李琳的手机要她赶紧回来工作："李琳啊，孟姜女哭倒了长城，你该不是去和她做伴去了吧？"她语调很幽默，电话那端的李琳不由自主地笑了。

在缇香心里，一直是挺感激李琳的，这正如当人们到了一个陌生的地方而一筹莫展的时候，那个给了第一丝微笑和第一份鼓励的人，便会很容易地就被记在了心里。而缇香心中，李琳就是这样一个人。

她当初遭到冷遇时，是李琳给了她温暖，她不相信李琳是个斤斤计较的女子。而当李琳擦干眼泪，重新展露笑容回到了办公室时，她的第一句话就让缇香依旧对她充满了信心。"对不起缇香，我不应该在办公室这么情绪化，吕倾，也请你相信我，我们一定会合作愉快的。"

一段小插曲过后，依旧云淡风轻。缇香心中对自己所管理的这个部门，依旧信心不改。

26　隐秘的情感

缇香正在会计部办公室问收入审计主管彭安飞宴会收入报表的问题，突然被陆博的大嗓门给惊得抬起了头。"请问尹家胥在不在？"一个女子用柔柔的、怯怯的声音，小心翼翼地问道。缇香这才发现，不光她挺感兴趣地抬起了头，全会计部的同事都仿佛看电视剧一样抬起了头。也是，一位年轻斯文的小姐劈头就对老板直呼其名，你说大家能不又好奇又吃惊吗？那个人，可是大家天天毕恭毕敬地称呼他"尹先生"的人啊！所以，陆博就大声又问了她一遍,"你说你找谁?""我找尹家胥啊,怎么,他今天没来上班吗?"看着女孩子诧异的神情,大家的好奇心简直到达了顶点,还是陆博这个发言人紧追不舍:"你找他干什么?"陆博的语气透着股不屑一顾的味道,可能他把她当成来要钱的供应商了吧。"我是他同学啊。""啊,你是他同学?"不光陆博吃惊,大家也都大吃一惊了,可陆博还在捍卫狗仔精神:"你是他什么时候、什么地方的同学啊?"女孩子正为难着呢,尹家胥大步流星、春风满面地走进了办公室,"Hi,Lucy,sorry, I'm late."(对不起,露西,我来晚了。)然后,就很客气地将露西小姐请到了办公室里。"原来真是老板的同学啊!这年龄起码相差了25岁啊,原来现在不光有忘年恋,还有忘年同学啊!"陆博的总结把大家笑得不得了。

不一会儿,门开了,尹家胥和露西小姐谈笑风生地走了出来,缇香要回成本办公室了,便也跟着他们往门外走。听着露西夸张地描述着同事们刚才的表情,缇香忍不住哈哈笑了一路。"哎,尹家胥,我来找你的时候,你那些同事们听我说出我是你同学的话后,都仿佛听到了一千零一夜一样吃惊啊……"她边说还边比划着,而尹家胥的回答就更让缇香忍俊不禁了:"是吗,他们可能没有想到,怎么我都这么大年纪了,还有个这么年轻的同班同学,哈哈哈……"

中午吃饭,缇香忍不住就和向姝说这件好玩的事,向姝也乐不可支。彭安飞就在一旁补充道:"尹先生正在海洋大学学财务专业的硕士学位,同学们问他的工作单位和职位,他就说他是曼珠莎华酒店的一名会计。""没想到他还挺低调的呢。"缇香笑笑说。低调博学的人,可一直是缇香最欣赏的。"你不会又对他多了一份崇拜之情吧。"彭安飞笑问道。缇香没吭声,见彭安飞一个劲儿地将自己盘里的鱼肉小心剔除了鱼刺,放到向姝的面前,不由眼前瞬时出现了几个月前曾经看到过的两人在马路上并肩前行的画面。这样的体贴,不是办公室恋情是什么呢?缇香羡慕极了,她一直是办公室恋情的极度推崇者,志同道合又能比翼齐飞,彼此有共同语言就不用说了,碰上被老板骂、被同事欺的事情,都不用费口舌对方立马就能够知晓,多好啊!多浪漫啊!可还没等她羡慕够呢,就听向姝笑笑说:"你快吃你自己的就行了,走,缇香,我们出去散散步去,别听他在这瞎叨叨了。"缇香便也善解人意地站了起来,没想到和她挺知心的向姝,在这件事情上保密功

夫如此了得啊！

　　两人便沿着香港中路走着，缇香一直觉得彭安飞是个挺不错的人，听同事说他爸爸炒股票还是大户室里的呢，看来家境也相当不错，没想到，向姝却哈哈笑着说："什么大户室里的，都是小道消息，他父母都退休了，上哪来那么多钱？快别听人瞎说了。""可是，向姝，你那么好的家境……""是啊，不过，我和他只是好朋友，至于将来怎样，顺其自然吧，我其实一直是个挺随波逐流的人，真的，缇香，这点我和你不一样。就比如我原来那个男朋友，有钱也有地位，但是我们俩就是说不到一块儿去，我后来想了老长时间，终于明白了，那是因为爱情和名利在他心目中，后者永远是第一位的，所以，这么累的感情我还是不要了吧。但是，缇香，我知道，如果这件事换了你是我，你的做法肯定会不一样的。""是吗？我会怎么做啊？"缇香都被她给说糊涂了。"你肯定会不甘心，会让他在你和名利之间做一个选择，会要他把你放在第一位，不这样你绝对不会放弃这份感情。可等你真让他做到了，你又会发现，其实，他根本不是你想象的那个样子。你是那种很执著，不达目的不罢休的人，但是这个目标是不是真正适合你，可能你还没怎么考虑就已经付诸行动了。你是个挺有心劲的女子，是心劲不是心计。缇香，我这样说，你别介意啊！"缇香听着她的分析，简直叹为观止，她若是会弹古筝，她将立马弹奏一首《高山流水》，人生一世，知音难求啊！

　　等她们一回去，还没等喘口气，就听秘书找缇香，说是尹家胥有重要的问题问她，缇香便先到了他办公室。进门一看，屋里多了一盆好大的百合花啊，特别的纯洁清新，花香也是淡淡的。她艳羡地凑前闻了闻，味道好极了，再环顾四周，发现地上有张贺卡，估计是从花盆里掉出来的，她连忙捡起来放回，于是就看到了里面颜悦的留言：我怕来不及，我要抱着你，直到感觉你的皱纹有了岁月的痕迹，直到肯定你是真的，直到失去力气。为了你我愿意，动也不能动也要看着你，直到感觉你的发线，有了白雪的痕迹，直到视线变得模糊，直到不能呼吸，让我们形影不离，如果全世界我也可以放弃，至少还有你值得我去珍惜。而你在这里，就是生命的奇迹，也许全世界我也可以忘记，就是不愿意失去你的消息。密密麻麻的文字流露着一股缠绵动人的情意，缇香就像触到了人心底的秘密一样，有些尴尬地赶紧坐回了尹家胥对面的座位，这首歌的歌词她看了第一句就知道下面的内容，这也是她很喜欢的一首歌。可是，她真的是没有想到，外表看上去那样冷酷强硬的颜悦，对尹家胥有着如此深厚哀怨的情感。在他生日这样一个重要的日子里，纯洁的百合花，又寄予了她内心多少隐秘的期盼与渴望呢。她记起颜悦每次接她老公的电话时，那脸上掩饰不住不耐烦的表情，她老公只以为是她工作压力太大，却没想到却是别有一番滋味在她心中暗涌不已。

尹家胥确实算得上是个富有魅力的男人。个头虽然不高，但模样是英俊的，英俊中还透着一股儒雅的味道，最关键是多金啊，香港人到大陆来工作，薪水不是一般的高。而40多岁，人生的诸多滋味也都领略过了，正是男性魅力灿烂勃发的黄金时代。更何况，现代社会，白马王子之说早已经过时了，找个沧桑成熟的白马王爷才是上上之举，懂女人心理，既是百科全书，又是银行提款机。如此男人，不抢手才真叫女子们有眼无珠呢！缇香心目中，其实也很欣赏这类男子，只是，她将自己归类为"闷骚型"，让她抛开一切大胆追求爱情，她目前还有点战战兢兢。

等到尹家胥走进屋，示意缇香将门关上，缇香看着眼前对自己慈眉笑目的老板，忍不住装出无意的样子叹道："好美丽的百合花啊！"尹家胥却皱了皱眉，低垂着眼帘沉思了一会，并不接腔。

静默了片刻，尹家胥开了口："缇香，前段时间你很辛苦，有些时候呢，发脾气是为了让你尽快地成长起来，能够早日成为一名称职的经理。我现在想交给你一个任务，帮我将这份英文的系统资料翻译成中文，你只负责应付账款和成本控制这部分的内容就可以，其他的我找别的同事来做。""好的，没问题。"缇香说着将厚厚的一本书接了过去。"今天晚上有时间吗？听说这条马路上刚开了家上海菜馆很不错，不如我们一起去吃饭了。"他笑着对缇香发出了邀请，缇香心里却咯噔一下。"哪好意思啊，还是改天我请您吃饭吧，我得赶紧努力，好早日达到您的要求啊。"缇香语气诚恳地拒绝了老板的邀约。

她捧着本厚厚的书出来后，便上了洗手间，却听两个女同事在里面窃窃私语："咱不用帮他翻译，光活还不够干的呢，哪有那么多工夫伺候他，再说了，这资料就像厨师的菜谱一样，都是些秘籍一类的东西，给别人知道了，我们就没有什么武器了。""是啊，到时候，他想炒我们就炒我们，来了个新人，照着我们这些翻译出来的资料工作，是个傻子也能很快适应，我们不能让他阴谋得逞。"缇香听着听着，觉得脑子乱套了，怎么这些人脑子这么复杂啊，总把自己的那份活儿看得比命还重要，总觉得怕被人学去了自己就丢了饭碗一样。这样故步自封地活着，是不是也太小家子气了啊。翻译这些资料又有什么呢，既可以练练自己的英文水平又能博得老板欢心，何乐而不为呢。除了苦点累点，但是世界上哪有那么多不劳而获的事情呢。她蓦然又想起了向姝的话："缇香，尹家胥之所以挺欣赏你，是因为你这个人挺简单的，也很无私。这点在我们这里简直就是稀有品种了。"稀有就稀有，傻就傻吧，我就这样。缇香趁两人还在畅谈着的工夫，赶紧走了出去。

下午下班前，缇香召集自己部门的同事，聚集到财务部办公室，当颜悦捧着个蛋糕，兴高采烈地进入的时候，办公室里的灯光啪地全部熄灭了。黑暗中，缇香看到尹家胥抬起头来，一副无语问苍天的茫然表情，左右晃着头，疑惑地一个劲儿地问："这么早下班？这么早下班！"待到一只只小蜡烛缓缓亮起，同事们齐齐聚集在他周围，异口同声地唱着："happy birthday to you ,happy birthday to you……"的时候，尹家胥刚才还充满疑惑甚至是一丝痛恨恶作剧的大眼睛里，立刻放射出一股柔情的光芒，他笑得很可爱，甚至有一缕调皮。"来来来，都进来，大家一起吃蛋糕啊。"平时那个看上去对大家挺苛刻的尹家胥已毫无影踪，这样温馨的片段如果可以成为职场的主题曲该多么好啊！多情的缇香不由又遐想翩翩了起来。

"缇香啊，你又在想什么啊？快过来吃蛋糕啊，不要再减肥了啊。"听到尹家胥的呼唤，缇香笑着将他手中的蛋糕接了过来，一歪头，看到颜悦挺不自在的笑容，便随口说道："颜悦订的蛋糕真是太好吃了啊！"

27　VIP风波

饭店里有几个世界品牌的精品屋，颜悦是这些店的常客，酒店外聘高职人员的工资通常都很高，成为顶级品牌的VIP并不是奢望。服饰，是每一个女子永远的情人吧，即使颜悦这种看上去挺强悍的凶女人。

一天晚上，她兴致勃勃地走进安娜苏专卖店，她今天兴致特别高，做了件让她得意无比的极具经济效益的事情，而且尹家胥也默许了她的做法。

她是这家酒店的高职管理人员，常来常往的熟悉了，店长就给了她很大的特权，可以直接到柜台后面的仓库里去选衣服。她也习惯了一进门，直奔仓库而去。

她正很仔细地品味着仓库货架上的衣服呢，时不时地往身上比划着，自我感觉相当良好地露出了自我欣赏的目光，可一回头，她奇怪极了，发现她后面正跟着一个人呢，也在和她一样，饶有兴趣地精挑细选着。她直接眉头皱起来了："你跟着我干什么？"她厉声喝问后面看上去气质也相当高贵的女人。"我选衣服啊。"那女人莫名其妙地看着怒火中烧的颜悦。"选衣服，谁让你进来的，你知不知道这个地方不是一般人可以进的？"说着，她做出了推那个女人出去的动作，那个女人也火了："凭什么你就可以进我就不可以进啊？""我可以做的事情你就可以做吗？我可以和我老公睡觉，你可以吗？"颜悦突然间爆发出的这句名言简直就是春雷一声震天响啊，四周立刻鸦雀无声了。那个高贵的女人笑了："你这话说得也太没水平了吧，你都这个水平，量你老公也好不到哪里去，我才不感兴趣呢。"女人毫不理睬颜悦的声色俱厉，继续我行我素地选衣服。颜悦真火了，谁敢在她面前如此无礼啊，她立刻甩了那个女人一耳光。"你他妈的给我出去，你知不知道我是谁啊？"那个女人平白无故受了这种窝囊气，也毫不畏惧地立刻将高跟鞋敲到了颜悦的脑袋上，两个打扮都相当时尚的高级人物于是在专卖店里上演了一出全武行，把旁边店员都惊得目瞪口呆，拉也拉不住，不得不把饭店的保安请了来。

保安部员工来了，毕恭毕敬地叫了声"颜总监"。颜悦还没有消气："把这个神经病女的给我撵出去。""总监，"那个女人忽然笑了，"堂堂五星级酒店，就这种水平的人做总监，真是太好笑了。"颜悦听她这样说，更是气不打一处来。而保安部员工当然不会听颜悦的瞎指挥，五星级饭店，对客人始终是彬彬有礼，温良谦恭的，训练有素的保安部同事频频说着对不起客人，请客人多谅解的话，将客人亲自送到了酒店房间，还汇报给当班经理，给客人送了一个A级果盘作为补偿。

好事不出门，坏事传千里。哪怕是在富丽堂皇的五星级酒店，本就在经济危机的影响下生意清淡，让大家的心也有了些许的懒散，可颜悦的糗事和她的名言就仿佛兴奋剂一样，让大家重又精神抖擞了起来，娱乐年代，

就需要些八卦来调剂生活嘛。当同事间偶尔起了争端："为什么她就可以我就不可以？"另一个人马上就会接着回答："她可以和她老公睡觉，你可以吗？"立时鸦雀无声，比古代大官的惊堂木效果还好。

但缇香从颜悦脸上可丝毫看不出她因这件事情而觉得难堪或是尴尬，她依旧妩媚动人地笑着和尹家胥如影随形，言听计从，没有人能够说清楚尹家胥究竟是不是真心喜欢颜悦。但是，他喜欢缇香却是大家看得见的，只不过，在尹家胥的心中，缇香目前的实力，是不足以和颜悦相提并论的。所以，尹家胥对颜悦还是相当维护的。

和颜悦对骂的那个高贵女人，并不是饭店的普通客人，而是一位VIP。人家平白无故受了这样的侮辱，当然咽不下这口气，一封投诉信发到了香港总部，声称若不解雇颜悦，就会把此事向媒体曝光。

总部给尹家胥打电话，尹家胥却波澜不惊，他说颜悦是个挺有特点的管理者，在语言上确实需要美化一下，但因为这件事情就解雇她有点可惜，毕竟，在他看来，她是个很实用也很能为公司带来经济效益的特殊人才。他建议让颜悦书面写一封道歉信，拿着道歉信亲自到那位客人面前赔礼道歉，挽回不好的影响。

这件事情就这样轻描淡写地被尹家胥给完美解决了。"他真是一个好靠山。"有人这样说，"他们两人肯定关系不一般。"也有人这样说："这件事情要是别人犯了，早给打发回家了。""除了颜悦，还会有谁有脸皮说出那种话啊，这种事也就她那种泼妇能干得出来。算什么东西啊！"

本来就声名赫赫的颜悦，名气更加如雷贯耳了。"缇香，你可真得小心她了，可别对她太实在了，对尹家胥，你也要提防点，他能那样袒护她，说明他确实看出了她有着很高的使用价值。"向姝这样提醒着缇香。

缇香本来就不爱老在老板面前晃悠，又想到每当尹家胥喊她过去的时候，颜悦那说不清楚的酸涩与警戒的眼神，就更不爱经常在老板面前出现了，只一味地埋头苦干。

28　颜悦的使用价值

正当管理层为生意的清淡而焦头烂额的时候，销售总监"超级剩女"风尘仆仆地走进了尹家胥的办公室。两人都是香港人，他乡遇故知，没有两眼泪汪汪，只是彼此很客气地笑着，温文尔雅地交流着，同事们都觉得，看人家香港人素质就是高啊，哪像颜悦说话似的，一开口就仿佛烽烟滚滚而来，人家虽是"剩女"，可是模样却依旧"山清水秀"，越看越"引人入胜"呢，说起话来也是莺声燕语，婉转动人。可还没等感慨完呢，两个人的语速就越来越快了，一朵乌云也遮掩住了"剩女"的翩翩秀色，尹家胥脸上的神色更是风声鹤唳了起来，连连摆手，"超级剩女"于是拍起了尹家胥的桌子，尹家胥也不甘示弱，声音高了八度。两人都说着一口相当纯正的粤语，你来我往的，感觉就好像在看 TVB 的电视剧一样，也正因为听不懂台词，这场剧才更有一股悬疑剧的味道。

眼看这边硝烟不灭，势均力敌，一时间胜负难见分晓的时候，颜悦楚楚动人地出现在了尹家胥的面前，披着长发，穿着露背装的她，身姿袅娜处，隐隐散发着一股兰蔻香水的味道。她妩媚地冲正郁闷着的两个人笑了笑，将尹家胥办公室的门，严严实实地关上了，于是，一场好戏戛然而止。

颜悦听完了"超级剩女"的问题后，沉吟了片刻道："原来是这样啊，这没什么大不了的，等我问下会计事务所的人后再给你个答复不就行了吗？尹先生是个一向严谨的人，他的不同意自有他的理由，希望你可以理解他。""那你尽快给我们回复了，别让别家再把客户拉跑了，现在是什么年代啊，竞争年代，以后，你劝劝你老大，别老拿书本上那套东西来套，太死板的人怎样做生意啊，整天跟套着个乌龟壳一样。"尹家胥见颜悦将气氛缓和了些，也挺高兴，就随口说道："艾琳，没想到你刚来这里就适应这么多了。""我是入乡随俗。""剩女"艾琳的脸色也缓和得很快，亲热地拍拍颜悦的肩膀，说笑着走出去。

事情原来是这样的。

有一家很著名的跨国公司，要来曼珠莎华开客户答谢会，但却额外提出条件，要求多开 3 万元的房费发票给他们，他们会以 3 万元手提电脑的

发票作为交换，这显然是违背会计原则的。如果饭店同意他们的要求，他们就会给生意；如果不同意，他们就找别的地方来举办这个答谢会。尹家胥一向谨小慎微，再说了，生意好与不好，对他的薪资待遇一点影响也没有。这是外籍人员的优势所在，他何苦冒这个风险呢。只不过，等"超级剩女"向总经理告状的时候，他挨顿批而已，但总经理对他这个集团派来的财务总监并没有任免权。所以，挨批就挨批了，也比担风险强，他可不具备冒险精神。他心里也有一丝诧异，这家公司怎么说也是家颇有名望的大公司，怎么也热衷于这样的中饱私囊的事情了，真是人心不足蛇吞象啊。

颜悦却不以为然，劝说尹家胥同意销售部将这份生意先答应下来再说。"市场竞争，利益为先。只要能为饭店带来生意，冒点风险也值得啊。水至清则无鱼，太讲原则了，倒是没什么可担忧的，但给他们局限性太多，生意做不了，即使总经理对你没有任免权，效益不好的地方又能让工资高的人做多久呢，我们不妨灵活一些，先答应他们，到时候生意做了，我们再见机行事，随机应变，就说开不出那么多发票，分期开或是给他们多开发票的额度少一点不就行了吗。这样对上对下都好解释得过去。"尹家胥想想颜悦的话也有一定的道理，但如果账务出问题了怎么办？他问颜悦。"账务处理的事情包我身上，如果出问题了也算我的。"颜悦毫不迟疑，"尹先生啊，你说那些假新闻不是更害人吗。假账是不能做，但是现在不会做个假账什么的还叫会计吗？"颜悦轻笑了笑。"反正，我是不主张做假账的，对饭店的声誉会有很大的影响。"尹家胥依旧斩钉截铁。"声誉，"颜悦轻笑了笑，"声誉值几个钱啊，这年头谁还看重声誉啊。"她可从没把这个当回事。所以，她才不在乎别人怎样评价她呢，只要老板说她好就行了，别人说她好，顶个屁用啊。

此刻，尹家胥心里却也在琢磨着，这件事确实不是他答应的，若真出了问题，也肯定不是由他来承担。颜悦心里也打起了小算盘："尹家胥其实是个胆子很小的人。但谁让她心里喜欢他呢！她正好也可以利用他不爱担责任的弱点，来达到她想达到的目的。"颜悦尤其看不惯尹家胥器重缇香，这也和冯恬经常在她耳边对尹家胥和缇香之间的关系添油加醋有关。

女人的嫉妒心发作起来，就会是八卦新闻漫天飞的局面了。

尹家胥有个记日志的习惯，他将今天"超级剩女"的事情及颜悦的话，提纲挈领地记在了自己的工作日志上。

29　狗仔精神

　　颜悦现在几乎都条件反射了，只要别人一提缇香的名字，她就不由自主地皱起了眉头，而一旦对方同时又引出了尹家胥的名字时，她心里的无名火就更旺了。她心里逐渐形成了在她来之前，这两个人的关系密切得很，她的意识和她那种层次的人，你让她把男女关系带上点理想化的梦幻美好的色彩，那简直就是太不可思议的事情。她也知道，其实尹家胥对她也很不错，但她也搞不明白自己的心理，就是听不得才女缇香这几个字。

　　可是，偏偏就有人敢哪壶不开提哪壶，冯恬是深深洞悉了颜悦的心理的。她一直对缇香的升职极度不满，总觉得那个职位应该是她的，总觉得尹家胥忽悠了她，她本不是个心胸多么宽广的人，唯一擅长的就是特别会走上层路线。以前总监马先生的家门都快被她踏烂了，同事们都说，她就差申请到人家里做保姆了。而当初极受总监赏识的付蓉之所以推荐了她当助手，也是看中了她的这份投其所好的特长。若是缇香和她搭档了，两人都是力争上游的性格，一山哪里容得下二虎呢？

　　可当冯恬真的升上去了，和付蓉搭档的时候，付蓉才发现，其实冯恬的野心更大，而且比起缇香的清高来，冯恬简直就是通俗得不能再通俗了。所以，付蓉有些东西也是自己紧紧把着，不给冯恬一点机会，两人常常三天一大吵，五天一小吵。冯恬说："如果你教人做东西的时候，你得把人当成傻瓜去教她。""她若是个傻瓜，我还教她干什么呢！"付蓉对冯恬的不满相当鄙夷。因为有了这两个不一般的女人，再加上缇香偶尔的反抗，这财务部办公室的前半部分，同事们戏称为"战国年代"。

　　可当两人发现尹家胥对缇香相当赏识的时候，这两个人马上又不谋而合地结成了统一战线，职场策略好比三国规则，分久必合，合久必分。所以，付蓉才会在回家生孩子之前，也很不甘心地导演了一出陆博异军突起的戏。

　　颜悦起初也是被蒙在鼓里，待时间久了，她也看出了这里面的一些微妙的关系。若尹家胥对缇香不是十足的赏识，这娘子军们不会这么跟吃了贵

妃醋一样激动,看来尹家胥的赏识不是一时半时能减弱的。这冯恬天天在她耳边吹风,她当然明白她的动机不纯,但是,如果是对自己也有利的事情,她乐得折腾,她是不能忍受别人在尹家胥心中的地位胜过她的,她才是名正言顺的尹家胥的得力助手。

所以,当冯恬执意要她看看昨天的晚报的时候。她知道,肯定又是缇香写什么狗屁文章了,她才不喜欢看她那些浪漫情怀呢。但是也许,这也是尹家胥欣赏她的原因之一吧。现实的男人,却总会被有点理想主义色彩的女子深深吸引,这似乎是再正常不过的事情。但在她眼里,缇香就是个矫情极了的神经病,明明也喜欢尹家胥,却还经常故作姿态地暗示她怎么样更好地讨好尹家胥,她越这样高姿态,她心里越恨。可缇香哪有她那么江湖啊,她还一直以为自己的做法很唯美呢。

"你今天的发型真是太时尚了,在哪里剪的?"冯恬又夸她了,颜悦没理她,直接拿着报纸,读了起来。这是一家珠宝公司搞的征文比赛,缇香得了唯一的一等奖,报纸上半部分是缇香的文章,右边是缇香举着钻戒,巧笑倩兮的照片。颜悦好奇心嫉妒心一强烈,便把这篇《留住你的香》的文章读了下去:

从冰清玉洁的雪城来到涛声依旧的海滨,我一下子喜欢上了它的清新宜人。冬天不必瑟瑟而行,夏天更可以畅游一番。真的很感谢总部把我派到了这里,而做一名成功的培训总监,也是我最大的心愿。

身在这家享有国际声誉的时装公司,我真的是领略了女孩子们演绎服饰的匠心独具。我的员工,一个叫雅馨的女孩,那么年轻却总是喜欢穿黑色的服装,黑色公主衫的领口一圈轻柔的蕾丝,真丝阔角裤,裤角是镂空的,很典雅也很时尚的花朵就在上面若隐若现着,似是暗香浮动,踏着双浅红色的鞋面很古典,鞋跟却颇现代的凉拖,朦朦胧胧的鞋跟里似乎隐藏着无限的佳景。披着恰到好处的黑发,浅笑盈盈,款款地走来走去,真的是一道风景啊。"雅馨,你不怕影响办公室的工作情绪吗?"我半开玩笑地说。"难道清水出芙蓉也是一种错误吗,时装的最高境界就是把它的主人的气质烘托出来。如能赏心悦目,何不引人入胜。"她很有一套地娓娓道来。我知道雅馨是从来不化妆的,除了对于香水的酷爱。办公桌上是玲珑有致,精巧绝伦的香水瓶，而那种香，只有她悠然而过后，才恍觉馨香掠过，淡淡的，却是悠远的。

　　做培训，要自己制作幻灯片，自己在电脑上设计一些很有趣味的Flash，以使内容丰富，而员工有兴趣全神贯注。很感动的是雅馨总会把她的素材本拿出来让我参考，里面粘贴着很多她从报刊上剪下来的动人故事。我会在某天的清晨，发现自己的桌子上多了瓶眼药水，而昨夜，我其实是在电脑前专心致志，因为经常会有新的课题要讲给每个员工；也会在讲完课后，发现面前有一盒金嗓子喉宝。我直觉只有雅馨这么细腻的女孩子才会这样做，可她从未在我面前流露过什么。有天，我故意在她的面前点眼药水，还轻描淡写地说了句谢谢，她稍一怔，却不动声色地说："我其实是怕某些人的红眼睛影响了我的视觉，我看着害怕。只是希望有一天，也能有人让我真诚地对他说出谢谢这句话。做总监嘛，最重要的是慧眼识才，不要误人子弟嘛。"说完话，垂下眼帘，轻笑着走出办公室，依然是留下馨香一缕，袅袅娜娜。

　　也许她觉得有点怀才不遇吧，正好公司有一项周年大型庆祝活动，我便推荐她主持，她也欣然接受，而且所有的串场词都是自己写，在竞技比赛的现场，听着声音柔和的她说出"人生最大的荣幸莫过于与高手相逢，人生最大的乐趣也是战胜高手。输赢皆显风采，过招频露智慧。含蓄虽是风格，酣畅才显激情，爱拼才会赢"的话时，我都有点想跃跃欲试了。

　　庆祝活动将近尾声时，换上了一身黑旗袍的雅馨微笑着宣布："法籍总经理盖博先生自己买了一条价值不菲的钻石项链，为了给这次庆典活动助兴，他将把它作为抽奖的奖品奉献出来，让我们拭目以待幸运之神的降临。"

　　众目睽睽之下，那条耀眼夺目的项链闪烁着。抽奖箱被转来转去了好几圈，终于抽奖人大声地喊出了一个名字——雅馨。

　　台下一片沸腾，继而又一阵哗然，我看见雅馨的目光也从惊喜幻化成不解，原来员工们觉得这种活动本是由培训宣传部筹划的，而中奖的恰恰又是主办部门的人，所以觉得有猫腻。我很为雅馨感到惋惜和不平，但是……我问她可否同意再抽一次，她很坦然自若地微笑着点头："当然可以。但是，我希望我的名字能再被放进抽奖箱里。如果这次中奖的还是我，我将不再拒绝这份荣幸。"

大家都为她的回答喝彩。而令所有人叹为观止也令我倍感欣慰的是项链最终还是落在了雅馨那秀美挺拔的脖颈上。

在一片人声鼎沸中，我悄悄凑到她的耳旁："知道吗，洁白的婚纱会比你身上的黑旗袍更能让戴项链的人熠熠发光的，因为无论怎样，你都能馨香袅袅。我已经不再是这里的培训总监了，但是我依然要慧眼识才。我要在白雪茫茫的家乡迎娶我冰清玉洁的新娘。含蓄不是风格，对吗？"

"我觉得她写的就是她自己的一种期望吧。尹家胥不就是从长春调过来的吗，也给缇香安排过培训，而缇香写的雅馨的装扮，分明就是她自己的嘛！还有那些解说词，就是上次尹家胥让缇香帮他写的……"冯恬还想说什么，但看看颜悦阴沉的脸色，就笑眯眯地转移了话题。"外财不发家。"颜悦阴沉了好久，说出了这样一句话，她心里暗暗思忖：看来缇香的工作量还不够大啊，还有心思在这里胡说八道的单相思呢！等着瞧吧，我得给她点颜色看看。

若是缇香知道，有人读她的文章完全是在发扬一种狗仔队精神，不知道她是该欣慰还是担忧。但她也没想到自己的照片都登了出来，当时只说是活动主办单位留底的。她隐隐觉得这样是有点太招摇了，她心里有了种不太好的预感。

30　甲之砒霜，乙之蜜糖

缇香忐忑不安地走进颜悦办公室，她在她十万火急的骂声中如履薄冰。她可不是个胆小怕事，见上司就低三下四的人，只是颜悦真的是个异物，缇香觉得要不对她这样，她就会像个老虎一样咆哮不止，所谓母老虎不过如此吧。

紧张地坐到她旁边，颜悦刚想脸庞扭曲地继续河东狮吼，却见尹家胥匆匆地、笑容满面地跑进来："啊，你可得赶紧帮缇香搞清楚成本率怎么会这么低啊。"转而又冲缇香笑笑，颜悦诧异地看看他冲缇香微笑的表情，脸红了红，转而又笑成了一朵鲜花。缇香在心里庆幸，毕竟还有尹家胥的支持，要不然，她的日子可真是如坐针毡，她也惊奇颜悦的变脸技巧真是炉火纯青啊。

"算了，缇香，你今天也别干了，到咖啡厅我请你吃饭吧，我今天过生日。"缇香有点受宠若惊地从电脑上将目光移到她脸上。

不是周末，咖啡厅的人也不太多，渐渐地只剩下了缇香和颜悦。颜悦问缇香部门的一些事情，缇香谈起卓环偶尔的不很合作，颜悦说她也有耳闻。"缇香，你如果不喜欢她，我帮着你，找个借口就把她给开了，收货部找点事很容易的。"缇香看着她笑得阴森森的样子，一股凉气从脚底升腾而至，她摇摇头："颜悦，炒人是要有理由的，我希望看看她的表现再说。再说了，现在找份工作也不容易，都拖家带口的，人互相理解才能友好相处嘛。"她心里却想：颜悦果真是个心狠手辣的女人，怪不得连城府颇深的林松都骂她这个大娘歹毒呢，更何况，即使真把卓环炒掉了，这个部门的力量就更薄弱了，不管怎样，卓环还是有一定的工作经验的。缇香不愿意动不动就因为主观原因随便炒人，她不想人家怨恨她。

颜悦招呼着收银员签单："你把缇香消费的挂尹先生账上吧。"缇香心里更加感激尹家胥，更或许，颜悦就是冲着尹家胥的面子，才不至于对她更加横眉竖眼吧。

缇香的文章，尹家胥也看到了，他边看边笑。那些对话，有些是他曾经和缇香之间的对话，像他这种年龄的男人，又职场拼杀多年，不是没有过浪漫情怀的。只是，他见惯了别有用心、虚与委蛇的心计女人，比如付蓉。而缇香这样含蓄唯美又颇富才情的女子，他还真有份人生若只如初见的感觉呢。换句话说，就是缇香给了他一份职场久违的美好感觉，这感觉拿到现实世界里或许是不堪一击的，但人总活在现实里挣扎也是很无趣的，他虽然八卦却也不乏情调。

所以，让颜悦看了心生恨意的文章，在尹家胥看来，却是一道令他心痒的风景呢，暧昧就是这样，魅力在于它的那份欲说还休，犹抱琵琶半遮面的朦胧劲，太白了那一切美感也就荡然无存了。他的生存压力还没有大到将这些"调剂"都抛至一边的程度。

职场上的男子，谁不希望周围的女人高看他一眼，何况，缇香既努力又感情丰富，并且不工于心计，这是在职场打拼的女子挺难得的一面。

白 领 江 湖
THE WHITE COLLAR'S
RIVER IS PASTED

这天，尹家胥笑容可掬地走进人力资源部，面对着人力资源总监夏蕴诧异的神情说："领导，我想请您帮我个忙。"夏蕴也很客气地笑着："财神爷，有什么吩咐？""我想给缇香请个指导老师，帮助她改进一下饭店的成本控制情况。"夏蕴对缇香的印象一向很好，缇香给她们部门办的杂志出了很多力，既然财神爷有这个意愿，她也乐得成人之美，她马上将这个申请报给了总经理，总经理很快给了同意的批复。

若是碰上了贵人，何苦担心没有一个好的未来呢，哪怕周围暗礁丛生。

缇香却蒙在鼓里，冯恬又跟块橡皮糖似的缠上了她，电话里的声音就跟人要杀了她一样气急败坏："缇香，就你这么聪明的人还需要人教你啊，林松没交接你让他回来交接，请什么老师啊，我告诉你啊，我要你交什么你必须马上交上来。"缇香听她的话心里那个憋屈啊，真想抽她一耳光。"冯恬，你有点自知之明没有，你有权力命令我做事吗？我聪不聪明与你又有什么关系呢。好了，我不和你扯皮了，你要什么东西你列表给我，咱俩一切手续都落在纸面上，我想这样你很满意是吧！"冯恬很没味地挂了电话，末了还不忘很不甘心地哼了一声。

她是从颜悦那里知道了尹家胥给缇香请了个老师的事情的，这个老师是颜悦以前的同事。颜悦并没有什么不满的表示，再怎样生气都不能对老板有微词，这是她聪明的一面。可冯恬立刻就沉不住气了，她要去闹，颜悦才懒得拦呢，正好让尹家胥也看看热闹。她是故意让冯恬知道这个消息的。

向姝在冯恬的手下干活，感觉也很微妙，一有事情没汇报给冯恬，冯恬就开始暗示她要懂点规矩，对自己的直接上司要恭敬一些。向姝很聪明，也是照她的谱办事，虽对她的人品嗤之以鼻，却也懒得跟她一般见识，只偶尔中午吃饭的时候，会和缇香聊上两句，心里极度厌恶这种不正常的气氛。

冯恬是典型的自我标榜、自我膨胀型，经常接着电话，就用很矜持的声音说："哎呀，你就别破费请我吃饭了，我这阵子工作忙得团团转呢，等过阵子，咱打听个不错的饭店再聚聚。"然后是一连串似乎挺盛情难却的京剧里丑旦一般的笑声。向姝听着她这自编自导的拙劣小品就想笑，真是觉得这人就跟受刺激了一样。

大家背后没少议论她的不自量力，却对她的谄媚功夫叹为观止。付蓉得势她巴结付蓉，付蓉为了挡着缇香升职就让她做了助理，她也没少挨付蓉的骂，就背着付蓉跑尹家胥那里去告状。颜悦来了她又巴结颜悦，两人似乎也算得上是志同道合，一见如故。

向姝感叹着自己怎么就那么倒霉，自己办公桌正对着颜悦的办公室，侧面又正好和冯恬遥遥相对，陷在一个小人国里出不来了，全当是磨炼自己的视而不见技巧吧。

冯恬此时又打电话找缇香了，这回她的声音挺平静，她让缇香过去开会，缇香拿着本子，急匆匆地站到了尹家胥的办公室。

人陆陆续续地到了，今天的孕妇专座空了一个，尹家胥开门见山表扬了冯恬在付蓉休长假期间所付出的努力，看来，尹家胥又在施展他的平衡技巧了。"哎呀，尹先生，看您说得我都快站不住了，那都是我应该做的啊。"她倒是当仁不让，腾地坐上了孕妇座。在冯恬的字典里，是没有谦让这个词的，更何况，她觉得她是当之无愧，甚至尹家胥的好话还远远不够呢。可尹家胥的话却又戛然而止，另起话头："从下周一起，长春曼珠莎华饭店的席文小姐将到我饭店帮助缇香工作，根据自己多年的经验对饭店的整体成本控制工作提出宝贵建议和意见。缇香，你马上帮着订辆车。"缇香抑制不住的笑意让自己答应的声音都似乎要跳起来了，心里真是感激尹家胥啊，她也终于恍然大悟了，为什么冯恬又冲她吐酸水了，原来真是给她请了个老师啊。

走出办公室，采购部的孙元冲缇香挤眉弄眼，幽默地说："你说冯恬也太没数了吧，跟个真情况似的坐在孕妇座位上，你说咱把她当个领导还是把她当个孕妇好呢。"他边匆匆往前走着边回头笑着说，一不小心跟胖厨师撞了个满怀，缇香忍俊不禁。

她回到办公室，便迫不及待地往长春打电话找席文。在缇香跟着林松培训而不得要领的时候，在缇香自己拿着本英文电脑系统书自学而需指点迷津的时候，缇香曾将求助的电话打给了她。

"席文啊，我真高兴，真是太荣幸了啊。"缇香情不自禁地说。"哎呀，太仓促了，怎么这么急呢。"那边的席文的声音迷惑中也透着股新奇与惊喜。

31 席文来了

星期一一上班，缇香就早早地赶到财务部签到，看见颜悦正在和一个女人谈话，从侧面看只觉得她的眼睛大大的，跟缇香想象中的不太一样，她想，这应该就是席文吧。

刚坐进成本控制部，门就被推开了，缇香笑意盈盈地站起来，问候着颜悦和席文。"听声音听出来了，哈哈，不用介绍了，缇香的声音真是太温柔了。"席文声音很爽朗，举止却很斯文，见面第一句话就夸起了缇香，这让缇香心里蛮舒服的。

席文坐在缇香的旁边，直奔主题地问起了她的工作情况。"我正忙着做营业餐具报表呢，餐具有按照全值算的，有按照5%价值算的，我都给搞晕了。"她便看着缇香的电脑，帮着缇香研究起来。"哎呀，你们家怎弄得这么复杂呀，都按一个价值算得了，干什么要分开呢。使用的时候就混在一起了，盘点又怎么能分得出来呢。"她也挺不理解地说。"是啊，因为退库的营业餐具及布草虽说和在用的品种一样，但都是些用了很久的东西，所以就打折了，管事部经理也跟我叨叨说不现实。"缇香挺苦恼的。

不知不觉到了中午，颜悦打电话叫席文一起去咖啡厅吃饭。

三个人到了咖啡厅，席文着急工作，便把早上和缇香说的意见又委婉地说给了尹家胥，可尹家胥听了后却相当不悦："已经这么做了，现在我们就是看怎样来解决这个问题了。如果不分品种做出来，部门要明细的报表做什么呢。"席文想想他说的也有道理，便也很急切："尹先生呀，缇香的工作环境太吵了，做报表是需要安静，需要思考的。"

缇香和席文于是就搬到了会计部旁边的小屋里，电脑很慢，鼠标又不好用，整整通宵达旦一个多星期才完成了报表。"哎，林松真是个大忽悠，没想到他会把成本部管理成这样啊，以他的能力，不应该的啊。"席文叹口气。她和林松很熟悉，同在一个集团共事，偶尔到外地开会会碰到一起，在一块儿的时候就谈工作，她很佩服林松在业务上的见解。"缇香，你从没做过这块业务，弄成这样，已经很不错了。我和颜悦也是这样说的，她也表示理解。"

两人正说着呢，尹家胥气冲冲地进来了："缇香，我不是让你整天坐在这里做报表,你要去管运作,要下部门去了解情况,采购部报价单为什么到现在还没批?"缇香还没来得及从数字中理清头绪,就被他一连串的斥责给搞得莫名其妙又愤愤不平了起来。"可我刚刚收到报价单呀。"缇香辩解着。"怎么陶欢告诉我早给了呢?为什么我听到的是两个故事。要不要你们两个对质?""没关系的,尹先生,我呆会儿就帮她批完报价。"见席文这样说,尹家胥就不好再吱声,闷闷不乐地背着个手,迈着匆匆的小碎步走了。

陶欢果然精明啊,生完孩子回来后,时不时地到尹家胥的面前沟通工作,还别出心裁地给尹家胥的儿子送了套正版的谢军教人下围棋的光盘作为生日礼物,虽是微薄礼物,却是深得尹家胥欢心的。尹家胥酷爱下棋,这样的善解人意,不由尹家胥不欣赏的,送礼送到如此细微巧妙,既选对了人,又选中了人心所向,也只有陶欢这样聪明的女子才能做到吧。

所以说,职场上的礼尚往来也是一门技巧,职场处处有学问。

"缇香,你就是太实在了。我跟陶欢谈过话,她比你会说多了。感觉尹先生很喜欢她。"席文笑着说。"是啊,是挺喜欢的,可我没和她有什么过节啊,她凭什么去告状啊,报价单确实是刚给到我的。"缇香没好气地嘟囔了一句。"哎,本来吧,我要审报价单,我也有建议改变价格的权力,可采购员却告诉我我的签字就是道程序。我刚做了没多久,好多东西又没人教,全靠自己悟,不知道尹家胥和颜悦有没有在这个部门实际操作过,特别是颜悦,还不愿意相信我这么短的时间能懂这么多,跟他们讲什么都不相信,很累。"缇香挺难过地说。"谁说批报价就是道程序,来,我帮你看看,我告诉你怎么砍价,我最喜欢讨价还价了。你不理解陶欢为什么先告状是吧,她就是怕你给她砍价,怕你约束了她,她这个人性格也是很拔尖的,好出风头,但我可不信那一套。"席文把头一歪,跟个小孩子似的拿过报价单。"不过呀,在我们那里,老板和采购部经理穿一条裤子,我砍价砍得厉害了,他就拿级别来压我,他们级别比咱高啊。但在你们这里,我毕竟是来帮忙的,我就不信还敢不听我的。"席文说着说着,大刀阔斧地改起了价格。

价格问题真是相当敏感,缇香在到这个部门当经理之前,有天无意中逛街碰上了自己以前的一名收货部的同事,他是被饭店辞退的,原因是被采购部同事投诉,说他和供应商吃饭不说,还赤裸裸地索要回扣。但他却和缇香说,他是被采购部的人给陷害的,因为他退了供应商的货,还愤愤不平地说："说我拿回扣，他们才是狂拿回扣的主呢，那些人黑着呢，哪一家大供应商也得拿个不少的回扣，缇香，你原则性这么强的人，估计他们也不会给你好脸看的，你可得提防着点。"缇香倒是挺感激马路上匆匆的相遇，同事就跟她说了这么多，但对于回扣这件事情，却是大家都知道的，睁一只眼闭一只眼的心知肚明的潜规则吧。只要尽可能地保证公司能获得最大的利益并且保证了质量，真是没有人愿意去捅这个马蜂窝的。而其中的衡量标准之一，就是根据市场调查价格来看采购部报价单是否合理。

并且几乎每一任的财务总监，和采购部经理的关系都是非常好的，只有一种情况例外，那就是这个财务总监也是采购经理出身的，那采购经理就别想做得太舒服了，精通哪一行就会对哪一行提出质疑与挑战。

缇香早就听说过席文和采购部经理针锋相对的故事，她很佩服她的勇敢和正直，但是最终她给自己在老板心里究竟种下了什么样的印象，席文也是说得很含糊的。缇香做了这个岗位这么久，心里也隐隐觉得，成本控制这个职位确实需要坚持原则，但坚持原则就势必会得罪一些人。所以，在坚持原则的表象下，还真是要学会绵里藏针的。

她没有和席文交流这些感想，她只是觉得，她需要向席文学的东西真的很多，而席文的理解与宽容，也给了她很大的鼓励与感动。

中午吃饭，缇香满怀感激地跟向姝说了席文的话，向姝却不以为然："缇香，席文是席文，颜悦是颜悦，你可别指望着席文一说好话，颜悦就能理解你了，说不定她更恨你呢，她那种德行的人，能理解谁啊！她不折腾你就不错了。你都不知道她动不动就跟我有意无意地说，我知道你和缇香关系很好，那表情又复杂又难看，想为自己争点什么还怕掉价，我有时候并非有意说你很能干，比现在的主管能干多了，她就掩饰不住地生气，咬牙切齿的，发作出来肯定很可怕，我对她一点也不感冒。"

缇香对她更不感冒，但是没办法啊，谁让尹家胥偏要安排颜悦管着她呢，别家饭店都是财务总监来直接管理成本控制部的。

32　"人家缇香对您也可以了"

当缇香再次向尹家胥和颜悦申请给成本部换台电脑时，尹家胥腾地从椅子上蹦起来："我说缇香小姐……"似乎缇香是在给他惹麻烦，颜悦更是一脸的不悦："这个问题不说过无数遍了吗，等新电脑来了后，从财务部撤下两台旧电脑给你们。"看着他们不耐烦到几乎要把她驱逐门外的架势，缇香百思不得其解，难道成本控制部就低人一等吗，什么都要拣别人剩下的，怪不得林松说尹家胥老欺负他呢。而成本部的员工也常常向缇香抱怨，感觉成本部就跟后娘养的似的，缇香只能安抚他们别瞎猜，说老板是个很公平的人呢，会好起来的，要对他有信心。"尹先生，您不知道我们工作起来是个什么样子，电脑慢得不可思议，活又多得堆积如山……"缇香还想说下去，尹家胥却歪过头来，大眼镜里放射出令人恐惧的光芒，嘴角还似乎一抖一抖的，跟中了风似的抽搐着，让缇香不寒而栗，话未说完就跑出了办公室。

不知为什么，缇香感觉最近尹家胥的心情很烦躁，喜怒无常，甚至破天荒地剃了个大光头，感觉不儒雅了，倒像是从那里面刚放出来的，真是令人匪夷所思啊。听说上面对他不很满意，给了他很大的压力。

回去后，看到又瘫痪了的电脑，缇香无比焦灼，正好颜悦进来找装订机，这是目前饭店唯一好用的机器，还是当时林松从破烂堆里拣回来，找人修了修，又用上了。只是每次只能放三张纸，效率特别低，没想到现在却成了宝物了。见成本部的同事们正在个小破屋里满头大汗地折腾打印机呢，颜悦说不清是尴尬还是同情。此时，正忙着算转货单的陈言却殷勤无比地迎上去说："老大，需要我帮忙吗，来，我帮你，千万别客气。"颜悦顿时面露桃花，见缇香正在忙着接电话呢，只用眼神示意了下她，冲她笑了笑，颜悦撇了撇嘴唇，抛下一句："让电脑房来给你们看看吧，别自己瞎折腾了，把机器折腾坏了，你们也赔不起。"

刚放下电话的缇香，恰好就听到了颜悦的最后一句话，她抬起头来冲颜悦的背影无奈地苦笑了一下，不由自主地握了握拳头。她出口就是圣旨，只是狗嘴吐不出象牙，让人畏惧又惊恐，还深深地失望，还真不如闭上她那张大嘴巴，人心里还能踏实点。

缇香挺郁闷地把自己的苦恼告诉了席文，席文却直冲缇香摆手。"我就是不明白，为什么颜悦总是有意无意地刁难我呢，李琳说是因为尹先生对我太好了，可她是他的助手，又何必跟我较劲呢。"席文沉默地听着，良久，她模棱两可地说："也许，她分析的是对的。我能感觉出来，尹先生是百分之百支持你的，颜悦我就不敢保证了，我在这儿帮着你，她看上去还可以，比较支持你，就不知我走了她会怎样。""席文，她不会支持我的，她不刁难我就不错了。"缇香苦恼无比地说，"我其实也曾经想过怎样和她搞好关系，也试着和她聊天，生日的时候也送她礼物，但不知为什么，心里总觉得她对我有隔膜……"

这世界上也许真的是有天生气场不合的人吧，就比如缇香和颜悦。但是缇香是无比热爱这份工作的，她希望自己可以好好地做下去。

中午，颜悦走到缇香办公室的门口，歪头很妩媚地冲屋里一笑，做了个请席文吃饭的姿势，缇香却让报表给缠得无心吃饭，也不想和她们一起掺和，就和席文说："你先去吧。"可是，席文也不爱去。见他们走远了，席文轻声对缇香说："我也不愿意呀，看颜悦就跟个跟屁虫似的，在老板面前搔首弄姿，倒让我显得是个多余人一样，真是的。""但我觉得她都来请你去了，你最好还是去吧。不然，她再等你等急了，打电话叫你就不好了。"缇香劝着她，席文想想也是，便起身哈哈笑着去找他们去了。

看来，没有人愿意做谁的绿叶，没有人甘心做配角，即使是看上去相当低调的席文。缇香这样感慨道。

坐在咖啡厅里，颜悦笑逐颜开地给尹家胥讲笑话：关于三鹿奶粉事件的最新报道是三鹿把责任推给奶农，奶农把责任推给奶牛，警方正全力抓捕不法奶牛。据报道，责任奶牛已携二奶潜逃，仅捕获一小撮不明真相的牛群。目前母牛们情绪稳定……另据最新消息，水牛和蜗牛已通过半岛电视台发表声明声称和此事件无关。席文也在一边哈哈大笑起来，也忍不住掏出自己的手机，念起来：据公安部姓名查询系统，全国最爆笑的人名为刘产、杨伟、赖月京（还是个男的）、范剑、姬从良、范统、夏建仁、朱逸群、秦寿生（亏他父母想得出）、庞光、杜琦燕、魏生津、矫厚根、沈京兵，排名第一的是史珍香。两人呵呵笑着："快转发给我啊！"颜悦边笑着边拿着手机看，正喝着牛奶的尹家胥，却不自觉地放下了牛奶："喔，不知道这里面有没有三聚氰胺，算了，不喝了，什么史珍香啊！"他也忍不住大笑了起来，"你们真是越来越八卦了啊！是不是和我一样压力大啊！"尹家胥调侃道。"我们是想让老板天天开心一些啊。"颜悦总是善于抓住向老板表功的机会。"含不含三聚氰胺，那就要看你们家陶欢联系的进货渠道是不是正规，手续是不是齐全啊？是不是啊，颜悦。"席文想看看颜悦对陶欢的态度，可颜悦只顾欣赏着短信呢，装做没听见她的话。

调侃了一番后，尹家胥又皱起了眉头："缇香的报表还没有做出来吗？"席文一愣，想要说你们家的报表也太麻烦了，缇香已经很尽力了，可看了看他的表情，就把话咽了回去，想了想后说："尹先生，我觉得你以后不要光说缇香了，缇香是很能干，可你总说她，再能干的人也受不了，人家缇香孩子发烧打吊针，都还在这里加班，人家对您也可以了。"尹家胥却不吭一声。颜悦见状，连忙开始回忆起他们以前在一起工作过的趣事，评头论足以前的同事，问尹家胥的看法。尹家胥或者说漂亮，或者说一般，或者说难看，颜悦就和席文笑成一团："你怎么光记得长相啊？"尹家胥也终于开口笑了："长得漂亮，当然我的印象就深了，若不漂亮，又没有魅力，那只有埋头苦干，才能入得了老板的法眼嘛！""要是当老板的都这样，那老实的员工怎么办呀？"席文也半开玩笑半认真地说。

席文看出来了，只要她在老板面前一提缇香的名字，颜悦准给打岔。她心想，尹家胥现在是离不开颜悦的帮助了，但是他心里同时又对缇香有要求，他若对缇香太好了，以颜悦的个性，肯定明里支持，暗里怠工尹家胥的要求，而这又不是尹家胥希望看到的局面，谁不想轻松点工作啊。看来，缇香的处境确实很微妙，而席文也发现，尹家胥有一点真是和过去一点也没有改变，那就是他总是在平衡一些关系，而平衡的结果往往就是性情真实而清高的那个人吃亏。

在席文眼里，尹家胥是个挺正直挺清高的老板。颜悦不是，颜悦很灵活，什么手段都有。是不是在职场上，性格也是同性相斥，异性相吸呢！

席文边琢磨着，边走进了办公室，正沉浸在报表中的缇香，见她心事重重的样子，还没顾得上跟她打招呼，就听见她自言自语道："你们老大变了，以前他可不爱开黄色玩笑，可现在他却常常说笑话，颜悦也是投其所好，看来你们这里的环境不太好，也可能是你老大压力太大了。"

缇香感觉到了，原来席文心里和她一样，也是很崇拜他的。可是，席文也许并不知道，其实，尹家胥说话向来挺暧昧。缇香记得，有次，她发表了一篇《我爱细腻》的文章，里面提到了自己的一位上司，经常把报表中的数字用各种颜色的荧光笔标记出来。尹家胥看到那篇文章后，特别高兴，趁缇香进去送单据的时候，故意又拿笔又拿尺子地在报表上比比划划着。最后，还低声对缇香说："缇香，你可以感化我啊，你要学会主动一些啊。"缇香当时听得愣愣的，只会傻笑着，赶紧退出老板的办公室。她不想破坏他在她心中的那份美感，即使这份美感是她自我凝造的一份虚幻的景象，她可以用文字去渲染去虚构一些爱之理想，但是生活中，她不愿意去做亵渎美感的事情。

向姝的办公位置看尹家胥的表情很真切，她奇怪地问缇香："你笑什么？"缇香和向姝是无话不说的，向姝听了后，撇了撇嘴不吱声，想了想后说："缇香，看得出来他很喜欢你，你不妨利用他。"向姝的建议把缇香吓了一跳："不，我不会利用人，何况，我觉得他之所以器重我，也是看我本性纯良，没有歪歪心眼吧。如果他发现我是在利用他，他会对我很狠心的，我相信他对我的欣赏是由衷的。"缇香真诚地解释道。"缇香，我和你就不一样，我宁愿做对老板有用的，也不愿意做被老板喜欢的。女色是一种资源，但我犯不着那么贱，尹家胥这样的语气和你说话，你难道不觉得他其实也是在利用他的男色资源吗？"

缇香想到这里，便没头没脑地对席文说了一句话，让席文忍不住刮目相看了起来。"颜悦常对老板说，要资源共享。这个世道，资源太多了，原来，这男色、女色也可以成为一种资源啊，是不是？"

见有人敲门，两人停止了讨论，是吕倾敲门进来了。"缇香，冯恬让我们把凭证附件再给她打一遍，她说她从没有收着我们给她的附件。怎么可能呢，我明明给了呀！第一次，她不懂，偏向我要 Excel 里的，我给她讲，FIDELIO 软件里的才是原始的，她还说我给她的这些东西没有意义呢。她怎么光没事找事啊，挺无聊的。"缇香也气不打一处来，本来就让餐具报表折磨得心力交瘁了，偏偏冯恬又一个劲儿地瞎捣乱。这时，电话响了，缇香接起来，正是冯恬气急败坏的声音："我告诉你，缇香，你赶紧打好了给我送过来，耽误了我的时间你负责，什么臭水平啊，连这点东西都搞不定，成事不足败事有余的人，还好像捞着个宝一样，培训又培训，我看有的人是瞎了眼了。"她倒咬一口也就罢了，怎么还指桑骂槐起来了，缇香气得冲着正推门进来的尹家胥，几乎是流着眼泪，哆嗦着说："我凭什么要一而再、再而三地忍让冯恬那种人呢，我要和她坐下来，好好理论理论……""你激动什么，动不动就激动……"尹家胥冷冷地看了缇香一眼。刚才冯恬在电话里的咆哮，席文坐在缇香旁边，也隐隐约约听到了一些，直遗憾电话没有免提功能呢，不然，她都要帮缇香按下免提了。"尹先生，我会和缇香讲的，但你们总账这个人也确实太差劲了点……"席文愤愤不平着。"这些事你就不用管了，你就多教缇香成本方面的知识就行了。"尹家胥不苟言笑地走了。

"真应该让你们老大听听那个疯子的话，不然，你老大还以为是你太情绪化呢。"席文愤愤不平着。"让他听到又能怎样呢，还不是生一肚子气。"缇香苦笑着说。"那你宁可替他挨骂就是了，你可别太愚蠢了啊，缇香，我有时候觉得你这个人有点大愚若智啊。"席文看着缇香还在气得哆嗦的样子，调侃她道。

这一调侃，却仿佛捅到了缇香心底最柔软的一隅了，她忍不住泪水涟涟了起来，席文便话锋一转，安慰她道："缇香啊，你看，哪有老板肯为了一个人，单独找一个老师给她呢，别忘了，我可是花钱请来的，你可要争气啊，别动不动像林黛玉一样，感情太丰富了，适合谈恋爱，不适合闯江湖啊，你以为你老大是贾宝玉啊。"缇香不好意思地点点头："我没有一天不在争气啊，可三人成虎，架不住颜悦和冯恬老在尹先生面前胡说八道，真的，现在又加上个陶欢，财务部人告诉过我的。她们两个人，什么谎言都能说，竟然说我不务正业，光想着自己出名。""放心，缇香，等我离开的时候，我会去和尹先生好好谈谈，为你据理力争的。只是，你以后别冲他大喊大叫了，男人都爱面子，他再怎么说也是个老板啊。看来，你真是被他惯坏了。"席文笑着摇摇头，"尹先生不喜欢打架的女人，你如果经常对他这种态度，再加上那几个人的添油加醋，那尹先生也会有动摇的一天的，众口铄金啊。虽然你心里对他很忠心，但现在的人，谁还看内心呢，都做的是表面文章。"

可颜悦明明一打架的主，尹家胥不也照样和她如影随形，对她信以为真。"席文，你说尹家胥会相信她们吗？""近朱者赤，近墨者黑呀。"席文边看着电脑边轻描淡写地说。

33 变脸

　　咖啡厅早餐开始了，尹家胥兴致勃勃地对颜悦说："我昨天晚上收到缇香的 E-MAIL 了，她向我道歉，说以后会在工作中注意控制好自己的情绪，冯恬也跟我说，不应该和缇香闹别扭。看，她们两个都向我道歉了，我觉得，缇香的报表做得很好看的，不比你经常说的武汉曼珠莎华饭店成本经理做的逊色啊。"颜悦不苟言笑，不置一词。"缇香是很能干的。"席文也在一旁热情地说道。

　　"缇香，"缇香刚踏进财务部的大门，就听见冯恬声嘶力竭地喊，"我命令你交给我的东西，你完成了没有，你别老是拖拖拉拉。"她故意大着嗓门，办公室的同事无不侧目而视，小秘书也在一旁冷眼旁观，添油加醋，插科打诨着。缇香想了想，犯不上和她一般见识，她最鄙夷这种虚张声势的做法了，便说："好吧！但请你以后说话注意下自己的措词，这是办公室，不是司令部。"办公室有人呵呵笑了起来，缇香听冯恬又在大喊："你别那么多废话了，装那个有学问的……"她懒得再跟她计较，回到了自己的办公室。

　　"老大今天很开心呢。"席文一进门就兴高采烈的，像是在报喜，缇香听她讲了讲吃早餐时尹家胥所说的话，不屑又惊诧地笑了："席文啊，你说这人怎么这么会变脸呢，刚才，冯恬还在办公室冲我咆哮呢，这种人最恶心了，当面一套，背后一套的，不把自己的脸皮当回事。""可她会来事儿啊，哎，缇香，有时候我们真是决定不了对方的品行啊，是不是，只有自己多长点心眼，保护好自己了。我告诉你啊，缇香，尹先生吃这一套的，他也会偏听偏信的，你千万别把他看得太圣人了，他也有很多弱点。"

　　缇香正要接着席文的话说下去，席文捅捅她，故意大声说："你今天别再加班了，天天干到那么晚，会累坏的。"她冲缇香眨眨眼睛，小声说，"你老大正在门口溜达着呢。"

　　见屋里突然间没了声响，尹家胥也觉得自己就这样跟个狗仔队似的走来走去确实挺滑稽的，就沉思了一会儿，回到了自己的办公室。这几天，冯恬老在他面前告状，说席文老和缇香在一块儿窃窃私语，让缇香交给总账什么东西，她总是拖，席文也还老帮着她找借口，而颜悦也经常有意无意地借冯恬的话大力发挥一番,话听得多了,也不由他不怀疑两个人整天凑在一起的动机了。

"他怎么不进来啊?"缇香迷惑不解。席文释然地笑了笑:"多疑呗,领导都多疑,不太容易相信人。""难道我们两人在屋里还能有什么密谋不成,怎么觉得他有时候神神秘秘的,还有,他和员工谈话就爱关上门,搞得现在每个同事一进他办公室,不关上门就不会说话,跟进了保密局一样,简直就是悬疑片啊。"

"他就这个性格,疑神疑鬼,不过,你老大也挺可怜的,我们可都得帮帮他。"席文叹了口气说道。"怎么了?"缇香好奇地问道。"你老大在香港炒股票赔了很多,炒楼也没有赚到钱,香港人生活压力很大啊,工作并不好找,所以,就跑大陆淘金来了。""你怎么知道的呢?""他跟颜悦讲的。""你相信吗,颜悦相信吗?""你觉得颜悦会相信吗,缇香,你就记住一句话就行了,如果你老大有事找我帮忙,我会答应,如果颜悦找我帮忙,我不会答应的。"席文也不想多解释了。"不过,我其实挺佩服颜悦对尹先生的忠诚的,人生得个知己不容易。"她说了自己看到尹先生生日时,颜悦送给尹先生百合花的事情,只是隐去了生日贺卡的片段。"有时候,我也挺想和老板说出自己对他的感觉的,可话到了嘴边,又说不出口了,哎。"席文奇怪地看了看缇香:"你还真以为那花是她自己花钱买的啊,你有时间翻翻你们家的会计凭证,你就知道是怎么回事了。世界上哪有无缘无故的爱与恨啊,女明星都爱嫁入豪门,为的是什么啊!都像你这么多情,那职场岂不成了言情剧了,你不是爱好文学吗,琼瑶的书拿到现在,估计没几个人喜欢,是什么原因,你不妨写篇论文分析分析,哈哈……"席文边说边笑。

"是这样啊,不过,如果我是她,我会自己花钱去买这束百合花的,助手向上司表达一下敬意,无可厚非,别人这样做,倒会给人越俎代庖的感觉呢。"缇香也笑了笑。"想送就送呗,你管别人什么感觉啊,胜者为王,败者为寇。"席文话出了口,也觉有点过分,就装出打自己嘴巴的样子说,"看看,我要把你教成什么样子了啊,本来就是要我来教你成本控制的嘛,哎,我该打该打。"她边说边轻轻拍打着自己的脸庞,就好像脸上刚揭下片面膜,拍拍就可以让皮肤吸收了营养一样,缇香忍不住笑了。

说曹操曹操到,颜悦的电话又挟着一股台风来了,气势汹汹的:"缇香,

谁让你搬家请临时工了，事先为什么不打报告申请呢，这笔费用总经理不同意报销怎么办？"缇香在心里骂起了她的吹毛求疵，从遥远的外库往饭店搬回玻璃器皿等营业餐具，是星期六、星期天起早贪黑才完成的，不向你要加班费就不错了，难道要让我们当蝙蝠，搬到天亮。可她脸上却也不得不堆起勉强的笑容说："颜悦，是这样的，有很多玻璃器皿，晚上看不清楚，我怕摔碎了，就好不容易从马路上找了几个民工帮忙搬回来，当时都休息，就来不及打报告申请人员了，若你觉得这样程序不对，那我就自己花这笔钱吧。""那下次不许这样了，以后这样的事情你们自己想办法，这次就算了吧！"砰的一声，颜悦挂断了电话，缇香气得直喘粗气。"多少钱？"席文问。"80元。"缇香边说边摇头，心想，尹先生过生日她花500元送百合花，还公款报销了，你说这算怎么回事，拿着公家的钱打人情，我这公休日上班的，却还要让她训斥一番。"他妈的！"她不由自主地脱口而出，"出了力都让人心口堵得慌。""你又不是给她干的，放宽心，会顺利的。"席文也边摇头边安慰着她。

电话又响了，缇香厌烦地抓起电话，知道肯定又是颜悦，感觉她的电话比午夜凶铃还恐怖，不由绷紧了神经。"缇香啊，马上又到月底结账了，你要抓紧时间啊！你过来一下，我跟你说件事。"缇香哭笑不得地站起来，怎么不过5分钟就从雷电交加变成了细雨绵绵，给她当下属，真比看恐怖片还惶恐，她真该去演鬼。

尹家胥也在颜悦办公室坐着，一见缇香进来，颜悦立刻笑逐颜开，缇香都纳闷刚才是做了个梦还是现在是到了个仙境。说来说去，无非是又让缇香再多做几张表，尹家胥狂爱报表，整天"表王"、"表霸"、"表后"、"表圣"地乱封。所以，缇香的理想就是做个"表仙"，只要他看到她做的报表，能如喝了杯小糊涂仙一般陶醉，缇香也就感到欣慰了。

缇香领了任务，出了办公室，心里暗自庆幸冯恬没在座位上坐着，不然的话，又得听她甩两句虚张声势的废话了。可当缇香推开自己办公室的门时，没想到和冯恬撞了个满怀，就见冯恬挺尴尬地笑了笑，撇了撇嘴，斜睬着眼瞄了瞄她，缇香最讨厌她这副神情了，简直就是俗不可耐。

缇香还没坐下呢，就听席文气呼呼地说："你们家的人真是脑子有毛病，刚才，冯恬拿着你做的凭证来，说你做错了，我一看，根本就是她不懂，我直接就气不打一处来，把她好一个教训，我说人家缇香做得不但一点没错，还好心地给你标注上内容了，你真是不知好歹，我告诉你啊，我在我们那儿根本就不用这么麻烦，我们那儿总账什么都懂，不懂也会自己琢磨着懂，从来都不会乱找事，自己没那个水平还老挑别人的毛病，就算人缇香武功再高，也怕你这把菜刀啊。她让我给骂得脸色就跟茄子一样，灰溜溜地跑了。哈哈哈，真过瘾啊！"席文大笑起来，缇香也不由地被感染得大笑了，心里也觉得解气极了。笑完后，一股深深的怨闷与失意却涌上心头，跟这样两面三刀的小人共事，真是太浪费脑细胞了，什么时候自己也能这么酣畅淋漓地骂冯恬一顿就好了。

34　吕倾辞职

自从上次缇香没有在李琳面前为吕倾"伸张正义"后，吕倾的积极性似乎不如开始时那么高了，但缇香始终认为她是个干活踏实的好员工，很想找个时间和她好好谈一谈。

"昨晚上加班，人家公关部那女孩问我是不是离婚了。"吕倾和卓环似乎是在闲谈，但微妙的笑容在各自的嘴角徜徉，暧昧的眼神也飞来飞去的。"哼，"卓环从鼻子里轻笑了一声，"你们再这样干下去，恐怕是要有危险了，你知道人家现在都叫你们什么，不叫成本部，改叫'标本部'了。""看来都知道我们快累成'标本'了。"吕倾没好气地笑着，两人哈哈大笑起来。

"谁说的，可不是全都傻，你看有些人多会在领导面前表现啊，领导忙得顾不上吃饭，又是给打饭，又是给倒茶的，还整天夸领导是才女，我这张嘴就不会说些肉麻的话，咱就凭干活，不像某种人，说话酸不拉叽的，什么谄媚的话都好意思说出口，虚伪得要命……"还没等吕倾倾诉完，卓环警觉地看看她的表情，又往正埋头干活的李琳那儿瞅了一眼，神秘莫测地笑了笑："你这个人确实是挺实在的，有什么说什么，这样也好也不好。""是啊，不像有些人，心眼全埋在肚子里，城府深着呢，真是咬人的狗不露齿。"吕倾咬着牙瞪了李琳一眼。

缇香和席文边说着话边往屋里走，在门口还听里面哈哈的，门一开，立刻就寂静无声了，互相打了个招呼后，席文开始和缇香核对季度营运餐具报表。

"缇香，我有件事要和你单独谈一下。"见缇香和席文对账已经到了尾声，吕倾看不出什么表情地跟缇香说，缇香便和她一起到了小屋，心里也隐约猜得出她要谈的内容了。

"缇香，我要辞职了。这一段时间，我太累了，觉得这样付出太不值得了，无边无际的，什么时候是个头啊，女人的青春太短暂了，我现在觉得自己连做做美容的时间都没有了，我真是厌倦了。"她话中带着股强烈的怨气，缇香想起她们曾经在一起加班的日日夜夜，不由也是感慨万千。但她却并不苟同她的观点，女人的美丽何止是做做美容就能得来的呢，美丽是一种日积月累的由内而外散发出来的气质与韵味，所谓"腹有诗书气自华"。但她也知道，她面前的这个人，不会是她这个观点的共鸣者。

其实，吕倾要辞职的消息缇香一早就听说了。之前，她看着吕倾无精打采的表现，心里也早有了种预感。

今天早上，缇香和席文正在办公室忙着，尹家胥兴高采烈地走进来，劈头就问缇香："你手下的员工要辞职，你知道吗？"当缇香说出吕倾的名字时，尹家胥毫无表情地点点头。"能不能挽留一下？现在正是用人的时候。"席文在一旁插话道。"走啊，要走就走啊！有的是人，又不是什么特殊人才，我留她干吗！"尹家胥大手一挥，这种果敢的态度让缇香挺吃惊。以前颜悦没来的时候，每逢员工辞职，他都是极力挽留，让人觉得他是个相当难得的颇重感情的好上司。"缇香，你要清楚，将来如果你提了主管后，李琳和吕倾中间，早晚会有一个人走的。所以，既然吕倾提出辞职，正好帮你解决了这个困扰，走就走呗。"缇香想想尹家胥的话也是说出了一番实情，可她又想，假设将来真提拔了一个主管，那就安排另一个人去培训一下作为补偿，是不是就更理想一些了呢。她总不希望职场太冷酷，不希望总给曾经努力付出过的员工一丝丝伤心。

但她也知道，她确实是个理想主义色彩太浓厚的人，尹家胥曾经说过她是读书读多了，读愚了，也许他说的是对的吧，缇香这样对自己说。

现在，面对着眼前郁郁寡欢，哭个不停的吕倾，不知为什么，缇香也流下了眼泪。平心而论，她确实不是缇香所欣赏的那类员工，可她曾经的付出，缇香却也是看得清清楚楚。"缇香，其实，我走对你是件好事，你再也不用夹在我和李琳的中间左右为难了，我们都解脱了，所以，你真的不用太难过。"听着吕倾这发自内心的话语，缇香微微有些感动了，吕倾虽然说话不饶人，可内心深处却还是善良未泯。"我很遗憾我还没有权力把主管的位置给你做，很多时候，人在职场，是身不由己的。"望着吕倾坚定地要走的背影，突然间，一种悲怆感不可抑制地袭上了缇香的心头。

35 席文的推荐

"缇香，听说付蓉休完产假，马上就要回来上班了，都说她不是个好对付的角色，颜悦呢，和冯恬合作得不错，她正在考虑怎样安排付蓉呢，毕竟付蓉的职位是不可以变的，但颜悦挺偏向冯恬的，你现在只是个副经理，我敢保证尹先生是百分之百支持你的，只是，等我离开后，我不敢保证颜悦会全力支持你。"席文边写着工作改进建议边说。"席文，你说颜悦干吗总是挑我的毛病呢，如果她觉得尹先生对我太好，可尹先生对她更器重啊，而我也没有想和她争宠的想法，她是副总监，我对她能有什么威胁呢？何苦偏要和我过不去呢。"缇香苦恼不已。"缇香，你说话声音小点，你知道吗，有时候，你有什么想法，跟副总监一谈，别人就都知道了，所以，你要脑子灵活一点，别跟谁都那么实在。颜悦和我说过，曾经有段时间，尹家胥和她在一起的话题，就是谈论缇香怎么怎么样。后来，估计是看出了颜悦的不快了吧，尹家胥就不太说了。但是，颜悦却又觉得不说更不正常。总之啊，我也奇怪，他俩对你的感觉很微妙啊。不过，现在，吕倾已经走了，我看李琳很不错的，很机灵的一个人，我很喜欢她，你正好可以把她提拔起来，防止颜悦往你这里加人，你明白我的意思吗？"缇香点点头："席文，谢谢你！只是，你真的觉得他们会再往我这里加人吗？""尹先生绝对不会有这样的想法，但架不住他旁边有个老叨叨的，颜悦对你们说话很凶，但她和老板挺会沟通的，特别会拐弯抹角地暗示老板，尹先生也挺依赖信任她的。"

席文的话唤起了缇香的些许隐忧，她刚要开口问席文问题，颜悦却又一个电话将缇香喊了过去。缇香刚一进门，颜悦劈头就是一顿臭骂，说缇香给员工的评估表写的评估词简直就像是在写散文。"什么叫委婉呢，你是不是说委婉就是要拐弯抹角地说话？我告诉你啊，缇香，我觉得你这个人太爱出风头了，你不就是会写点豆腐块吗！有什么可张扬的啊！而且，你的沟通能力太差了，我和你说话都要搜肠刮肚的，很累。"颜悦披头散发，面目狰狞，看上去恍若金庸小说里的梅超风，不知她今天又哪根神经出毛病了，把缇香当成了出气筒。缇香已经习惯了，便也不生气了，权当是在看电影，她暗自思忖，我又没和你打成语擂台赛，你犯得着搜肠刮肚吗？你自己说不出斯文话，倒怨起别人的不是来了，真是没风度，还整天名牌傍身呢，败絮其中。缇香恨得牙痒，但却依旧微笑着接过了被颜悦退回的员工评估表，回办公室去改成她要的通俗写法了。

直到中午吃完饭后，等到缇香坐到了尹家胥的对面时，才隐约猜出了颜悦恼怒的原因。缇香明白了，尹家胥向她说的这个决定，是事先并没和颜悦商量就决定了的，这肯定让特爱揽权的颜悦心里很不痛快。

"缇香，现在，你的压力是挺大的，如果李琳再提出辞职，就没有人帮你了，所以，我决定提拔她做成本部的主管，给她一个鼓励。你工作的这段时间，席文也对你做出了充分的肯定，工作责任心很强，也很能干，我对你也很有信心，你不要辜负我的期望啊！"尹家胥笑容可掬地望着缇香，看得出他是发自内心的高兴。可缇香的心里欣慰之余，却略微有一丝不安，也许喜欢摆弄文字的人都特敏感，特爱咬文嚼字吧，为什么尹家胥每次和她谈话的时候，都是说别人对某个人的看法呢，他自己对人的感觉又是怎样的呢？席文对她是很肯定的，但如果席文走了呢，他又要去听谁说呢。颜悦怎么可能会肯定她呢，不表态不批评就不错了。

她一直在努力，一直渴望得到他内心深处最大的肯定，并把他的肯定当成是一种莫大的荣誉。可是，为什么他就是不理解自己苦心孤诣呢。算了，不去想了，继续勇往直前吧。

"缇香，一会儿我就和李琳谈一下，我希望她可以成为你的好助手。"尹家胥含笑望着缇香，鼓励的眼神也暂时驱散了缇香心中的隐忧。

出了尹家胥办公室，缇香习惯性地神经紧张，刚想主动和颜悦打个招呼，可还没等缇香笑容绽开呢，颜悦就又把缇香呼唤了进去，煞有介事地说："尹先生和你谈话了是吧，至于李琳她够不够做主管，我认为凭她现在的能力，她是不够的，给她这个机会，也是给她一个努力的方向，所以，我也挺高兴你有了个好助手的。"缇香看着她阴森森的眼神里掩饰不住的丝丝火苗，想起了口蜜腹剑这个成语，描绘的大体上也就是这样一种人吧。她不敢也不知道再应该和她交流些什么，便趁她接电话的工夫，和她微笑着告别了。

刚回办公室坐了一会儿，缇香一份报表刚做完的工夫，李琳就从尹家胥办公室回来了，一进门就冲缇香春风满面的，缇香站起来，建议李琳和她走出地下室，到外面散散步，呼吸下新鲜空气。

不知何时，天空竟飘起了小雨，马路上雾蒙蒙的，一切都看不真切，却又更吸引着人去将一切看个真切。缇香和李琳边走边聊，"缇香，吕倾辞职，我也很难受，我其实根本无意于主管这个位置，我只是想跟着你多学点东西，因为我觉得你这个人挺值得交往的，无论工作还是待人都特别实在，也很有文采，我都很喜欢看你写的文章呢。"李琳真诚地说道。

"谢谢你，李琳，过去的事情就让它过去吧，我们只记住曾经该记住的美好就行了。相信吕倾离开后，也会有一个好前程的，等哪天找时间让她来玩玩，我们一起聊聊天。我想，尹先生将这个职位给了你，说明他对你是很信任的。你一定可以胜任的，凭着你的灵气。我们都不要辜负了他的信任啊。"缇香仰起头来，感觉到细细的雨丝滴滴答答地滴落在了自己的眼角、脸颊……

36　被质疑

香港总部派审计组来饭店进行审计，这个审计是针对饭店整体管理进行综合评估的，每年抽签决定，今年恰好抽到了曼珠莎华饭店。

审计组的马来西亚美女海伦对采购部的报价单似乎也颇有兴趣，她提出要和大家一起去做市场调查，并希望财务副总监颜悦也能参加，颜悦没吭声。缇香正烦恼着若颜悦去，该怎样和她更好地沟通问题呢，席文说话了："还是我去吧，颜悦最近的事情挺多的。"席文看出来了，颜悦并不感冒这个市场调查，于是缇香也就安定了一颗忐忑不安的心。

采购员孙元开着车，朝南山市场方向开着，他边和海伦聊天，边看看缇香说："缇香很有才气的，常有文章发表，还会写小说呢。""是吗？"漂亮的马来西亚人海伦饶有兴趣地看了看缇香，可随着孙元更多的介绍，海伦的表情又从惊诧转成了一脸惘然，还有一丝难以置信。"缇香不食人间烟火的……"孙元笑眯眯地继续侃侃而谈。"是吗？"海伦笑了起来，"这成本控制工作可是份烟火气息浓郁的工作啊，整天下厨房和厨师打交道适应吗？""适应啊。孙元说的那都是以前的我了，我刚结婚那会儿大热天的，老公领着我去逛市场买菜，让我把他好一番训斥，带我到这种破地方来干什么，要把我培养成黄脸婆啊。可现在不同了，渐渐爱上了这份工作，会喜欢经常下市场了解蔬菜肉类的价格，也会留意报纸网络上的此类信息，要不怎么控制好价格呢，成本控制还可以让人更好更直接地面对社会上的三教九流呢。"缇香认真地对海伦说。"缇香不愧是个文人，总是别有一番感慨在心头啊。呵呵，够坦诚的一个女子。"孙元笑着做了总结。

孙元领着大家到了经常供货的一家供应商那里，询问了几样菜的价格后，缇香看出海伦的表情有点异样，海伦看了看她和席文，没有吭声。缇香心里咯噔一下，这孙元是不是把海伦的审计也看成是在走过场了，那他可就大错特错了。

回到车上，海伦问道："你们市场调查不是应该由成本经理确定地点吗？怎么都是采购部在领着成本控制部走呢，而且还是直接就去了供货给你们的供应商那里，采购部是个和供应商直接沟通的部门，这样做，体现不出成本控制部监督价格的作用啊。而且，我觉得你们应该多到一些批发市场去进货，价格低。""批发市场的供应商是不上门送货的，而且也不给开发票，财务上没法报销，物品的规格也达不到厨师的要求，所以，我们通常不从那里进货。而我们这里本来也没有几个大型蔬菜肉类海鲜的农贸市场，几乎全市的酒店都从这个市场来选择供应商合作。"孙元解释着，缇香也点了点头，但她马上又提出带海伦到蔬菜批发市场去看看，这样，海伦对价格及蔬菜的品质有一个比较了，也会做出另一番比较客观的判断的。

车子便驶向了这个城市最大的一家蔬菜批发市场，市场里人山人海，海伦问了几家蔬菜批发商的价格，并问他们能不能主动给送货。对方回答说，要看要的量了，量多就可以考虑。"那能不能开出发票呢？"海伦又问。

对方回答:"开不了,本来就赚不了几个钱,再到税务局去开发票,那就更不合算了。"海伦低头想了一会,也没有再多问,看了几家商贩的蔬菜品质,确实有一些差异。"不是我们不想便宜,是很多方面有着局限性,确实,很多酒楼都上这里来进货,但酒楼还有一些私营的酒店,财务要求不是那么规范,对菜品的原料品质也不是很讲究,不像我们这样的国际五星级酒店,繁文缛节太多。"孙元继续在旁边介绍着。

回到饭店,席文马上到颜悦办公室,两人关上门在里面说了会儿话,等她一出来,就立刻找到缇香说:"我刚才跟颜悦说了海伦的意见了,以后就由我们成本控制来订市场调查的时间和地点,别又说我们做得不对,是采购部的程序错了。要不,颜悦又要乱骂人了。"缇香笑笑表示感谢。

快下班了,缇香被尹家胥叫进办公室,一起听听海伦的意见,缇香听见尹家胥拿起电话,按了免提找陶欢,问她今天市场调查的地点是不是采购部选择的。陶欢说不是他们定的,是厨师选择的地点,缇香也惊诧于陶欢的回答,觉得陶欢真是聪明绝顶啊。这样回答,不但把采购部的责任推掉了,这个事似乎也和财务部没有什么关系了。"不对啊,明明今天是孙元直接开车送我们去的啊。"海伦求证似的看看缇香,缇香也装做没有看见一样,低着头浏览着报表。尹家胥很镇定自若地一笑:"海伦,刚才电话里你也听到了的,是采购部经理亲口告诉我的,若你不相信,你也可以去找厨师询问啊。我可以帮你把餐饮总监召集过来。"他的话音刚落,就看到颜悦满脸灿烂地笑着说:"所以,海伦啊,这条,我希望你们报告上就不要反映出来了吧,我们也沟通了,以后所有的时间地点都由成本控制部来定。""是啊,海伦,等下次我们会很好地改进一下,反正大家的目标都是一致的,都是希望在保证菜品质量的前提下,将进货价格降低到最低点。"缇香也在一边很热切地说着。心里始终对陶欢的机灵劲儿佩服不已,这职场,原来时时刻刻都是需要会些谎言来点缀点缀的。而职场谎言,不外乎两个目的,或是为了保护自己,或是为了得到好处或好感。而陶欢,两个目的都达到了,想来海伦也真是没有那个工夫去和她较这个真,真去问厨师了,也不能给厨师治个罪什么的,只是,厨师想不到的是,自己竟然被"金榜题名"过。

缇香已经好久没有到自己的博客上看看了。她想,下一次,她会研究下这个职场谎言的必要性,恶意的、善意的,谎言的层次其实也反映着制

造谎言的人的层次，这围绕着她身边的这些"烽火丽人"们，个个身手不凡，值得她好好地取其"精华"。

37　牙拣翅风波

又要应付总部审计组的检查，又要忙着月底的结账，缇香焦头烂额的，好在有席文帮着她，海伦也一起参与检查盘点，酒吧厨房地转，缇香不由对她的敬业态度非常的钦佩。而李琳一进办公室就跟缇香汇报："席文真是很不错的人呢，挺理解我们的,边盘点边和海伦说'他们家真是的,都是些新手，还逼迫得那样紧，本来是深夜盘点，偏偏2号就要出账，把缇香累得呀……缇香真的很能干的'。"缇香既欣慰又心酸地笑了，如果席文坐在颜悦的位置上，自己的工作会有多么通畅啊。可愿望都是美好的，现实却是令人失望的。既然老天爷就这样安排了，她也只能听天由命了。

月末大盘点结束的时候，几乎是凌晨了，缇香和席文一起走在大街上，席文想要缇香和她一起回她那里睡觉，缇香摇摇头，说要回家。家现在对她而言，已经成了个旅馆了，老公对她也挺有意见。但是仿佛前面有个巨大的金矿吸引着她去淘金挖宝一样，她知道自己已经走上了一条不归之路。何况，她心底里也一直想要报答尹家胥的这份知遇之恩，这个念头也激励着她恨不得没有什么黑夜与白昼之分。

第二天一早，缇香就去了，忙着做月底的结账，等到快下班的时候，席文想和她一起把账做完了再走，可颜悦却笑眯眯地来到了缇香的办公室："缇香，账结得怎么样了。自己一个人没问题吧？"缇香刚想说话，她又接着说，"那我和席文先回去了，今天阳光百货搞活动呢，我得赶紧去扫货。"缇香尴尬地笑了笑："好啊，那祝你扫到满意的东西啊！"看着她们离开的身影，虽然缇香心里挺希望席文能够留下来陪她一会儿，因为席文马上要回长春了，可想想颜悦那明显的不想让席文再待下去的神情，嘴边的话就又咽了回去。"没关系的，缇香，如果有什么事情，随时给我打手机，我们时刻保持通话啊！"席文回头边挥手边呵呵笑着说。

又是一个不眠之夜，缇香从电脑上抬起眼眸，眼前不由一片黑暗，跟踉跄跄到保安部去还钥匙的时候，退休补差的保安大哥笑呵呵地带点惊诧又带点不解的表情看着她："缇香小姐，身体是革命的本钱啊，何苦如此拼命呢。"缇香露出愉快的笑容，冲他友好地点了点头。

因实在太晚了，不如就到员工宿舍住一晚上吧，明天还有很多工作要做。缇香这样想着，就在苍茫的夜色里去了员工宿舍。上下铺，不断有人进进出出，搞得她辗转反侧，彻夜难眠，好不容易迷糊了一会，却又被一阵阵的手机铃声惊醒。她昏昏沉沉地起来冲把脸，没带梳洗用具，只好趁天色将白未白的时候，拖着一身的疲惫，再回到饭店更衣室刷牙洗脸，整理下个人仪表。

缇香去颜悦门上签到的时候，办公室里除了上早班的收入审计，就只有尹家胥一个人对着台电脑孜孜不倦着，缇香从秘书柜上拿了自己部门需要的报表后，和尹家胥问了声"早安"，就匆匆忙忙地返回了办公室。

上月各餐厅酒吧的成本率数据出来了，缇香正和席文解说着成本率高高低低的原因，尹家胥笑眯眯地推门而入，后面如影随形的是颜悦。"缇香，这个月你做出的成本率数据跟前几个月相比，有很大的进步，数据很合理。"尹家胥说道。缇香笑望着尹家胥的模样，心里欣慰极了，看了看席文说："也要感谢席文的不吝赐教啊！""不，其实是你努力的结果，你真的很能干。"尹家胥也频频点着头，刚要坐下去的颜悦，有点不是滋味地又站了起来，边做出要往外走的样子边说："我看还是你们两人在这儿继续切磋吧，我还是会成人之美的啊。"缇香察觉出了她的不自在，便适时地笑着加上一句："颜悦也很支持并且会更加支持我们部门工作的。"颜悦收敛起笑容，没有吭声，只抿了抿嘴唇。缇香却在心里感慨道：原来这职场也是个特磨炼人的地方，连她这种固守自我的理想主义者，也开始脸不红心不跳地说起职场谎言来了。但这也确实是她的期望啊。

电话响了，缇香赶紧接起来，是海伦向她要一直催着缇香做的贵重干海产品用量分析表。缇香边答应着边从电脑上查数据，将报表做出来的时候，对着那个结果，缇香大吃一惊，竟然实际应结存数比账面结存数少了7公斤。她赶紧打电话找中餐厅厨师长问是怎么回事，她将和同事上去重新再盘点一次，正好海伦也进来了，也听到了电话里厨师长吞吞吐吐的声音："牙拣翅还在呢，你们上来再盘点一次吧。"

缇香便和李琳匆匆地上了厨房，行政总厨元冰也在，桌子上摆着牙拣翅，缇香一份一份地称了称，将这些加上后，这月的牙拣翅用量结果就应该是合理的了。"为什么才拿出来呢？"海伦问厨师长。"刚才忘记了。"郑厨师长脸庞红得一览无遗，吞吞吐吐地回答道。海伦皱了皱眉头，似乎对这个回答并不满意。

中午吃完饭后回到办公室时，李琳对缇香说："郑师傅中午吃饭跟我说了，说本来看这月餐饮成本率还不到45%，就把牙拣翅存了一些，想让数据再高点，不然，下个月就不好干了。可没想到赶上审计组来，真是撞枪口上了。"缇香听了这番话，心想，从业务能力上看，郑厨确实算半个成本控制了，可他用这样的方式来操纵数据，真是太不明智了。"你有没有和他说，这样操作很危险的，请他不要再这样做了。"缇香挺严肃地说道。"我说了啊，不过，我听他的言外之意，是想让我们帮他说点好话的。"李琳有点为难地说道。缇香愣了愣。"缇香，我们并不是怕得罪人，而是怕被人利用啊，你知道，成本这个活，复杂的地方在于一些关系的平衡，听说郑厨师长是有些背景的。""都是些打工的，有没有背景又有什么关系呢，哪个老板愿意被人骗啊！"缇香若无其事地说道。"哎，缇香，你真是太单纯了。"看着李琳欲言又止的样子，缇香也不由心里揣上了几个问号。

晚上，缇香又被尹家胥叫到办公室，颜悦也在，海伦正谈着审计的一些反馈及对成本控制工作的意见。当海伦说到牙拣翅的问题时，缇香明显地感到尹家胥的两眼似有无限光芒。"他把这么多的牙拣翅藏起来是什么意思呢？"缇香第一次见到尹家胥如此阴阴的笑容，又见他将目光落到了缇香身上："缇香，你一定要查清楚这件事情，你知道他一个月赚多少钱吗，你现在赶紧做一份干刺参的用量分析表给我，如果再少了，就扣他的工资，你知道他一个月挣多少钱吗？"说完，他一阵狂笑，听得缇香毛骨悚然。工资都是保密的，她怎么可能知道他赚多少钱呢。她不由想起李琳告诉她的和她自己曾经听到过的那些沸沸扬扬的传言，这个郑厨师长，是总经理相当信任的，他们之前曾经是同事。

可是，尹家胥要她一查到底的做法，真是从工作角度出发的吗？渐渐地，缇香感觉到尹家胥对她的提拔，或许也不全是缘于赏识吧，他对她的欣赏，远远比不上她对他的仰慕和感激。

这想起来是有点令人失望，但缇香，她宽慰自己，不管怎样，只要她抱着从工作角度出发的初衷就好，她看不懂总经理对尹家胥怎样施加压力，她也看不懂尹家胥怎样借力发力。她只是个微不足道的小卒，她只扮演好小卒的使命就好。

38 送你一束勿忘我

短短的三周时间过去了，席文要回家乡了，缇香很是恋恋不舍。席文带着数码相机和大家一一合影留念。饭店这阵子生意非常好，所以，成本部就特别的忙，席文一边招呼着大家合影，一边很真诚地说："以后，你们就多帮帮缇香吧，工作熟练了，自然就不会那么累了。缇香是值得你们付出的一个好人啊！"听着她恳切的言谈，缇香真的很感动。

生命中总是会有一些过客吧，萍水相逢的瞬间，有的留下了温暖，有的留下了遗憾，也有的留下了伤感。而席文，给缇香留下的，是她的正直和公平，这是她漫长职场生活中，值得为之感动的一段回忆。

在海明威饭店摆了宴席，本来只想要部门经理参加送别席文的宴会，可尹家胥见这阵子成本部特别忙，就召唤正在加班的库房主管郑强，还有陈言、李琳也一起参加，鼓舞一下大家的士气。

集团审计海伦坐在那里，很随和地和大家聊天，尹家胥拿出财务部给席文买的礼物，让缇香亲手交给她。缇香真诚地站起来说："谢谢席文的帮忙，我一定努力！"席文也赶紧起身，陈言拿着相机，照下了两个人的合影。

"缇香，不如你唱首歌给席文送别一下吧。"尹家胥的提议更引起了全场的响应，缇香也很开心，落落大方地站上了乐池。随着音乐的响起，缇香缓缓地说："这首歌送给席文小姐，因为歌名是如此契合了我对她的感觉，似是故人来。"席文也惊喜地瞪大着眼睛。"同是过路，同做过梦，本应是一对。人在少年，梦中不觉，醒后要归去。三餐一宿，也共一双，到底会是谁，但凡未得到，但凡是过去，总是最登对。台下你望，台上我做，你想做的戏，前世故人，忘忧的你，可曾记得起。欢喜伤悲，老病生死，说不上传奇，恨台上卿卿，或台下我我，不是我跟你。俗尘渺渺，天意茫茫，将你共我分开。

断肠字点点，风雨声连连，似是故人来。何日再追，何地再醉，说今夜真美，无份有缘，回忆不断，生命却苦短。一种相思，两段苦恋，半生说没完。在年月深渊，望明月远远，想象你忧郁。留下你或留下我，在世间上终老，离别以前，未知相对，当日那么好。执子之手，却又分手。爱得有还无，十年后双双，万年后对对，只恨看不到。"

"哇，缇香，没想到你还会唱粤语歌。"同事们都挺兴奋，尹家胥情绪也很高涨，笑笑说："梅艳芳的名曲啊。""是啊，因为知道老板最欣赏梅艳芳啊，我也很喜欢她的歌。这首歌还隐含着'执子之手，与子偕老'的古韵古词呢，很有意境。"走下乐池的缇香笑着对众人答道。

气氛顿时更加融洽了起来，谈到马上要举行的周年店庆活动，李琳说："我们前两年的文艺节目都是缇香策划的。""是吗？缇香这阵子太忙了，所以，这个就不用她策划了，我知道财务部还有很多人才的。"颜悦立刻将话题接了过去："缇香很忙，那还有我们成本部其他人啊，十几号人呢，怕什么，有我们部门登场，肯定会不同凡响，缇香急流勇退吧，给写个小剧本就行了。"

没想到，一直在缄默着的尹太太此时开了口："有一次啊，我在报纸上看到了一篇文章，叫《淑女学厨》，我也想给报社写，拿起笔来却又不知写什么好……"尹家胥笑着看了看缇香。"是吗，那你怎么知道是谁写的啊？"缇香不顾颜悦阴沉下来的脸色，饶有兴趣地问道。"正是我拿着报纸问的他啊，你里面写老板请客时，他的香港太太做的水晶饺子很好吃，看来你是个挺念情的人呢。"挺有书卷气的尹太太笑着说。"缇香就是个才情兼具的女子，现在成本部的工作与以前相比，有了很大的进步呢。"尹家胥接着太太的话，毫不掩饰自己对缇香的赏识之情。"不是啊，是大家努力的结果啊！还要感谢大家的帮忙啊！"缇香赶紧站起来，趁机请大家干了一杯酒。"缇香真好啊！"尹家胥像是感慨万千。突然，颜悦从椅子上站起来，扭腰摆臀，拉着海伦，摆出种种 pose，招呼着陈言给她俩合影留念。"我也要给老板留下美好的印象。"看着她迫不及待地超级模仿秀，缇香目瞪口呆，真是挺佩服她的直抒胸臆，辣女更无敌啊！好像尹太太在她眼里，是个虚幻人物一样。颜悦也高歌了一曲："我想拥着你，我想抱着你……至少还有你。"缇香蓦然间想起了自己曾经无意中看到的那张贺卡上的留言，一缕难以名状的情绪，蜿蜒迂回在她的心间。以她女人的直觉，她相信颜悦是喜欢尹家胥的，不管这喜欢当中有没有要有所图的念头，她甚至是有些佩服颜悦的勇气的。她觉得颜悦比发乎情、止于礼的自己，勇敢多了，也现实多了，而她呢，却宁愿将爱让位于欣赏。

尹太太真是好涵养，而尹家胥的脸上，连观察能力极强的缇香，也看不出丝毫的表情。男上司对向自己表达好感的女下属，是从来不会不喜欢的吧，缇香心想，哪怕尹家胥知道颜悦的任何一种姿态，都是隐藏着一种目的的，但这表面的虚荣，他也没有必要冷眼斥之吧。多一个粉丝，就多一份快乐，何乐而不为呢！

宴席将近尾声时，一直沉默寡言的冯恬异军突起了。她敏捷地站起来，热情地拉着席文，边往空地方走，边笑逐颜开地说："来，席文，也给我个机会吧，咱两人照张相吧，可能以后真的没有机会和你合影了呢！"席文一愣，霎时也反应了过来："那好啊，我们就好好照一张照片，我带回长春去啊。"看着她们笑得惬意的样子，缇香觉得，其实，从讨厌的人身上也可以学到很多东西的。比如，此刻讨厌的冯恬的主动示好。

第二天清晨，缇香捧着一束勿忘我，送给正走向登机处的席文。走在回饭店的路上，她抬头看到在天空中翱翔的飞机，逐渐地被白云淹没了影子，那一片片形态各异的云彩，是多么惬意无忧啊，可以在蔚蓝色的怀抱里自由飞翔。而曼珠莎华是一个让她能够尽情施展的舞台吗？尹家胥，又是不是一个她可以永远在他的心上自由飞翔的伯乐呢。一个活生生的生命，还真不如一片白云过的日子赏心悦目啊。

想象着没有席文的日子，将会怎样的煎熬啊，一缕浓愁夹杂着一丝忧虑，充溢在她日渐不得不如履薄冰般忐忑不安的心中。

39 失 落

审计组要召开此次审计结果通报的会议了，按照时间的安排，缇香提前十分钟坐进了会议室，看着部门总监们正在紧张地回答着集团审计总监的问题，而尹家胥也笑容可掬，神态自若地应对着审计总监有关证实的话语。谈到成本控制方面的问题时，操着一口流利英语的汤姆说："如果一个饭店

的成本控制经理或收入审计经理做得出色,也可以像海伦她们那样,做为总部的特派员到全世界各个地方进行审计……"缇香的英语听力不是特别好,只隐约听懂了他的话。正在细细回味时,尹家胥又绽放开他那魅力无比的笑容,侧目笑对隔他老远的缇香:"缇香,这说明你以后的机会会很多了啊,很有前途的啊,你一定要努力的啊。"缇香有点受宠若惊又有点忐忑不安地低下了头,看见颜悦的脸瞬间变得铁青。

谈起厨师有意藏起牙拣翅的问题,海伦隐约觉得尹家胥的话语已经不是那么激烈了,因为总经理明确表示了,会给厨师长开过失单的,今后,也请成本控制部的缇香加强监督。总经理不苟言笑,感觉他似有深厚背景一样。听到海伦的问题时,就会略微点下头说:"把这些问题都尽快改正。"缇香也忙点点头。"以后,我们会严格按照总部的要求,每月缇香都会做出贵重物品的消耗分析表的。"尹家胥补充道。

临近傍晚的时候,采购员催着缇香赶紧批电脑里的供应商订货单,电脑房经理却跑进办公室,说尹先生要缇香和他们一起去吃饭,给审计组回香港饯行。忙乱不堪中,缇香点点头,刚想往外走,收货主管卓环又让缇香签字。缇香不得不坐下来仔细看手中的单据,不经意一歪头,从窗口处,看见尹家胥穿着件面包服等在门口,一股温馨的暖流掠过心间,缇香歉疚地赶紧往门外走去,尹家胥却又匆匆地跑去饭店的大门口了。

站在车旁,尹家胥转过身冲着缇香,似是很不耐烦的样子,缇香连忙送上歉意的神情。"要批单子,不然,明天供应商不知道送什么货了。""缇香小姐,以后呢,要搞清楚事情的轻重缓急,你知道,今天是和谁一起吃饭吗,是集团老板啊,小姐。"他没好气地说,缇香却突然间有了种陌生的感觉,诧异在她眼中很有个性,向来不卑不亢,对所有人一视同仁的尹家胥,怎么这会儿却流露出如此想要趋炎附势的神情呢,只是缇香很快又释然了,谁没有一颗奋力向上的野心呢。

她沉默着坐上车,平素和尹家胥不太和睦的各个部门的总监此刻都站在饭店的门口,和总部上司态度虔诚地握手告别。缇香看见尹家胥兴高采烈地上了自己这辆车,车上还坐着海伦等审计组的成员。"你看,今天,艾琳被质问时张口结舌,吞吞吐吐的模样,哈哈哈……"他爆发出旁若无人的笑声,很有种幸灾乐祸的感觉,看着缇香望向窗外沉思不语的神态,他突然饶有兴趣地看着缇香说:"哇,缇香,你今天好文静啊!"他连说了三遍,缇香也没想起来该怎样回应他的感慨,只是羞涩又略含尴尬地冲他笑笑,感觉美好的印象在心里一点点地消失。

缇香不明白,难道部门的问题不是酒店的问题吗,尹家胥觉得事不关己也就罢了,为什么还要那样得意忘形地幸灾乐祸呢,纵然工作中有过这样那样的矛盾与争执,但不都是一个战壕里的同事吗?"超级剩女"艾琳确实有一些销售部的灵活做法,但她也是为了酒店利益啊,就像上次多开发票的事情,缘起销售部,但不也是经过财务部同意了的嘛。

这次总部也已经明确,凡是影响公司声誉的事情,一律禁止。这无疑是支持了尹家胥的严谨作风。

只是,他人的尴尬,却成了他的兴奋剂,这未免不太大气。

尹家胥一直像中了六合彩似的兴奋着,手机响了,是颜悦打给他的,看他接电话的那种默契,缇香的心一点一点地往下沉。

到了饭店,总部的外国顾问查理斯先到了,尹家胥很得意地指着缇香说:"这就是缇香,她常在报纸上写文章的。""啊,缇香,我常听尹先生说起你呢……"一派绅士风度,鹤发童颜的他笑眯眯地冲缇香伸出手。"谢谢。"缇香微笑着坐到了他身边。

陆陆续续,人都到齐了,颜悦很自然地坐到了尹家胥的身边,信贷部经理也要坐他旁边,他笑笑拒绝了:"这个位置就空着吧。"

缇香往外翻手帕,将钱包掉了出来,查理斯眼明手快地接住了,一下看到了缇香女儿扮成天使的照片,他发出一声惊叹:"啊,太可爱了……"尹家胥也将照片拿过去,看了一眼,笑了笑。"尹先生的儿子也很帅的,长得很可爱……"缇香笑着说。"你是不是想说我长得很帅啊,青出于蓝而胜于蓝嘛。"缇香从来没有看见过尹家胥说话如此眉飞色舞,自卖自夸,这和之前他的谦谦君子形象,简直就是天壤之别。他是挺帅的,特别是穿上一身牛仔服,根本不像不惑之年的人。"颜悦啊,以后每天早晨,你要陪我起来跑步。"他叫着颜悦,眼睛却看着大家。"好啊,没问题。"颜悦立刻脆生生地应着。席间的人挺疑惑地互相交换了下眼神。

"缇香,你怎么吃饺子不蘸醋呢?"颜悦奇怪地看着缇香说。"我吃饺子从不蘸醋的。"缇香笑笑。"她这个人不吃醋,属万里挑一型。"采购部副经理尤力听不出褒贬似的回应着颜悦,她盯着缇香看了看,缄默了一会儿,又微笑着把眼神转向了尹家胥。

缇香手拿起刚才查理斯送给自己女儿的玩具娃娃,使劲按着它。于是,清脆的娃娃声不停地倾诉着:"I Love You。"她抬起头,含蓄然而颇调皮地凝视着尹家胥,果然,尹家胥愣了愣,片刻的缄默后,却露出了玩世不恭似的笑容,对大家的暗示与起哄露出故意掩饰却又怎么也掩饰不住的得意。他说:"如果真能被有才情的女子爱慕,将为男人锦上添花啊,只是,这样的女子,往往给人的感觉太雾里看花了,会让男人感到累的。""你已经开了几朵花了啊?"海伦打趣着问尹家胥。尹家胥又是一愣,还是缇香将话接了过去:"锦上添花,当然是好上加好了,只是,希望花能盛开在锦的心里,而不仅仅是锦上的一丝丝点缀与修饰。""所以我说那样的女子让男人累嘛,缇香太浪漫了,写文章的女子都太浪漫了。"尹家胥感叹起来。

尹家胥给审计组每个人都送了一套海滨风光的书籍,海伦高兴极了。一起往外走着,缇香正犹豫着坐哪辆车时,站在颜悦旁边的尹家胥却东张西望着,像是找人的样子,终于看到了缇香时,便大叫了她一声:"缇香,你赶紧和他们一起坐车回酒店吧,明天见。"缇香笑着点点头,坐进车里和他告别着,却见颜悦轻轻地拉起了尹家胥的手,她惊了一下,心中莫名其妙地涌上了一阵阵的失落。

40　如履薄冰

干成本真的好累啊,每月各个厨房、酒吧盘点下来,感觉就像要虚脱了一样。可是,缇香恐惧的不是累,而是刁难。

每天开早会,颜悦总是动不动拿成本部说事,一听到她顿了一声,喊"缇香",就知道缇香又要"遭到表扬"了。

缇香回办公室生着闷气,电话却又响了,颜悦那家乡普通话又开始了:"你赶紧帮我查一下鲍鱼的英语怎么拼!"缇香马上翻词典,声音柔和地告诉她。"你的脑子有毛病啊,我什么时候问你这个来,我是问你仓库的鲍鱼是几个头的。""变态!"放下电话,缇香狠狠地骂了一句,却正好被推门而入的陈言听见，他很诡秘地一斜眼睛，这是他的习惯表情，给人的感觉就是很有心计的样子。

说好了和他一起上中厨房盘点干刺参，路过宴会部的时候，陈言似乎很善解人意地说："缇香，我理解你的难处，咱部门现在就是出力不讨好，你说，颜悦这么一个劲儿地折腾咱，老大能不知道吗，他是尽力地在平衡，说穿了，他现在是越来越偏向她了。你不要光埋头干活，你要想想上层之间一些微妙的关系啊。"缇香苦笑道："你说她这又何必呢？""我跟你说吧，缇香，颜悦这个人，她喜欢下面的人围着她转，说她好听的，她不懂成本，你懂，你素质又比她强，比她有人气，所以，她就折腾你，而且，你也确实从来不愿意奉承她两句，你应该像冯恬那样，常往她办公室跑跑，夸夸她，就像她那天刚理了个头型，我心说跟个鸟窝一样，可我嘴上说的却是像田园风光一样清纯秀丽，她立刻就笑成了一朵菜花。"缇香被他的调侃逗乐了："她不找我麻烦就不错了，我也说过她好听的啊，可她一听，脸色更难看了。我就不知道再怎么说了，我夸她能干的话其实是由衷的，只是，她的言行，我觉得真的不配做财务副总监。""可你要面对现实啊，缇香，现在社会上就要这样啊，见人说人话，见鬼说鬼话。""那我就不说话了。"缇香没好气道。"怪不得人家都说缇香清高呢。"陈言很淡然地一笑。

碰上行政总厨元冰，缇香就问他西餐标准菜谱写得怎样了，她们需要尽快往电脑里输入。他似乎挺奇怪地看了缇香一眼："哼，你们真有意思，公司开业六年多了，最基础的工作竟然都没做，现在反而催着我们来做，你还是去问问你们老大怎么回事吧！""元冰啊，咱不谈以前了行吗？请你理解我们，尽快给我们就是了，你那样好的菜谱，拿出来香飘万里呢。"元冰见缇香缓和了语气，便也匆匆点了点头，离开了。"这个行政总厨很牛的。"望着元冰酷酷的背影，陈言撇了撇嘴说。

可缇香又怎么回答颜悦跟催命似的说是刁难也一点不为过的问题呢，她刚回到办公室，颜悦就气势汹汹地闯进来了，正好李琳也过来让缇香签单。颜悦见缇香对她的命令表示不解，就问李琳听不听得懂，李琳不明所以地点头。"看，你的员工都能听得懂，你竟然不理解，你的知识面甚至还不如你的员工。"缇香解释的话刚要出口，"缇香！"她突然大喝一声，"我说怎么做就怎么做，我不要再听你的废话了，我告诉你，我的容忍度是有限的。

我在这里苦口婆心地告诉你正确的做法,你却还是按你的思路来想,你以为这些人有的是时间陪你玩啊。"说完,她甩门而去。

缇香惊恐地回顾着颜悦爆发后扭曲的面孔,哭笑不得:"哎,这又来了个颜芙蓉,世界如此美妙,她却如此暴躁。李琳啊,你听不懂我的话吗?""听得懂啊。其实,你和她的意思是一样的,但她是想让你说这是按照她的意见做的,而不是你自己想出来的,"她笑了笑,"缇香,你别太较真了,有时候,你也要跟她软弱一下,你看她刚才那模样,你要再和她较劲,她会吃了你的。""可我有较劲吗?我并没有说她说得不对啊,我总不能她说着话,我再"啪"地一声来个跪谢,谢皇上英明决策吧。"缇香苦笑着开起了玩笑。"但你不对她表现出毕恭毕敬的样子,她就认为你是在较劲。林松那么高深莫测的人,都让她给撵走了。你还是低低头吧!你看,你付出了这么多,连家都不要了,再让她把你折腾走,多不值得呀。所以,你一定要多想怎样保护好自己。"

41　家庭危机

自从坐上了这个经理位置,缇香就没有一天安宁日子过,家就像一个旅馆,而且还是最脏的旅馆。

公公、婆婆都是非常朴实的人,老公经常出差,她又忙得昏天黑地的,正上幼儿园的三岁多的女儿就整天待在她奶奶家,常常看着她的小朋友由爸爸、妈妈接回家,就期待地问:"爷爷,我妈妈什么时候下班?"

可缇香就跟着了魔一样,发誓要干出番成绩来。每天,当她精疲力竭却又信心百倍地走出办公室、冲向夜幕的时候,出租车司机就露出熟悉的笑容:"哦,又碰上你了。"她也无奈地笑笑:"刚迎接了个挑战,挺乱的,哎,我的工资都贡献给交通事业了。"

走廊上很静,缇香使劲跺脚让感应灯照亮她回家的路。开了门,却怎么也打不开灯了,摸索着上了房间,找了手电筒,口干舌燥地想喝口水,挨个暖瓶晃晃,却连一滴水都倒不出来了。口渴难忍,灌上了一壶凉水,却又打不着煤气。缇香无力地躺在床上,寒冷的天气,却只能简单用凉水冲冲脚,浑身哆嗦着钻进了被窝,是真的太累了,她昏昏欲睡。天亮,顾不得吃早饭,就又打车去上班了。

这天,她破天荒地没加班,一下班就往婆婆家赶,一进门,缇香就满含歉意地说:"爸妈,等过了这一段时间就好了。我也想孩子,也觉得你们年纪大了,身体也不好,也应该有自己的生活,还整天忙着帮我们看孩子。"婆婆说:"年轻就得多干活。""你走到这步不容易,一点关系都没有,又不是个八面玲珑的人,所以,你要珍惜。家里你就不用操心了,把工作做好。""爸爸,我也是这样想的,我觉得人应该执著,有点追求。"听着公公善解人意的言语,缇香边点头边说。

"爸爸,我家可能铅丝断了,没电了。"公公婆婆一听,便拿起工具,到了缇香的家里。在楼梯口,缇香发现了一张欠费单,上面赫然是她家的门牌号码。"哎,我真是忙糊涂了,我记得好像已经交了电费啊。"缇香尴尬地对老人说。"行,等明天我上电站去查查,你赶紧忙工作吧。"公公说。

打开冰箱,里面的食品全都腐烂了,最爱吃的饺子凝结成了一堆麻花,估计里面的馅肯定都臭了,不得不扔进垃圾箱里,仿佛看见辛苦挣来的工钱打了水漂一样。缇香扪心自问,值得吗?是不是自己的脑筋出问题了呢,这样忙碌却是这样心酸。可她不甘心呢,已经付出了这么多的心血,又岂能半途而废呢!她一定要做到她再上层楼的那一天。她现在真是佩服向姝看人的准确率了,向姝曾说她是个挺有心劲的女子,是啊,但是,向姝还说了,缇香,其实职场上,心计比心劲重要得多。

公公帮缇香上电业局交上了罚款,又签了份不再欠交电费的保证书。六十多岁的老人了,在大厅里跑上窜下的,使缇香的家终于又见到了光明。

在外奔波的缇香老公回家了,相当寡言的一个男人,一进门就嫌家里脏得不堪入目,而整天精神处于高度紧张的缇香,听到他的不满,也不由烦躁不已。"你知不知道我每天都几点下班啊?"她希望他能鼓励她一下,这是现在她最需要的,可是老公还是抱怨个不停:"整天孩子也不管,老人帮着给看孩子,你就不能抽空把家收拾收拾,你忙忙忙,忙的目的是什么?是不要家了?"一向脾气温和的他也大吼起来,缇香张了张口却无言以对。

她曾经用很优美的文字,将爱情的美丽模样描绘得像一道雨过天晴后的彩虹。可是,婚姻生活的寡淡,却又让她时不时地内心惆怅伤感一番。她希望自己的爱人是一个可以理解她的无数幻想,并可以将她深藏的潜力大力挖掘出来的幽默豁达的男子；是可以让她看到生活其实是充满着无尽乐趣并且可以引领着她更好地去领略无限风光和无尽魅力的博学男子。然而，如今同床共眠的男子，却是与她当初的梦想背道而驰的烟火男人——安静，与世无争，知足常乐，让她放心，却不能使她倾情。

经济适用型男人，远远不是崇尚情调、渴望浪漫与完美的缇香所梦寐以求的。有句话说得精辟，婚姻是一把伞，有了它，风雨烈日时自然舒适无比，但更多平平淡淡的天气里，多了一把伞难免是累赘。缇香并不觉得自己的婚姻是累赘，只是觉得少了些情趣。

42　李琳辞职

开完早会，缇香回到办公室，发现李琳的脸色蜡黄，缇香便说："是不是这阵太辛苦了，要不你先去休息下。"说完就忙着看电脑里的审批单，却发现李琳一直在心事重重地望着她。缇香挺诧异："你一贯挺开朗的啊，今天是怎么了？什么话不好意思和我说啊？"李琳尴尬地笑了，吞吞吐吐地说："缇香，咱两人到你小屋去吧，我有件事情要和你谈。"

缇香疑惑着，大步流星地到了小屋，还没等她开口，李琳就眼圈红红的，泪流不止："对不起，缇香，我知道你是一个很重感情的人，我也很愿意有你这样一个经理，只是，我不能再这样和你干下去了，我再做下去，我的家庭就会出问题了。""有这么严重吗？"缇香不由也收敛起了笑容，心想，原来职业女子的家庭与工作之间的矛盾，真是个普遍的问题呢。

自从当上了成本主管后，李琳就常常加班到很晚，李琳的老公虽家在外地，大男子主义却是相当的严重，喜欢衣来伸手、饭来张口的生活，而勤快的李琳自然是完全符合这样的要求的。只是，现在情况不一样了，一直颇有微词的老公终于忍无可忍。昨天晚上，李琳一进门，愤怒的老公就将锅里的菜倒进了垃圾桶，还对她冷嘲热讽："哟，女强人，你终于舍得回家了，你怎么不住外面啊。"

"怎么会这样不理解你呢？你应该好好和他沟通一下啊，拼命工作不就是为了提高生活品质吗？"缇香挺纳闷现在竟然还有如此不可理喻的男人，她更纳闷的是，看上去精明利落的李琳怎么会对老公的这种无理行为还心存内疚呢。"缇香，这还不是主要原因，我回家的时候，看到那么冷的天，女儿冻得手指头通红的，蹲在角落里想妈妈，我眼泪一下子就掉下来了。"不知为什么，缇香也想起了自己女儿在医院打吊针时的情景，想起了好不容易歇个星期天，可以陪女儿出去玩玩了，自己却累得躺在床上。女儿眼巴巴地望着妈妈，给妈妈倒水喝的眼神，缇香的眼泪也淌个不停。"缇香，我们都是女人，难道辛苦工作不就是为了孩子健康成长吗，我姐姐的孩子，就是因为她的疏忽，现在学习成绩很差。我不想犯同样的错误。何况，我们在这里已经付出了这么多，他们还嫌我们做得不够好。是林松的这个摊子基础太差了，你整天没白没黑地靠在这里，家都不要了，可你又得到什么了，你看颜悦对你那种态度。如果她冲我那样，我绝对饶不了她……她一个野女人，凭什么跑我们这里这么嚣张？"

是啊，凭什么，要不是看在尹家胥的面子上，缇香何苦这样忍气吞声呢，缇香牙咬得越来越紧。"缇香，我现在就去和尹先生提辞职，我也会把我所看到的颜悦对你的态度告诉他，请他侧面提醒她一下，不要让你总这样受委屈。"李琳擦干了眼泪，走出了办公室。

缇香苦笑一声，茫然地看着她似乎去意已决的身影飘向了尹家胥的办公室，她希望尹家胥可以挽留住她，她自己也在想着怎样可以将她留下来，因为她是个多么敏捷的好帮手啊。

"你这样做对缇香不好啊，我希望你再考虑考虑。"尹家胥聆听着哭得泪眼婆娑的李琳的陈述，尽力克制住自己不太愉悦的心情。他是最不喜欢看别人掉眼泪的，江湖里闯荡久了，哭有什么用啊。

"尹先生，我们真的不是因为能力的问题，你看，缇香她付出了多少，她连家都不要了。可是,她得到什么了,颜悦经常……""我对缇香要求很高，我对颜悦的要求也很高。"突然，尹家胥微笑着将李琳的话语打断，顾左右而言他。

缇香被尹家胥一个电话叫进了办公室，缇香恳切地说："尹先生，我不希望李琳离开，她付出了这么多，又积极配合我的工作，如果这样的好员工都离开了，那我这个经理又怎么能使大多数人服从呢？请您帮助我，也请您理解她的苦衷。"尹家胥却面无表情地缄默不语，良久后，他缓缓地说：

"我也让她慎重考虑考虑，不要冲动之下做出决定。但是，给了她主管职位就是让她努力的嘛，这点压力都承受不了，还怎么往上发展呢。"

当缇香走出尹家胥办公室时，看见李琳坐在颜悦的对面，正在听颜悦侃侃而谈，一会儿又见李琳如泣如诉的样子，眼泪真的像断了线的珍珠啊。她不便久留，就回到了自己的办公室。想起以后若没有李琳的支持，工作将更加艰难，李琳她真的是一个很有灵气的助手。

"缇香，"正沉思着，泪痕未干的李琳推门进来，"我和颜悦谈了谈，她问我如果能下班后到点就走，我愿不愿意留下来，我说那是不可能的，饭店的运转就是这样的，成本部不可能停下来，再说我又是个主管。她见我坚决的样子，就说既然这样，就接受我的辞职申请。"缇香却失望地摇摇头，不明白为什么尹家胥就那样信赖颜悦，他那么聪明的人，不可能看不出颜悦对成本部的偏见，也不可能不知道成本部目前是多么缺人，她却还是接受了。她苦笑着说："李琳，尹先生让我再和你谈谈，我想问题不是出在你的身上，是你老公对你还缺乏理解，所以，我想有时间的话，约你老公我们一起吃顿饭，鹿港小镇的环境不错，我还没去过呢。""不必了，缇香，你能这样真诚地挽留我，我已经很感动了，你这么忙，并且，我老公脾气很倔的，我怕他会说出一些让你难堪的话来。"李琳有些尴尬地笑笑说。

缇香的脑海里，是依旧的涛声阵阵。"缇香，我明白你的艰难处境，以前，冯恬和付蓉压着你，那是因为尹先生对你太好了，现在，颜悦来了，冯恬肯定会添油加醋地说你一些事情，颜悦她……"她顿了顿，站起身来，边往外走边说，"颜悦说她有时候骂你，是在帮你迅速成长，就像以前林松总结的在骂声中成长。"她脸上浮上一层笑容，是一种调侃的笑。缇香也大笑起来。"难道她是在骂声中成长，也就要别人也在骂声中成长，她才平衡吗？"缇香愤愤地说。"不过，缇香，有一点你要记住啊，尹先生对你的赏识是发自内心的。""是吗，那我谢谢他。"缇香喃喃自语着，为了让自己更对得起这份赏识，披星戴月的时光啊，还需要坚持多久，还能坚持多久啊。在颜悦变本加厉地帮助成长的好心、苦心、精心之下，缇香，她自己又能坚持到什么时候呢！缇香苦闷地微眯了下眼睛，从心底发出了一声深深的叹息。

李琳到了人力资源部，找招聘经理要辞职表格，小巧玲珑的金婉露出诧异的神情："你在这工作快七年了，也有了一定的成绩了，这样离开岂不是太可惜。我看你还是不要走了,真的,现在工作不是那样好找的。""金经理,我其实一直很想和你说说我们部门的事情,都是些新手,做到这个程度已经很不错了,我们现在结账时间比以前快了两天,凭证也是我们自己输入,经常加班不是水平问题,而是人手不够,以前这个部门的基础也太差了,现在管理层的要求和以前大相径庭,你看缇香整天累的,还得不到理解。我和缇香的合作很愉快,感情也很好,可是,你相信吗,现在一想到上班,我头都大了。"金婉浅浅地笑着,静静地听着:"李琳,人都有情绪波动的时候,你再仔细考虑一下,我也会把你的意见向管理层汇报的。"

43　职场如茶

经过李琳的一番倾诉,尹家胥和颜悦对成本部的态度有所缓和了,他们开始考虑给成本部加人。

在季度餐具大盘点的时候,饭店各营运部门所有的餐具都搬到了宴会厅,成本部的同事们和营运部门的同事一起,挨个地方去盘点那些盘子、碟子,一直忙碌到凌晨三点也还没有结束。穿着大衣、戴着围巾的颜悦站在大厅门口,远远地看着大家忙碌,缇香想起她经常破口大骂的姿态,真的没有迎上前去嘘寒问暖的热情了。但她还是冲着她微微笑了一下,也许真的是高处不胜寒,也许颜悦的确是没有人气,自始至终,没有一个人主动上前和她搭讪。

其他部门员工对她也颇有微词,说有一次,有个员工正往玉兰厅里送佛跳墙这道名菜时,颜悦恰好从餐厅里走了出来,结果那个服务员就跟碰到魔鬼了似的,啪的一声,将价值不菲的盘子扣在了地上。被开了过失单不说,还按照售价赔了菜钱和盘子钱,直怨自己怎么就那么倒霉啊。

颜悦,她还真是挺有"煞"味的,餐饮部的同事异口同声地开着玩笑。缇香感觉心中的寒意更是此起彼伏地升腾起来,旁边有人提醒她,颜悦在叫她过去。缇香定了定神,极力微笑着走到她面前,听她将会有什么吩咐。可她说出的话却让缇香的心又有了丝温暖的感觉,她叮嘱缇香,可以签单给员工在咖啡厅吃点饭。

看着颜悦渐渐走远的身影，李琳说："缇香，有些事情，该说就得说，看，他们现在对我们的态度有所缓和了，是吧？"缇香也点点头，希望这样的温暖在以后能继续下去。

只剩下啤酒吧的餐具还没有盘点了，因大家都已累得疲惫不堪，缇香临时决定不必将餐具都搬到宴会厅，何况，啤酒吧现在还有客人在就餐，酒店的规矩就是不管你内部的营业时间规定到几点，但只要有一个客人，饭店就不可以打烊，这是对客人的一种尊重和礼仪。

缇香留下了部门的四五个同事和管事部经理一起，到了啤酒吧。一个年纪稍大的外国客人正在和一个中国的年轻女孩一边用手比划着，一边手挥着个啤酒瓶。酒吧经理笑说他是个"神经病"，但他是这儿的常客了。

客人就餐无法继续盘点，同事就等在了角落里，轻声聊起天来，一旦客人离开后好马上投入工作。

这时有两个男孩子互相抛着小橘子玩，不小心落到了客人的桌子上，正紧张着该怎样道歉呢。喝多了的外国客人突然爆发出一阵怒吼，那年轻女孩却一言不发，冲向门口。大家都以为是两人吵架了，结果男人却用结结巴巴的中文说："我明天要找你们副总经理告你们去，我知道你们是来干什么的，就是故意来给我们捣乱的。"缇香求助的眼神望向了啤酒吧经理，他却哈哈一笑："他是个疯子，和那女的闹别扭了，就冲我们发脾气，甭搭理他。""可若真被客人投诉总不是件好事情吧，希望你如实禀报啊。"有同事担心地说道。"我会的，我就说是尹家胥部门的员工惹怒了客人，把客人吓跑了。"他轻描淡写地说。

"不，可别说尹先生的名字，跟他有什么关系呢？"缇香连忙反驳。"你对你老板可真够真心的，他妈的，他整天就想把我们这些人累死，弄些盘子、碟子的搬来搬去、点来点去的，你老板找到你，可真是找了个好的执行者。"朦胧的灯光下，迷茫的视线里，不知谁这样评论着已经疲惫的缇香，只是缇香，她似乎已经没有清醒的思维来判断这样的声音是在提醒她、调侃她还是在夸奖她、讽刺她了。她真的是累坏了。

今夜，缇香又将回不了家了。她心里好想回家，好想亲亲她可爱女儿的脸庞啊。可是，女儿啊，妈妈还是这样忙，妈妈把工作当事业，把家当旅馆，却始终把女儿当宝贝。喃喃自语中，缇香一头栽倒在饭店松软舒适的床上，渐渐沉入了梦乡,梦中,自己用辛辛苦苦赚来的钱,给女儿买漂亮的裙子、漂亮的鞋……

第二天一早,缇香就坐到了尹家胥的办公室里,她心里一直担心着昨晚的客人是不是真投诉了,可别连累到他被总经理批评,可看尹家胥的样子,好像没有发生过什么事,缇香的心便放下了。

尹家胥对着一张纸条,当要问缇香一个问题时,他就在上面画一个对勾,他这种细致是缇香极为欣赏的。可他问缇香的话却越来越高声、蛮横,当缇香对其中中厨房活海鲜统计的方式有所疑问,解释得他听不明白的时候,他气得甩掉笔,大喊起来:"你这样含含糊糊,含含糊糊的,让我怎样下文件呢,缇香小姐,你是会计,不是在写文章,不是要你含蓄……""对不起,我没有解释清楚,那等我回办公室马上书写一份活海鲜的控制程序给您吧。"缇香有点难堪地回答着,"尹先生,我可不可以提个建议呢,我其实做会计的时候,是很理性的,并没有将写文章和做账务混为一谈啊,所以,以后可不可以不要说我写文章的事情了,可以吗?"一谈起这个话题,缇香就想起颜悦咬牙切齿的样子:"我告诉你,缇香,我才不屑看你写的那些破东西呢,无病呻吟,神经兮兮的,装那个有才的。"缇香正担忧着"曹操","曹操"却被尹家胥叫进来了,颜悦听了听尹家胥的问题后,厉声喝道:"缇香,我再说最后一遍,你给我听仔细了,不要让我再重复了,我不是复读机。"她带着厌烦到不能再厌烦的表情,闭着眼睛,跟念经似的把缇香刚才跟尹家胥说的那些程序,又用她的语言叙述了一遍。缇香心想,尹家胥真是越来越有毛病了,看来他是太依赖她了。她说是个猫他就会认为肯定是个猫,明明是个老虎,他也会认为其实就是个猫。颜悦闭目养神的懈怠慵懒的神情,尹家胥却不以为意,熟视无睹,有片刻疑惑的表情毫无掩饰地流露到了缇香的脸上,转瞬间又无影无踪了。缇香张了张口,却还是把话语藏进了心中。

看着曾经的完美上司在自己心中的美好印象一点点地淡漠,缇香感到,真是没有比这更令人伤怀的事情了。

她回到自己那间狭小的办公室,想着自己越来越尴尬的处境,曾经对她和颜悦色的尹家胥,如今却暴跳如雷,眼前一幕幕她曾经和尹家胥谈笑风生、互相欣赏的情景,如电影画面一般,徐徐拉开了帷幕,她就在这样一种自我遐想的沉醉里，悄然流泪了……

一周后，陆博拿着张报纸到缇香办公室，指着上面一篇题名为《紫色迷情》的文章对缇香说："缇香，虽说你用的是笔名，我却一看就知道是你写的，也只有和你一起共事过的人，才知道你为什么会写这样一篇文章。你要多保重啊，别太患得患失了，有时候，老板也是没有办法的。"缇香笑了笑，不置可否，虽说这个陆博也曾搅和过她，但平心而论，他其实并不是个心肠坏的男人。

她那天将活海鲜的控制程序写了出来，发给了尹家胥后，尹家胥只简单地回复了她"Thanks"几个字母，她想起他刚来时对她的器重，不由想起了一句古诗，若人生只如初见该多好啊。

回家后，缇香打开了自己的博客，将《紫色迷情》发到了博客上。

蕴卓的"紫晶香韵"服饰工作室就寂寞地掩在路边一溜不起眼的小店中间，一路走去，大俗不俗中也更加醒目了它的那份古韵中不失洒脱，时尚中蕴涵着典雅的味道。

我轻轻走进去，只为了寻一件穿出灵性的唐装。袅袅的香气渐渐地弥漫了我的心绪，"是香熏吗？""不，是 CD 的香水，REMEMBER ME。也就是说，记住我的衣饰。"抬头看，一张普通却不俗气的面孔，很谦和的笑容应了门上的那条横幅"似是故人来"。满目皆是主色调为紫色的衣服饰品。我选了串紫晶的手链，晶莹珠子被一根亮晶晶的隐约着鱼儿形状的彩绳串着，本是多愁善感的双鱼座，灵性玲珑的设计多么符合我爱极浪漫的心性，便毫不犹豫地掏钱买下。蕴卓问我选它的理由，我轻描淡写般，却终究是浅浅深深地把理由说了，他笑："难得碰上有如此情趣的女孩，送给你吧。"向来不无故受礼，就又买了一件紫色的纱裙，裙身上若隐若现着陆游的诗句：只有香如故。

临别时，我告诉他："你的店很有意境，你的服饰很有品味，可惜曲高和寡。欣赏的，不一定穿得出它的感觉，适合穿它的，又不见得懂它的味道。不过，我想写篇感想，帮你宣传一下。"他似信非信地笑笑，不置可否。"你是记者？"我摇摇头，我是学音乐的，但我一样可以将文字变得像音符一样婉转。但我没有告诉他。

介绍他小店的文章在报纸上刊登了，我把它写成了可以宣泄现代女子古典情结的雅阁，把他描绘成深谙女性品质的才子，"古乐飘过，紫色掠过，宛如步入唐宋诗篇；古香品过，紫韵驻过，只因身在香韵紫晶。"正是人们的怀旧情结日益凝聚的时候，风格各异的唐装粉墨登场，而蕴卓不流于俗套的设计渐渐吸引了越来越多的人。再次光顾他的小店，发现他有了自己的宣传册，扉页上赫然印着我的文字。我穿着紫色的纱裙，望着他邀我做助手的期待眼神，含笑默许。

也许，眼缘真的是一言难尽并且不可言喻的感觉，我喜欢上了他的才气与执着追求的个性。他画设计图，我配文字，他制作服装，我穿上展示，拍照做宣传，不敢多吃肉，怕身材走样，让衣服黯然失色。

渐渐地，他的店由小巷开到了大都市，他的名字也频繁地闪亮在媒体，盛名之下，蕴卓的淡泊品行竟如此不堪一击，他有了自己的模特队，我很"荣幸"地成为其中的元老，可"蝶儿蝶儿漫天飞"般在他面前争风吃醋，真的不是一道佳景。蕴卓毕竟是素质高的，他从来都是不动声色，即使逢场作戏，也是虚与委蛇。他很高明地运用着她们之间的攀比心理来完成他的一个个商业运作，让她们不辞辛苦，又不遗余力地争夺着在他心目中"第一"的位置。可实际上，他心中装的第一，永远只是他自己。

有时，望着我的双鱼手链，我就怀念和蕴卓创业的时候，那时，他的笑容总是甜甜的，总是亲切地抚慰着遇到挫折的我们。可浮云般的名利牢牢地环绕住了他，让他变得心高气傲，心浮意躁，我曾经是他眼中唯一的知己，可现在，我甚至几天见不到他的影踪，见面了，相看两不厌，却是无语已轻叹。

我摘下曾经迷惑了我的紫色手链，放在他办公室里摆着的我的照片下面，没有承诺，连暗示都没有，而这份凝望伊人照片的暧昧，真的不是我所期待的。在离开他的刹那间，心如止水，望着他已渐迷蒙的眼神，我笑着流泪，"我那么地用心付出，换来的不过是为你赢得名利的一颗棋子。我对你，就像是你所送给我的这些美轮美奂的紫色衣饰一样，它们让我光彩照人，我让您名利双收，您把我看做是让您光芒更加四射的摆设，可我却是用心地在让自己出色。"

缇香想起陆博问她的话，"为什么要起蕴卓这个名字呢？代表着什么意思呢？"缇香笑笑没有言语。蕴卓，其实就是蕴含着不一般的人格魅力的意思，就像她一直把尹家胥看成是那样一个光芒四射的上司一样，然而，当虚幻的想象如太阳底下的肥皂泡一般，刹那间失去了光彩的时候，那些记忆却还是偶尔如缝隙里的阳光，时不时地闪烁出来，将尚有热情的心，刺痛了一下又一下。

而曾经竭力帮助过缇香的李琳，因老公的一再反对，不得不辞职回家，暂时做一段时间的全职主妇。缇香买了一本《女孩子必读的100篇公主故事》的书，准备送给她非常信任、也非常欣赏的李琳，却没想到，就在这个时候，缇香却又遭到了一份意想不到的心灵打击。

这天是李琳的最后工作日了，一早，她就来找缇香，缇香本是笑容满面地要将礼物送给她呢，却突然发现李琳的神情不太对，还没等缇香反应过来，李琳就气呼呼地说："缇香，我离开是我自己的个人意愿，你不要把我和颜悦对你的态度联系到一起，我和她之间没什么矛盾的，我不是因为她的态度而离开的。请你不要再散布这样的谣言了。"

缇香瞬间有一种想要晕倒的感觉，她将一大堆账单从椅子上拿起来，示意李琳坐下来，她准备好好地问问她，究竟她把自己看成了什么样的人。如果说她的离开让缇香感到了一种遗憾，那么她的这番话，却是让缇香感到了一种深深的痛苦和失望。她想了一会儿，从抽屉里拿出那本书，苦笑着对李琳说："如果你还把我当成朋友，就请收下这份礼物吧。职场虽然复杂，但我想，我一直是如此真诚地去对待我的工作和同事，谢谢你对我工作的支持，祝你好运！"

李琳有些愣了，面庞绯红地走出了办公室，缇香却真想趴桌子上大哭一场，那么多日子的合作，李琳却偏偏爱信茶水间里同事之间闲聊的八卦。职场啊，真如一杯苦茶，究竟有哪个是值得信任的啊，为什么她这样一个重感情的女子，却伤痕累累，步步维艰。

她不相信她缇香就不能用真心换真心，她有点惶惑地问向姝，向姝却一点也不吃惊。"缇香，你别太介意李琳的话了，她也许是有着某种顾虑吧，毕竟她的工资还没结算呢，像颜悦那么爱找茬的人，难不成不会刁难她一下，她要走了的人了，当然会更多地为自己考虑考虑了，你没必要在意的。"

想起李琳质问她时，那种冷冷的眼神，缇香觉得有一丝丝的寒意，时不时地侵袭着她的心。

三　金枝欲孽　黯然伤怀

44　培训计划

坐在培训教室里，财务部的部门经理们都小心谨慎地围坐在颜悦的眼前。冯恬光着脚穿了双黑皮鞋，尤其扎眼。颜悦首先例行公事地回顾了一下上个月培训计划的完成情况。因成本控制部新人较多，缇香给她们做的培训是最多的，颜悦便很严肃地问了问她。

这次颜悦的表情出奇地平和。只是，她面无表情，轻描淡写的叙述却让大家面面相觑，让缇香不寒而栗。"从下星期开始，冯恬将到成本控制部进行三个月的培训，我强调一点啊，是全职的，就是说，今后她不做总账了，全职在成本部进行成本经理的培训。"冯恬尽量使自己平静，嘴角却掩饰不住得意。"我知道大家都希望有这样的机会，我也安排了其他一些利用自己业余时间进行培训的员工，而成本控制部，如果不全职跟进的话，根本什么东西也学不到。我也重申一点，财务部从来就不是个一枝独秀的地方，有能文的，就有能武的，谁也别把自己太当回事了。"

缇香抬头一看，正好看见采购部副经理尤力那含义深邃、喜忧未卜的眼神，缇香倒吸一口凉气，心想：通常做法是，不管派谁来培训，都是先要和部门经理单独打声招呼的，而颜悦派冯恬到她部门来，事先没告知她的做法，让她心里挺不舒服的。虽说颜悦是她的上司，可未免也太武断一些了。缇香尽量掩饰着自己的不悦，笑笑说："时间安排了吗？我也好有个准备。""她的培训时间由我来安排。"颜悦看也不看她，缇香压抑住心中的波澜，装做若无其事的样子，走出了培训教室。

坐在办公室里，缇香越想越觉这事蹊跷，想起自己每次接了颜悦的电话或是与颜悦刚谈完话，都要傻傻地呆坐老半天，都快给折腾糊涂了，本来想做的事情也全泡汤了。这次再安排个冯恬来，不是更给冯恬个近距离

骚扰的机会吗。想当初冯恬那么折腾她，颜悦却还派她来这里培训，何况冯恬又和她平级，拍起颜悦马屁来就跟追星族似的，这不是明摆着要暗中调包吗。说付蓉回来了，多人了，可你预算就是这样的，说冯恬业务驾轻就熟了，鬼都觉好笑，连个告诉的"诉"都敲成了"Song"还诧异地说电脑词库有毛病，刚来的秘书都暗笑她雷人呢。上次培训了一堂课，将应付账款和预提费用都说成是一个科目，现金流量表更是把大家讲到迷魂阵里了，她自己也绕进去了，后来就不得不下课了。

想起这些来，缇香就觉得心口像堵了块石头般难受。

此刻，小秘书尹敏抱着一大摞报表进来了，要在缇香这订报表呢。"哎，全饭店就这一台好的装订机了。"她寒暄着。"每次只能压三张纸啊。"缇香提醒着她，继续做着自己的工作。"冯恬要到你这儿来培训了。"她似乎觉察出了缇香的不悦，见缇香没吭声，就又说道，"颜悦和她很好，你上面不还空着个位置吗，等她培训完了，说不定就在这个部门做经理了，一个子部门，不太可能用两个经理的吧。"真是一语中的，她才刚来几天呀，就已经看出端倪，可见真是司马昭之心，路人皆知啊。缇香不想让她看出自己的失落，便强打起精神："来培训就来吧，谁做得好机会就是谁的。只是，我都干了一年了，付出了也不少，若真是轻易放弃，心里也确实是很难受的。"尹敏不置可否："反正大家议论纷纷，都觉得你挺不值得，那么个拼命法，又摊上这么件事，哎，你都不知道啊，我整天坐在那儿就跟看戏似的，颜悦她不做闹剧导演真是相当的屈才，我看她不把这儿搅和到人仰马翻，改朝换代，她是不算完的。"她边说边往外走，又加了句，"不过,颜悦合同马上就到期了，你忍忍她就走了，也就是咱老大喜欢她，给她的评估全是优。"缇香冲她的背影苦笑了一声。

以为小秘书就要走出去了，却没想到她又折回来了，凑在缇香耳边说："缇香，我和你说个秘密啊，你别跟别人说。颜悦和冯恬真是很臭味相投的，连咱老大拿她们也没办法的。有家银行当时给咱饭店划了笔款项，结果多划了好几万，找颜悦说明情况，她同意给退回款项，可冯恬却提醒她说，哪有那么便宜的事情，退也不能全退啊，他们的错误凭什么要麻烦我们来更正呢，让他们把这些钱都买了咱饭店的钻石卡不就行了嘛。颜悦一听高兴极了，直夸冯恬是个不可多得的人才。结果人家银行不同意，就直接找到了尹先生，你猜尹先生怎么说，他说他不知道这件事情，不是他办的。"缇香听着这个故事，感觉自己确实跟活在了科研世界里一样，光研究业务了，都与世隔绝了，这样刁难别人的行为，她缇香真是没有那个能力啊。她不由仔细听起了尹敏下面的话。

"把银行的人气坏了，都想取消和咱家的合作了，但想想为这么点破事失去了一个大户也得不偿失，就退了一步，那些多划给咱家的钱全买了钻石卡。可是从此，颜悦也在银行出名了，都叫她'母夜叉'。不过，我觉得啊，咱老大对这件事情似乎也并不反对，他向来是个看重结果的老板，他才不管有理无理呢，能赚到钱就是本事呢。"

缇香点点头，又似乎是不可思议地摇摇头，自从颜悦来了后，尹家胥确实跟变了个人似的，以前清高又很在乎别人感觉的人，现在却天天和颜悦出双入对、打情骂俏，动不动就听颜悦娇滴滴地叫着他，人还没进屋，声音就先飘进去了，三十多岁的人了，扭着个不细的腰。缇香就听和颜悦对门的总出纳佳秀翻白眼说："她一喊老大的名字，我的手就直颤抖，你隔着远还好，你没看他们两个整天眉来眼去的，你还老说他正直，看不出他正直在什么地方，现在咱饭店几乎在每一家银行都开户了，每开一户，人家都送给他们不少东西，哪是他刚来时候说的只收20元以下礼品的样子啊，简直就是一个虚伪透顶的伪君子了。而颜悦，就更跟个泼妇似的，怎么弄这么个人过来，眼光太差了。"缇香现在真是有点明白了席文曾经说过的"近朱者赤，近墨者黑"了。

从收入审计主管调到了总账做主管，也并没改变彭安飞对颜悦的印象，他对缇香说："哎，女人当家，墙倒屋塌。颜悦绝对是个'杀手'，尹家胥在这个地方混得跟其他部门关系极差，他也寻思，不是从上到下都对我不感冒吗，那我就找这么个人过来，搅和成啥样是啥样，就搅和吧。"彭安飞从一开始就对缇香对尹家胥的忠心耿耿不可思议。他说，香港人的某种劣根性在尹家胥身上是反映得淋漓尽致了。缇香啊，你小心啊，别拼搏得哪一天趴这儿了，可没有人把你再抬起来。当时的缇香只觉得他是玩笑话，现在细细回想起来，难道别人都有预见未来的能力，就她是个傻瓜。

上次彭安飞领队的财务部，在全饭店的知识竞赛中得了个倒数第一，销售部是冠军。颜悦竟穿梭在蜂拥下楼的各部门人流中气势汹汹地说："看着吧，以后，销售部的报销全卡，不用想着早拿到钱了。"人人侧目而视，这话后来传到了"超级剩女"艾琳的耳朵中，她就如听笑话一般笑道："别听她虚张声势了，量她没那个胆量。"上次，她只不过用一套高档的化妆品，就让颜悦同意了多开发票的要求，对付那种女子，用利益为先的策略，必是所向披靡。

都是出来混江湖的，谁又不知道谁有几把大刀呢。"超级剩女"心笑道。

45　"皇帝娶了个妃子！"

尹敏天天给尹家胥还有颜悦桌上换鲜花，尹家胥眼都直了，笑得合不拢嘴。大家就调侃道："他终于找着个满意的秘书了。"

他以前的秘书总不说他好话，还常常来个"模仿秀"。有次，尹家胥在办公室里接电话，他秘书就在外面笑："看他接电话那样，您好，您好，上官小姐……恨不得将上官小姐捧到天上去。"上官小姐是总部一位举足轻重的强势人物。

她学的广东话惟妙惟肖，"姐"字还故意拖长了腔，表情也与尹家胥神似，大家一阵哄堂大笑。尹家胥容光焕发地冲出办公室，他秘书就一斜眼，一撇嘴，似乎挺忙地打起了电脑。"卢璐，见到你这么开心我真高兴。"他用发洋文的语调叫着，卢璐便也就停下了手中的活，两人就心照不宣地你一言我一语起来。

尹家胥让秘书打电话问一下他太太，尹太太今天早晨说了句什么话他没听懂，但是自己家的电话号码，他却记不起来了。卢璐就很随和地抓起电话："尹太太，您怎么搞的呀，您可要注意点了，怎么现在您说话尹先生都听不懂了，您家电话号码还是我现查的，您可得注意点了。"直气得尹家胥低着个头，握着支笔，冲着洁白的纸喘了好几口粗气。

所以，当秘书小姐合同到期了的时候，尹家胥毫不客气地拒绝再续合同，而秘书小姐也早已嫌老板不给涨工资而无心恋战了，所以可谓是"和平分手"。只是，秘书小姐来办离职手续时，希望碰上尹家胥要潇洒地和他告别一声，他却看也不看，开了门径直从她身边走了过去。缇香当时看到后，觉得老板其实是应该大度一些的。但是也认为，一个秘书，不管怎样，是应该尊重老板的个性的，这无疑是卢璐很不聪明的地方。

尹敏就不同了，她刚来时，客气谦恭得天天往各部门送材料，时间长了后，态度却渐渐强硬了起来，打电话颐指气使地让各个经理自己到她这边来拿。

有次，她惶惶地跑进缇香办公室："哎呀，缇香，吓死我了，她到底什么时候走，真盼着她快走吧。"缇香一听就知道她说的是颜悦。"她就这样伸出个手指头，看完了你们的补休单，冲着我面目狰狞，眼睛跟个火炉子似的。"尹敏比划着颜悦的动作。缇香很理解地笑了，比这难听的话她听多了，比这可怕的表情她见识得也多了，习以为常了，也并不觉得有什么吃惊。

"其实，我一点也不喜欢颜悦。但是咱同事告诉我老大和她挺暧昧的，我就暗中观察。感到尹太太也特别不喜欢颜悦，好几次都坐在老大办公室里，拿着张报纸一看就看一天。咱同事还说当初他费了好大劲才把颜悦给弄过来的。"缇香震惊地抬起了头。小秘书真是个"大智若愚"的人啊，还知道暗中观察，但对她经常在缇香面前说颜悦坏话的行为，缇香也是心有戒备的，即使尹敏抱着"看戏"的态度来工作，可缇香是没有做女一号的热情的，何况，尹敏在颜悦面前又是多么的热情如火啊。

有天中午，缇香走出地下室晒了会儿太阳，感慨万千地对向姝说："哎，自从颜悦来了后，走了多少人呢，连伊洁那么好的人都走了。"向姝也跟着感叹："缇香，不瞒你说，每次你一走出老大办公室，颜悦紧接着就进去了，然后，就听他两人在里面叽叽咕咕的，颜悦说什么听不到，可老大笑起来那声调，一听就不是个正派人的笑法。你就看他坐在皮沙发上那德性吧，歪着个身子，腆着个大肚子，不像个好人，我对他早已经失望了。你说，自从颜悦来了后，他变了多少，我总觉得也许他的本性就是那样的吧。你看他两人那架势，像不像皇帝娶了个妃子。"向姝不由边说边为自己的妙语哈哈笑了起来，缇香也觉得比喻得特恰当，但又挺失望地摇摇头。尹家胥的确变化莫测了，和两年半前大相径庭。那时候的他，对谁都彬彬有礼的，很礼贤下士。可再看看现在，大家开早会时都毕恭毕敬地站着，他就挨个地训斥："拜托你们各位了，要是回答不出我的问题，就不要站在这儿了。发工资哪一天知不知啊！"他铁青着个脸，让灯光一照，又变得半白半青，特别是大脑

门都青得发亮，白得透光，再一瞪那本来就不小的眼珠子，就跟《聊斋志异》里的狐狸精似的。而大家就像跑接力赛一样，恨不得早听他说完好把接力棒传给下一个。

而缇香时时刻刻都提高着警惕，因为只要颜悦开会一开口，必是缇香的名字，所以，临到她时，她就主动把忐忑不安的目光传递给颜悦，随着颜悦语调的抑扬顿挫，缇香的表情也很适时地变化为或惊或喜或悲或痛，只在心里发怒。有次委屈得她眼泪差一点喷涌而出，又强逼了回去。出了门，缇香狠狠地骂了她一句"泼妇"，长舒一口气。

缇香有时候觉得，颜悦都把骂她当成一种习惯了。如果一天不说说她，好像就活不下去了一样。把看她挨骂的表情也当成一种乐趣了，缇香渐渐也就麻木了。

尹家胥开会讲缇香的中文很棒的，缇香要参加记者协会了，颜悦就很不悦，昂着张脸，发表她的演讲，还左顾右盼地说着其他，尹家胥就只有低下头笑笑，看看颜悦确实不太高兴，就不说下去了。只是，颜悦那醋意横生的神态，在尹家胥眼里，简直就比小沈阳的小品还引人入胜、妙趣横生呢。更何况，颜悦本来东北口音就重，说话也颇通俗，不像缇香那样文绉绉的，就更有趣了。而越到最后，颜悦就更登峰造极了，尹家胥坐着，她也坐着，间或在大家的一双双眼睛密集的注视里互相交换个眼神，传递个微笑，旁若无人的，简直就是"心有灵犀一点通"的现代版。

女人一主动，男人就倾倒。颜悦刚来时，尹家胥对她也还称得上是公事公办。可后来，有次，两人在屋里谈着谈着，尹家胥得意地朗朗笑着，颜悦却有点生气又有点急躁地跳了出来："您应该了解我的脾气的，气死我了，这么打击我的能力。"尹家胥也蹭地一下跳了出来，笑嘻嘻的："慢慢死，慢慢死。"全办公室的人看着这一幕，都偷着笑。陆博却长叹一声，小声念叨了句："哎，我看还是一块死吧，同归于尽得了。"颜悦老嫌他干活慢，所以没少骂他，他每听到颜悦叫他的时候，就先哆嗦一下，似乎身体都跟个缩头的乌龟似的缩小了一圈。

不得不说，颜悦是适合闯江湖的人，她初来乍到，就利用和员工谈话的机会，遍查办公室众生性格，特别是女生性格。她知道只要知己知彼，就能百战不殆，而她自然也不会不明白近水楼台先得月的道理。所以，缇香的得宠她虽然恨得牙痒痒，但经过观察，她也洞悉了缇香的弱点，一个摆弄文字的性情女子，怎么可能是她的对手呢，她又怎么甘心让她成为对手呢。而尹家胥的性格和弱点，她更是了如指掌，尹家胥不是个特别愿意担责任的人，颜悦恰好可以弥补他的这一弱点，让尹家胥正好乐得自在。她只要将尹家胥控制住了，还怕什么缇香异军突起吗。她其实曾觉察到尹家胥有培养缇香坐她的职位的想法，但她怎么可能这么与人玫瑰呢，她暗暗联合了冯恬，口舌策略的结果就是，尹家胥那更看重自己利益的人生观，渐渐瓦解了他曾有的想法，更何况他感觉缇香离他也越来越远了。他是个很现实的人，缇香对他的那种"只在此山中，云深不知处"的朦胧的古典情怀，是他很难以理解的。

颜悦就更加肆无忌惮地把这里搅和得遍地开花了。

46 "我才不管你的敏感呢！"

快下班了，缇香走进颜悦的办公室，颜悦的墙上挂着招财进宝的挂历，而办公桌上是赫赫有名的《财富》杂志，挂在门后的大衣直到地面。她正把一摞花花绿绿、男欢女爱的 DVD 碟片装进包里。"您喜欢看碟片呀，我刚买了几张新出的，等我带来给你看看啊。"缇香热情地说道。"是啊，我就喜欢看这些东西，你是不是找我有什么事情啊？"颜悦挑眉看了看缇香，心想，想拿碟片来贿赂我啊，平时清高的样子哪里去了，哼，她不由从心里轻蔑了缇香一声。"颜悦，我想和你谈谈，我觉得冯恬来我们部门培训的事情，我并不是不同意你这样安排，可我觉得你应该事先和我沟通一下，我不知道我的这个想法对不对，现在这个部门的员工大部分是新人，大家彼此之间的合作还处在一个逐步向上的磨合期，所以，我想能不能再晚一点安排或者等尹先生休假回来后再决定她是否到我们部门培训呢？"缇香边看着她的表情边缓缓地说道。颜悦听后却立刻脸色大变："不行，我告诉你啊，缇香，这儿没有尹先生，你的老板是我，以后，无论你和尹家胥谈什么，你都要拉着我一起去，我要知道你们两人谈什么。还有，我做事情是不需要和你商量的，以前尹先生凡事和你们商量的做法是太客气了，我不会像他那样做的。"她越说越激动，眼里似乎都要喷出火来了。

　　缇香看着她的表情，本来还有点畏惧心理，但越想就越觉得她可笑了。一个老板的助手，怎么能说出这种层次的话来呢。和老板谈话干什么要拉着她啊，又不和老板谈情说爱，或者她担心会说她坏话。就算缇香有本事拉她下来，那财务副总监的位置轮到谁还不一定呢，光付蓉和冯恬还有陶欢三个人，就早已经觊觎好久，拼成一团了。再说了，跟老板谈个话你忌讳什么呀，我缇香又不是巫婆，能把人蛊惑到走火入魔。

　　想到这里，缇香笑道："颜悦，如果我要找尹先生谈，我也会事先向你坦承我的想法，我尊重你，但我确实不认为冯恬这时候来是合适的。而且，这还会对部门的凝聚力有一定的影响。你也知道，我和她共事的经历并不愉快，特别是我做了部门经理以后，她更是百般刁难。你这样的安排，对我开展工作是没有益处的。"想起自己的呕心沥血，苦心经营的一切即将付之东流，缇香发自内心地倾诉着。颜悦却是心里冷笑着，付蓉和冯恬两个人，我当然要送出去一个，我安排工作管你们之间和不和，你们之间都合作了，又哪里还能让我坐得安稳。她看着缇香焦虑的样子，想想也许就是缇香的这种单纯和肯吃苦的苦干劲头，让尹家胥挺稀罕的，而得到了很多的赏识吧。她轻笑着说道："真奇怪啊，缇香，冯恬培训对你会有什么影响呢。她是我派过去的，和当初对你的培训性质是不同的。对你的培训是让你代替林松，是公司安排的，而冯恬只是一个简单的交叉培训，因为当初对你的培训是不成功的，所以，现在就要换一种方式。而冯恬过去，从一个局外人的角度看你们部门都存在哪些弱点，还可以帮你们干活，何乐而不为呢。我再强调一遍，谁也无法阻止我想培训冯恬的计划。"她边说边起身，嘴里嘟囔着："当初是让林松到年底的，可……"她狠狠地甩了一下头发，高傲地低垂着眼帘，撅着嘴，又两手插进口袋里，坐回了座位上。

　　缇香并不知道，颜悦之所以恨她还有另外一个原因。颜悦骨子里认定了自己当初是被尹家胥利用了，尹家胥利用她强硬的做法，将林松提前赶走了，这样，他就可以安排缇香走马上任了。虽然，她对林松并无好感，也有过想开除他的想法。然而，随着她从冯恬那里对财务部形势的逐渐了解，她知道了尹家胥曾经对缇香的极力欣赏，这让她心里很不舒服，但她当时并未控制得了尹家胥，也只好凡事顺着他的意愿去做。哪怕尹家胥现在对她步步妥协了，她也一想起当初和林松大战一场的激烈场面，就恨缇香恨得咬牙切齿。特别是她感到缇香其实并没有意识到，是她颜悦才让她早日坐上了经理的位置，而不仅仅只是因为尹家胥。

缇香的聪明从来都没有显示在对一些微妙心理的洞察上，何况，她其实还真不希望林松早走，而让自己此后的工作疲惫不堪，近乎于"背水一战"呢。

但缇香很佩服颜悦的一点就是，颜悦总能把她的那些很折磨人的行为说成一种管理的技巧与艺术。比如她说骂员工是为了加强员工心理素质的磨炼，仿佛她的骂声是阳光雨露，滋润哺育着大家战战兢兢的心，而不觉得其实大家才是不幸的人，几乎个个成了她的"垃圾箱"。

"颜悦，我相信你的计划是出于一种良好的愿望。但疑人不用，用人不疑，我当初是决心走上一条不归之路的，所以，虽没有更多更好的培训，我也凭自己的毅力短时间内几乎将全部的知识掌握了。可我也为此全力以赴，心力交瘁。席文是内行，席文已经给我们指点过了。大家朝夕相处，真心希望你可以做出正确的评判。"

颜悦目无表情地盯着缇香："你是不是想自己说出让冯恬取代你啊，我告诉你，缇香，如果我想这样做，我现在就可以让她取代你。"她咬着牙，抿着嘴唇，将手啪地从口袋里伸出来，在胸前一交叉，颠耷着头，气势汹汹，又倏地抽出胳膊，将手掌跟菜刀切菜似的往桌上一立。

真他妈的不是个东西。我有病啊我做得好好的，要主动让贤，她要真干得了还用得着培训吗，把人当傻瓜一样玩弄。缇香心想着，却始终微笑着，看着颜悦满面通红的震怒样。"颜悦，我觉得我做成本控制最大的收获就是我能够控制好自己的情绪了。"颜悦却讥诮而不屑地一笑："不，缇香，你如果能控制住你自己，就不会这样了。"缇香不以为意，仍平和地微笑着。颜悦冷漠地逼视着缇香，一字一顿地从猩红的嘴唇中爆发出蛮不讲理的一句话："我才不管你的敏感呢，谁也别想阻止我的计划。"

47 大梦初醒

向姝见缇香天天加班，饭都顾不上吃，就买了些小点心，放在缇香抽屉里。缇香吃着吃着，想起自己到这个部门后的酸甜苦辣咸，不由流下一行清泪。好在还有向姝，不管她身处顺流还是逆流中，都一直默默地陪着她，理解她，甚至李琳辞职后，向姝不顾颜悦的反对，义无反顾地要求调到了成本控制部，连秘书都直说她傻。"现在，颜悦恨不得拔了成本部，你还一个劲儿地往火坑里跳。真是不可思议。""我是冲着缇香这个人去的，她对人很真诚，也肯教人东西。"向姝在冯恬手下干活，对她那套阴阳怪气的做法，早已经恨之入骨、避之不及了。

向姝进来了，缇香连忙擦掉眼泪，示意她关上门。缇香心算着尹家胥应该是已经到家有一段时间了，便拨通了他的电话。

"您好，尹先生。"缇香怯生生地说着。"尹先生，我们仓库和收货部的食品卫生安全质量检查满分通过了。""哦，那就好啊。"尹家胥平淡地说道。"尹先生，自从我坐了这个位置以后，我真的是全神贯注，也希望自己能有所成就，不辜负您的期望……""嗯，我也看到了，你一直都很用心，成本控制部现在的进步也很大。"他挺真诚地慢悠悠地说着。"尹先生，我已经在这工作快七年了，真的是充满了眷恋……"缇香不由哽咽着说不下去了。"嗯，我早说过了，是公事的话就明天拿到办公室去谈。""谢谢您！"缇香便也不得不挂了电话，想起当初尹家胥初来乍到，自己因生病不得不请假的时候，尹家胥在电话里足足问候了她一个小时，真是今非昔比了。

缇香眼眶里溢满了泪水："向姝，我真的是想不明白啊，凭什么我付出了这么多，颜悦却还要来折磨我。"她趴在桌子上放声哭着，向姝就站在那里，默默地看着她。

缇香抬起头，擦干眼泪："不，我不能这样放弃，我一定要拼出个样子来给颜悦看看，我受不了她的藐视。"向姝递上纸巾："缇香，她其实是不想让你把工作做好的。你做好了，不就显不出她了吗，她不是个能容人的人。好在尹家胥不也在电话里肯定了你的成绩了吗，以他一贯的处事风格，他应该会给你一个平衡的，你要趁这个机会让他给你升成正职。"

尹家胥通常上班很早，颜悦一来，便走进他的办公室，两人关着门在里面谈着，声音很小，可秘书在外面隐隐约约地也还可以听得到，只看到她一脸肃穆的神色。

开早会了，尹家胥神清气爽的，还开着玩笑说："噢，我看大家精神都很好啊！"大家都跟些木偶似的立着，表情都和标本似的一样呆板。"咦，给我点表情好不好啊，别老是呆呆地看着我。"他还在笑着。"我知道新的一年里，大家有很多的发展目标，我会跟每一个人谈，也希望每一个人都能实现你们的发展计划，谈话的内容会记录下来，交给颜悦让她知道。"说完这话，他还有意睐着眼看了看缇香，挺高深莫测地笑了笑，又马上把眼神转到了颜悦那儿，眉毛往上一挑，很轻佻地冲她笑着，颜悦看他的眼都直了，张了张嘴笑了，静止了好几秒，老半天也没合拢。

挨个问话时，尹家胥颇有兴趣地问冯恬："你马上要开始培训了是吧，如果有什么意见，你就和颜悦商量吧。你要好好学，学出点成绩来。"冯恬甜蜜地、谄媚地笑着。

要结账了，缇香却神思恍惚，再加上来了"好事"，肚子疼痛难忍。却没想到，这时，尹家胥又一个电话将她叫了过去。

一进门，尹家胥就劈头训她："颜悦工作很忙，以后，你不要用自己的私事去影响她的工作了，何况，她对你的工作一点也不满意。"缇香有点懵了，稍微镇定了一会儿，索性直截了当地说道："尹先生，我希望可以知道自己这一年多来，还有哪些做得不尽完善的地方，我很感激您昨天的肯定，您也说了，做得好与不好，是由您来评判的，当初培训我的目的也是希望我能代替林松的职位，我也很勤勉地做着，所以，我希望您能考虑我的升职请求，并非我多虑……""你和冯恬培训的性质是不同的。"尹家胥板着张脸，主动提起了缇香的心结。"你的经验不够，你的表现也不够好。等我认为够了的时候我会考虑的。"他冷冷地接着说道，"你知不知道，林松说你没有管理能力，他简直是把你说得一无是处，一无是处啊！"他从办公椅子上激动得都要跳起来了，那表情有一种恍若世界末日就要来临了的痛苦。缇香看得目瞪口呆的，这就是那个她曾经佩服得不得了的温文尔雅的尹家胥吗？她甚至用力正了正眼镜，他失态时就像个……

后来，一个很偶然的机会，缇香知道了，尹家胥霹雳般扔给她的这些话，

都是林松当初不得不离开时，和尹家胥大骂一场后送给尹家胥的评价，他又"借花献佛"地送给了缇香。他没有像他所教育员工的那样，"己所不欲，勿施于人"。

"尹先生，自从您来了后，我尽心尽力，尽职尽责，您也给了我职位，我甚至认为遇到您是我的荣幸，可不管怎样，若我和颜悦遇事有分歧，我想我们双方是不是都应检讨一下各自处事的风格，不管林松曾经对我有过怎样的评价，我都可以理解他，他是希望在这里工作下去，而我恰恰又是去接替他。他后来终归还是接受了我。而颜悦，您不觉得她也有应该改变的地方吗，人应该相互尊重，不管职位有多高，每个人都有一份尊严……"
"你在威胁我是吗！"他大吼着，缇香震惊得张口结舌。她万万没有想到，尹家胥怎么会用了威胁这样一个词，她一个打工的，又有什么可以威胁住他。这时，门突然开了，颜悦头发散乱着，鄙视的目光斜睨着缇香，硬邦邦地说："尹先生，副总经理找您。"尹家胥忽然就慌慌张张地站起来，刚想接电话。"他让您上去找他。"颜悦又补充了一句。缇香看见尹家胥腰都还弯着，慌不择路地跑出办公室了，再看看颜悦那伸手不见五指的脸，觉得好笑又好奇。

走出尹家胥办公室，感觉外面也都沉默着。刚才尹家胥那如雷贯耳，连房顶都可以掀掉的气势磅礴的咆哮，竟然没有把缇香给吓死，还神智清醒地出来了，还咧着张嘴笑着，也是一部天方夜谭吧。向姝脸都给气红了，难过地看着缇香："咱们走吧。"她小声说。缇香又笑笑，这才回过味来，发觉真的是大梦醒来迟啊。

"向姝，我好傻，我那么用心付出，不过就是他的一颗棋子，可现在，这颗棋子他认为作用不如原来的大了。可我多么不愿意承认，他就是彻头彻尾地在利用我啊，那些鼓励啊、赞美啊、承诺啊，难道真都是些工具吗？哀莫大于心死。"缇香望着电脑，惆怅不已，"向姝，你坐我旁边看我做这些账吧，我真的是头晕恶心得要命啊！"

已经晚上九点多了。"缇香，也真难为你了。不过，我今天挺高兴的是你终于还是醒悟了，我曾经无数次地劝你别为他太卖命了。"缇香凄然一笑："好在我还活着。颜悦那样骂我，我都忍受着，因为我觉得我要对得起尹家胥的知遇之恩。""你错了，缇香，没有一个人是这样想的。你根本一点都不欠他的，你已经很对得起他了，当初他之所以让你做也是因为他没有人可用了，现在，来了个副总监，什么都听他的，他根本就不把这些人放在眼里。"向姝静静的，她是一个很沉稳的女子，喜怒哀乐从来都装在心里，可她此刻的眼神里却掠过一丝悲哀，说到尹家胥的名字时，她不屑地笑了笑。

"缇香，你还记得当时辛枫找我谈话的时候，他硬闯进去吗？"缇香点点头。"其实，他当时还有另一个目的，他怕辛枫说出什么对他不利的话，会影响了你对他的好感，因为他知道你是真心维护他的。"她气愤地说着，"我对他早已经不抱任何希望了。"

门开了，颜悦笑眯眯地站在门口。"账结得怎么样了？"她一改刚才的阴沉。"哦，快好了。"缇香答应着。"是不是向姝帮了你很多？"缇香点点头。"今天是我的生日，我就不在这儿熬夜了。"缇香说道。颜悦听完，愣了愣，有点尴尬又有点吃惊地笑了笑，走了。

"怎么感觉这人跟有毛病似的，刚才还阴云密布呢，这会儿又笑逐颜开了，怕我不出账呢。向姝，我已经厌倦了和这种人工作，我真的是不想做下去了。"缇香呆呆地说着。

"不，缇香，你不可以这时候走，颜悦和冯恬会高兴死的，他们也不会说你一句好话的，你已经对他们不抱任何希望了，你更应该在这里坚持下去，你一定要听我的，你要在这儿熬出资历来，再找一份比这更好的工作，然后再走。冯恬那个半仙，她要来培训你就让她来就是了，等她来了再说，不行咱就给她找个茬，让她灰溜溜地再滚回去。"

48　拙劣的计谋

缇香刚走进收货部办公室，就听冯恬跟京剧里媒婆似的笑声一声接一声："哎，我看这事可能性不大。不过，事情不到最后谁知道会怎么样，缇香那丫头也很聪明，已经觉察到了我有取代她的可能了。"缇香默默地站着，其他同事也都冲她善意地笑了笑，又瞅瞅冯恬。冯恬扭头见是缇香，愣了一下，自我壮胆地撇撇嘴，站起身来肩膀一斜一斜地出去了。

缇香问了问大家的工作情况，陈言始终是发言最踊跃的，也许是觉出了缇香脸上的愠怒，他摆出一副善解人意的样子说："缇香，这事你千万别

太在意了。她愿意来你也别拦着，谁愿意跟着她干啊，你看看在她手下干的陆博累得那个惨样，整个一'衰男'。"向姝和刚来的卫晨相互交换了下眼色，没有吭声。

卫晨挺头疼陈言的，他刚被招聘来又不好说什么，只有忍着，明明是三人的工作都安排好了，可陈言常常做着做着，就把一摞单子吩咐给卫晨。缇香把原先分配给陈言的报表交给卫晨来做，可有个报表设置卫晨总是搞不好，而陈言一动就好了，所以，卫晨就说他心术不正。

但无论如何，人的性格不可能是千篇一律，缇香愿意因人而异地和他们合作好，毕竟能走到一起也是种缘分。

按照颜悦给冯恬制定的培训计划，她是先到收货部的，可缇香从没见她到外面站着收过货，却把已经收货摆上盘的草莓又生生地退给了供应商。挽着裤腿、邋里邋遢的水果商很恼火，疑惑地问："哎，这个女的是干什么的？干脆你们就吃了吧，都洗好了也没法卖了。"有几个同事就尝了尝，"咦，没坏没坏，挺新鲜的。"供货商于是就气汹汹地去找采购员了。

卓环疑惑地似在问缇香，又似乎是自言自语道："她不是来培训的吗，怎么退货了也不跟我们打声招呼？"缇香也挺气愤的，真想找冯恬问问她到底想干什么。颜悦冠冕堂皇地说是让她来这做员工是帮着干活的，这下倒好，帮倒忙了。"算了吧。"陈言又把头一摆，"还看不出来吗，人家是来找事的。"等屋里的人都走了，他挺神秘地对缇香说："你别太追究这件事了，人家有颜悦撑着腰，再说，就凭她那两下子，不敢这么干的，说不定是有人指使她，想投石问路，试试大家的反应呢。"缇香哭笑不得地摇摇头，如果是颜悦指使的，她至于这么草木皆兵、以邻为壑吗，这怎么说也是她管理的一个部门，弄得就跟诸侯争霸似的。

缇香边往员工餐厅走着边听另一条道上冯恬那一本正经的对话。"哎，小牟，"她称呼着收货员，"你明天注意一下草莓的收货。"小牟嘻嘻哈哈地，一个劲儿地点头，迎面碰上了缇香，稍微严肃了点问候道："领导好。"

可令缇香没有想到的是，西餐厅因没有收到草莓，一个电话投诉到了尹家胥那里，还说成本部的同事竟然把应该给他们使用的草莓吃掉了。尹家胥听了后，不由分说在电话里将缇香一顿训斥，缇香真是啼笑皆非。向姝却冲缇香说道："缇香，你不如就趁这个引子把冯恬撵回去算了，走，我和你一起到他面前说说去，就说这个草莓其实是……"

两个人站在尹家胥面前，你一言我一语的，这"草莓事件"仿佛成了"两伊战争"。尹家胥饶有趣味地听着，他最喜欢当庭对质了，于是，收货部的、采购部的站在一起，最后采购部的孙元也很火，竟然把供应商也给叫来了。事实面前，水落石出，一切的一切，都是因为冯恬莫名其妙地退货引起的。于是，尹家胥将颜悦、冯恬又叫进了办公室。颜悦劈头就骂冯恬："我是让你跟着去干活的，谁让你无缘无故退货的，你和缇香他们道个歉，以后再不准出现这样的低级错误了。"大家都笑眯眯地看着冯恬的窘态，缇香和向姝却是交换了下眼神，冷眼旁观着。她们知道，颜悦其实才是真正捣乱的人。

冯恬因颜悦在众人面前骂了她，也很下不来台。是颜悦要她这样做的，就是想让她把缇香惹火了，两个人天天吵，不合作，让员工都对缇香有意见，自然她就可以进行下一步计划了。可没想到缇香这次竟然反戈一击，让她们搬石头砸了自己的脚。

但是，冯恬知道，给上司面子，就是给自己面子，为了颜悦曾经承诺过的她的前程，她愿意做她的一颗棋子。

本以为冯恬经过这件事后，能收敛一些。可是，脸皮不厚，又怎么能够横行天下呢。

吃完午饭后，卫晨和向姝就回到办公室，冯恬也溜达着进来了，她见卫晨在看电脑里英文的邮件，就有点惊诧又有点搭讪着问："你能看懂英文吗？"其实她自己的英文一塌糊涂。卫晨气呼呼地回了她一句，心里暗骂：问我生孩子怎么生我回答不出来，看几个英文我还是看得懂的。他和向姝都是本科生，英语自然差不到哪去。挨了句抢白，冯恬就歇息了一会儿，又不甘寂寞地转向了向姝："向姝，情人节有人给你送花吗？是不是彭安飞啊！""没有，请你不要捕风捉影了好吧。"向姝本来就烦她烦得要命。"情人节有三个男人陪着我。"冯恬有点炫耀又有点得意地继续着她浅薄又无聊的话题。"那不得打成一锅粥了，你可真是魅力无敌啊，看来不光丑女无敌，你比丑女还丑女。"向姝瞪了她一眼说道。这绝妙的话里话把卫晨惹得哈哈大笑起来。

见无人捧场，冯恬挺有点没面子的，起身站到了卫晨的身后，依旧笑着，这人脸皮的承受力简直就是万里长城万里长啊，卫晨心叹道。"卫晨，你这

个应该这样做，我教给你这项窍门，你就比她们每个人都强了，除了你以外，她们谁也不懂。"说完，她冲着向姝，哈哈笑着。"神经病。"向姝看都不爱看她，起身走出了办公室。

卫晨吃饭时皱着眉头告诉缇香："总感觉冯恬来好像有什么目的似的，说话听上去特别让人不舒服，又神经兮兮又鬼鬼祟祟的，让人心里也七上八下的不痛快。"向姝也说："缇香，你真得小心点了，你想想，你付出了那么多，再让颜悦和冯恬把你给折腾下去，你多冤呢！"

49　"缇香，你得努力了！"

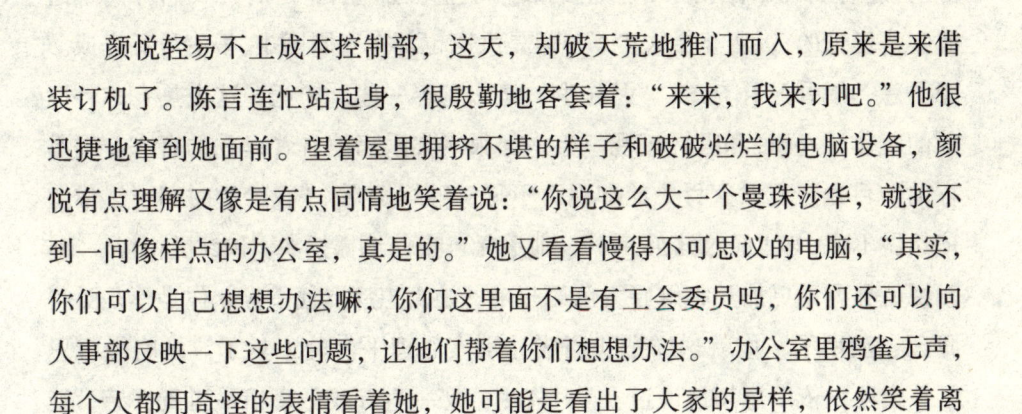

颜悦轻易不上成本控制部，这天，却破天荒地推门而入，原来是来借装订机了。陈言连忙站起身，很殷勤地客套着："来来，我来订吧。"他很迅捷地窜到她面前。望着屋里拥挤不堪的样子和破破烂烂的电脑设备，颜悦有点理解又像是有点同情地笑着说："你说这么大一个曼珠莎华，就找不到一间像样点的办公室，真是的。"她又看看慢得不可思议的电脑，"其实，你们可以自己想想办法嘛，你们这里面不是有工会委员吗，你们还可以向人事部反映一下这些问题，让他们帮着你们想想办法。"办公室里鸦雀无声，每个人都用奇怪的表情看着她，她可能是看出了大家的异样，依然笑着离开了，只是笑容很僵硬。

对啊，这里面确实有工会委员，缇香就是工会的财务委员，可是买任何东西，不一样要经过财务部的批准吗。颜悦可真会运用"废话是人际关系的第一句"这句妙语。

不一会儿，电话就跟警铃似的响个不停，缇香心想必是颜悦无疑，便叹口气尽量使自己的声音愉悦起来。"你赶紧把那些菜谱的文件都给我拿过来，你入电脑入了多少了？"颜悦跟审判似的。"我们入了接近一半了。"预见到颜悦嗓门又要高八度，缇香又接着说道，"我们在有计划地输入着，只是，这么些年积累下来的工作量，我们都在见缝插针地忙着入电脑呢。""你他妈的别跟我啰嗦了，你就告诉我完了还是没完就行了，你要是觉得干不了就赶紧提，我他妈的没时间跟你玩。"缇香也有点火了："颜悦，你凭什么总是他妈的他妈的，人都是有尊严的，我怎么干不了了，我干不了也干一年多了，难道成本部的工作都是地里无缘无故长出来的吗，我再也不想听你骂人了。""我更不想听你说这些废话呢，你赶紧五分钟之内把菜谱给我送过来。"缇香想象着颜悦咬牙切齿、恨不得将她撕了的歹毒模样，真想像她一样破口大骂："颜悦，你这种态度我是不会过去的。""好，好！"她连声念叨着，那语调就跟马上要摩拳擦掌地进行一番搏斗似的，"你给我好好等着，我不给你点颜色看看你还真是没有觉悟呢。"

　　片刻的工夫，尹家胥一个电话过来让缇香过去开会，缇香抱着一摞子资料坐到了他的面前。"你们往电脑里入了多少个菜谱了？"尹家胥冷冷地问缇香。"二分之一了吧。"他哼了一声笑了："你有那么忙吗？才入了这么点。"缇香真的给问愣了，脸上的表情就僵在那里。"是的，我们部门最近确实是挺忙的，饭店宴会太多了。但是大家也都在克服困难，争取早日完成。"想了想，缇香又补充道，"尹先生，请您宽容一些，毕竟，这也是在弥补以前的工作。"颜悦和冯恬相视一笑，都很幸灾乐祸地看着缇香的窘态。缇香求助的目光望着尹家胥，他却视而不见，继续发难："我给你时间了，你却依然做不完，哎！"他长叹一声，似乎无可奈何地摇摇头，和颜悦相视一笑。颜悦就和冯恬更加开心得眉飞色舞起来。她真想痛骂他一顿，你是不是觉得我现在没用了，你就这样把我当成让别人心理平衡的工具了。她略微沉思了一会儿，依旧恳切地说道："尹先生，您一直夸我做事情最讲责任感，能不能请您不要这样逼我们了，席文也曾经跟您讲过，这个烂摊子不是一天两天能整理好的，我们已经在尽力地做了，肯定还会更进一步的，请您……"尹家胥却视而不见缇香的窘迫，笑得更加奔放，吐出的一字一句也都如片片大刀，刻在了缇香失落不已的心中。他甚至还伸出个手指头指着缇香，狞笑着说道："我要是逼你，我会把你逼死的。"缇香不寒而栗。"你把那些菜谱拿给颜悦检查一下。"他命令着，缇香便抱着它们又进了颜悦的办公室。"就这些啊，我一会儿就翻完了，你们还跟老牛拉破车似的这么点活还干不利索。我刚来时，还都说你是颗金子呢，现在，我这儿满地都是金子了，还真就看不出你是哪颗了。"她讥诮地笑着，旋即又不像刚才那样得意了，翻了翻随手又冷冷地递给了缇香，"拿走吧！"

　　又要开始整理六年来电脑里多余的食品酒水项目了，尹家胥一个劲儿地追着库房主管郑强做这些工作。已经下班了，他过去签退，尹家胥阴沉着脸从办公室蹦出来："你整理得怎么样了，今天晚上必须全部给我做出来。"他不容商量的口吻简直是要把人扔火坑里去，如果库房主管不答应的话。

库房主管是中年人了，在这儿挣碗饭吃也是为了养家糊口，所以凡事也不敢太违背上司，就叫着他的徒弟一起回去忙到半夜也没弄好。冯恬临下班前就很颐指气使地教训了他们一顿："你们得赶紧做啊，做不完就星期六来加班。我可不想跟着你们挨老大老二的骂。"说完，便很潇洒地背着包下班了。

缇香几乎天天最早也要忙到晚上8点多，库房主管便去找缇香诉苦，一进门就说："缇香，你得努力了，不是说你工作上得努力了，而是你也得像冯恬那样笼络笼络领导了。我怎么看这架势有点不对啊，我们都觉得你这个人挺好的，都愿意跟着你干，你可别功亏一篑啊。"

他刚出去，胖乎乎的库管员又进来了，他本来在别的部门都提出辞职了，缇香见他办事很机灵，电脑系统掌握得也不错，就把他调了过来。"缇香，看来我得另找地方了，咱可不可以投票选经理呀，我们都希望是你做正经理啊。"

缇香抬起头，望着屋子里朦胧的灯光，脑海里开始思忖起大家的话，这以后的路，到底该怎样走下去呢。她陷入了一股迷惘和绝望中。

50　"哦，你可千万别称我师傅！"

尹家胥和颜悦嘻嘻哈哈地从餐厅吃饭回来了，进办公室一看，屋里竟然唱起了"空城计"。他于是火冒三丈，等大家陆陆续续地都回来了，他便吆喝着开会，大家就低眉顺眼地匆匆站到他跟前，听着他跟诗朗诵般的训话："我告诉你们，以后，我要连你们上厕所的时间都给抠出来。"大家都习惯了他的这种态度，就跟没听见似的暗骂着他的吝啬和无情。

缇香听同事小声议论："他整天和颜悦出双入对的，常常吃饭就花两三个小时，还好意思说我们。""哎呀，你可真爱较真，人家是领导嘛！"

尹家胥真的是变了，从一个礼贤下士、彬彬有礼的儒雅的绅士变成了蛮不讲理、动辄就横眉叱责的粗俗不堪的小人，还斤斤计较得近乎神经质。

总出纳和收入审计点钱时发现长款了一角钱，他却唠叨个没完没了：

"怎么不把这一角钱也存起来，万一有谁装到口袋里去怎么办，明天记着一定要先存起来啊。"说得两人心里直笑他脑子有病，在他面前严肃了一会儿，刚背过脸就相视偷笑，露出不屑一顾的表情。

而缇香的部门更惨，每个星期开会，尹家胥仰在皮沙发上，斜睨着缇香，以不容置疑的口吻说："缇香，向姝告诉我你们可以事先算出宴会的潜在成本。""是吗？如果菜单齐全的情况下应该是可以的，只是……"缇香颇为困惑，宴会的菜单厨师都还没给齐呢，向姝怎么可能答应呢。缇香正寻思着，他又开始发难了："你的徒弟都能做到的事情，你更能做到了，对不对？"缇香猛然打了个冷战，他说话向来就跟让人猜谜语似的，也是一语双关。传闻最近饭店上层一点也不欣赏他，想让他走，可他是总部派来的，也拿他没办法。而向姝的叔叔和上层的关系非常好。该不是缇香有天吃饭时，和尹家胥的死对头坐在一起闲聊了几句工作，却让冯恬上他面前给搬弄是非了吧。尹家胥是相当多疑的。

缇香尤其不明白的是，当初是尹家胥让向姝跟着她做的，怎么现在他倒好像挺忌讳起这件事情来了，便强颜欢笑说："尹先生，您是我们大家的师傅啊，有很多学问值得我们学习啊。"颜悦坐在他旁边，跟压寨夫人似的，听了缇香的这话一惊，幸灾乐祸的表情瞬间熄灭。可尹家胥的星星之火，又重新燎原："缇香，你可千万别这么叫我，等你下山的那一天再叫我师傅也不迟。"他眉头紧皱，微眯着双眼，俯视着表情木然的大家，颜悦又露出了得意的笑容。

缇香揣摩着他的意味深长的话，恐惧不安，难道他也同意把她换掉吗。每次成本部开会都有冯恬参加，和颜悦一唱一和，尹家胥一训缇香，两人就心花怒放，恨不得向全世界宣布："看，原来那个春风得意的缇香这会儿成了个潦倒鬼了。"

而当初林松落难的时候，尹家胥虽有意栽培缇香，也让缇香参加会议，却鼓励大家说，希望大家都努力，谁努力得显著，机会便是谁的。他那时给过缇香的鼓励，终不如现在他对颜悦的支持一般决绝。

缇香到底是有点墨水的女子，她明白了尹家胥的潜台词，他的意思是说，她现在还不成气候呢，所以，等她成了气候那天，下山显示武功的时候，再叫他师傅也不迟。他其实是暗暗讽刺缇香的不自量力，只是缇香百思不

得其解他为什么要这样说呢。

而尹家胥，他的耳朵里，现在只听得进冯恬和颜悦的谗言了。冯恬说，那天，缇香和几个本地的部门总监吃饭坐在一起，好一个发牢骚，抱怨尹家胥不近人情，那些总监都是巴不得尹家胥快走的人。颜悦又把冯恬的话转述了一遍，尹家胥本就对对他越来越冷淡的缇香挺恼火，这一火上浇油，他更加相信缇香对自己的诋毁了。

缇香却是蒙在鼓里。但有一点缇香也越来越相信了，尹家胥现在是软硬兼施，好让她赶快把一堆烂账弄利索，到时候再过河拆桥，卸磨杀驴也不一定。可为了自己的付出，她却还是要忍气吞声，忍辱负重。

缇香迎着尹家胥那冷漠得让人心寒的目光，回敬了他一句："我从来就没有觉得自己上过山，又怎么敢叫您师傅呢，我只是在努力地照您当初对我的鼓励做着。"

困难呈排山倒海之势，汹涌不断，如滔滔江水，绵延不绝。缇香就像一个可怜的爬山者，有登山的同伴，却常常会弹尽粮绝；在大浪里劈波斩浪，却在奄奄一息的时候，找不到自己的救生圈。甚至，领她登山的那个人，现在也恨不得她摔个遍体鳞伤，引她入海的那个人，也巴不得她一口水呛个半死。

饭店为了节约资金，退了外库，把东西都搬到了18楼。而库房小得可怜，库房主管找缇香来想办法，来了好几十箱布草，没地方放了，缇香就找房务总监商量要间客房用。可房务总监本就和尹家胥不对付，就要缇香找尹家胥亲自找他沟通。缇香正愁眉不展的时候，尹家胥目露凶光地冲过来了，缇香刚想说话，他却怒气冲天："缇香，这收货平台处的东西是哪个部门放的，让他们赶快拿走。"缇香只有点头的份，他又在一排排布草里走来走去，缇香把建议说了说，他猛回头："不行，客房是要卖钱的。"他面对着缇香和库房主管，"你们自己想办法吧。既然你们同意别的部门在这乱放，你们就也放这吧。让你部门的同事24小时在这看着就行了。"说完，头也不回地匆匆走了。

"连老大都这样说话，你说咱这活怎么干。"库房主管一筹莫展。"这样吧，你通知客房部让他们先领点回去，剩下的，我们想想办法，往总仓库里挤一挤吧。"缇香镇静地安排道。

51　工作就是接圣旨

这座城市，五星级饭店屈指可数，所以，对于从事饭店业的人来说，机会相当渺茫。

也是考虑到这点吧，缇香尽力地想要缓和和颜悦的关系。毕竟，她如果想要做下去，就要争取颜悦对她的支持，颜悦的素质低，可也是她的主管，这是缇香的命运。上司可以选择自己的下属，但下属却没有权力选择自己的上司。

别的饭店大都是财务总监直接来管成本控制部，可尹家胥偏偏要让颜悦管。有人说，一是尹家胥其实是个很不负责任的人，而这个部门又是个容易出事的部门，恰好颜悦又爱揽权；二是尹家胥要仗着颜悦为他冲锋陷阵，而颜悦又是个唯恐别人抢了风头的人，又听冯恬整天在她耳边添油加醋，将缇香受宠时候的故事描述得绘声绘色，颜悦自然更防着缇香了。有次，尹家胥说按照缇香的意思来做，颜悦竟然立刻大吼了一句："你和缇香不是一个意思的。"尹家胥立刻就耷拉下脑袋了。

甚至好多同事都猜测，是不是尹家胥有什么把柄落在了颜悦的手里，让她整天地在办公室又编剧又导演，本来就够乱的地方就更加张灯结彩。颜悦兴风作浪，尹家胥就垂帘听政，同事们就跟着跑龙套，一会儿是主角前途无量，一会儿又成了配角，光有挨骂的份了。陆博人不是很机灵，可说话蛮有一套的。"现在，是个哑剧的舞台了，咱光剩下接圣旨的份儿了，看圣旨还要看一下是不是最新 UPDATE 的。"大家都哭笑不得，说总结得不错。

向姝特别不喜欢颜悦，常跟缇香说："我要是尹家胥太太，我早跟他离婚了。怎么了，离了他就不能活了？再看看颜悦，每天下班，还挎着人家老公的胳膊，真不要脸。""其实，两人也可能就是互相利用吧。颜悦用他的权力，尹家胥用她的武力，正好相辅相成。"这句话是秘书小姐尹敏的总结。"我觉得秘书的话很对啊。"向姝说，"尹家胥说不定在他太太面前不知道说了多少颜悦的坏话呢，呵呵。不过，缇香，有一点你真是比不上颜悦，她对老板的感情是一种利用，所以，她能够得到权力和利益，而你对老板的感情是一种动力，所以，你得到的是苦干和出不完的力，你其实应该现

实一些的，何必那样清高呢。你就和他谈钱。"

这天，看着从门口匆匆而过的颜悦，缇香叫住她："颜悦，我刚买了本杂志，你要看吗？"她闻声走回来，翻着那本《瑞丽伊人风尚》，先看起了星座。冯恬马上也靠了过来，很亲热地搂着她。"喜欢和平的天秤座是外交的人才。"颜悦沾沾自喜地和冯恬念叨着："哎呀，简直太符合我的性格了。""极富正义感并有着理性和谨慎的性格。"缇香越听越觉得是不是星座作者搞错了啊，要不就是颜悦记错她的生日了。还正义感，不惹是生非就不错了。但缇香终于还是沉默着笑了笑。

颜悦又看了看尹家胥的星座，冯恬就念叨着："爱出风头，不太像吧。我怎么看不出来。""有一点，他有时候是挺爱出风头的，我能感觉出来。"颜悦宛如尹家胥的知音。"颜悦，或者你把杂志拿回去看吧，我还有别的书可以看的。"缇香笑道。颜悦将书翻了翻："不用了，也没什么意思。"说完话，走了出去。

开部门利润分析会，缇香到颜悦办公室，想向她要别的部门的损益表看看，却被颜悦臭骂了一顿。"缇香，你懂不懂规矩，你知不知道这些报表外人是不可以看的，你只要有餐饮部的报表就行了，别的部门的你就别参加了。"缇香尴尬极了，明明是心眼小，人也小气，却硬拿什么财务制度去吓唬人。是会计都可以看报表的，有什么可保密的。

缇香轻轻推开门进到会议室，隔尹家胥一个位子坐下，偏偏餐饮总监问了缇香一个问题，她确实是不明白。可尹家胥却借题发挥开了："缇香，怎么回事，是不是你又做错了？"总经理瞪了他一眼："不管是谁做错了，都是尹家胥部门的问题。"他便慌不迭地从椅子上起身，跑到餐饮总监面前看报表，然后哈哈一笑："这是你宴请客人的钱，当然是你的名字了。"缇香听完后知道餐饮总监问的是什么了，便也微笑着跟她解释了起来。"缇香的沟通能力越来越好了啊，报表做得看上去也比以前数据合理多了。"总经理笑着说道。缇香挺欣慰地走出门。

第二天一早，颜悦却气势汹汹地把缇香喊到了办公室，拿出缇香做的报表说："你他妈的那么高的文学水平，就做出这种格式的报表来。"她一会儿嫌格式乱糟糟的，一会儿又说这个单词拼错了，那个地方数据少了个标点符号，缇香说这些报表都是林松留下的集团统一使用的格式，她从来没有动过，如果她觉得需要改变，那她马上按照她的要求改就是了。心里却好笑这文学水平和报表格式，风马牛不相及的事情，颜悦她都能给扯一块去，真是个高手。颜悦却更加火冒三丈，咬着牙，很不讲究的话就从牙的缝隙里嘶嘶地往外溜："我他妈的早就告诉过你，林松做的都是些垃圾。你也不寻思寻思，哪还有一个饭店特意为一个人请一个老师来的，你以为你交上了狗屎运了啊。"缇香就那样呆了似的望着她，可不是交上了狗屎运了吗。整天听她河东狮吼。"哎，反正不是桃花运。"缇香真是不明白怎么颜悦一看见她，就好像见到了爆竹一样，恨不得立刻引爆她粉身碎骨了完事。她不由调侃了句。却见颜悦又咧开嘴灿然一笑，眼神从下往上，又从上往下，直勾勾地在缇香脸上扫来扫去，语调也柔和细腻缓慢了很多。"就这点东西，还用得着我来培训你啊，我还没有人教过呢。"她嘲弄的表情伴着刻意温情的倾诉，让缇香无地自容，这算是些什么技术啊，吹毛求疵的，可她继续洋洋得意着，"哎，"她似乎对缇香已无可救药般地叹息着，"缇香啊，你说我为了培养你花了多少时间，多少心血啊，我就从来没有想象过我怎么可能对一个员工有这么大的耐心啊，你真是太令我失望，太令我伤心啊。"真是厚颜无耻，缇香心里骂道，这人绝对脑子变态。只有施虐狂才会将把别人当出气筒的行为，美其名曰是在精心培养。

见过变态的，没见过这么变态的，还现场直播版的，也算是大饱眼福了。缇香自我安慰道。

颜悦看出了缇香异样的表情，马上又声色俱厉道："缇香，我告诉你，你的表现和评估是我来看，我来做的，新的一年开始了，我说你好才是好，别人谁说都没用。你别以为尹家胥还是那样赏识你，每个老板不过都是利用好自己的下属就是了。"

缇香憋了一肚子气，拿着被她批判讥笑并修正得面目全非的报表，回到办公室里，愣是傻坐了老半天。向姝此时敲门进来，看着直苦笑的缇香就问："是不是颜悦又折腾你了？"缇香无奈又无助地摇头，把报表递给她看。向姝翻了翻："这不是明摆着找茬吗？这个混蛋，我真想揍她一顿。"

52 "杨修之死"

"向姝，你说我该怎么办，和尹家胥去说，他根本就不听我的。我记得当初在这边培训的时候，有天晚上十点多了，到美食阁去买饭，正好碰上总经理，他很关心地问了我几句，还说如果觉得自己学得差不多了，就直接跟他说一声就行了。""那你不妨给他打个电话。"

缇香手拿起电话，犹豫着，又放下了，不知道如果尹家胥知道了缇香找总经理后，又会怎么来折腾她，可她又真的想不出该找谁来为她解决问题，索性孤注一掷吧。

"刘总，您好！我知道您刚休假回来肯定很忙，也知道您对我们部门的工作一直很关心，我有许多工作上的困惑想要请教您，不知您什么时候有时间，我可不可以和您谈一下。""那你现在上来吧。"刘总电话里挺痛快地回答了她。向姝看着缇香有点迟疑的样子，催她道："你现在马上上去吧，快去。"

缇香犹疑不定地来到了总经理面前，拿出颜悦给她画得乱七八糟的报表。他看了看："缇香，我很理解你，但你要清楚的是一个人无权选择自己的上司，也不能把自己的上司看成是一个圣人，每个人都有心理阴暗的一面，这和做什么职位并没有多大的关系。以前，尹家胥和辛枫之间关系怎样呢？"缇香愣了愣，苦笑着："我从心底里感激尹先生和您对我的培养，可是颜悦……""缇香，人是很复杂的。好多人都说你很有个性，是个有特长的人，但我感觉你如果想要继续在这里做下去，你就要改变一下性格了，变得奔放一些，这对你是一个很大的挑战，如果你觉得做不来，那你就要有别的打算了。毕竟，尹家胥和颜悦，他们还是要继续在这里做下去的，尹家胥对你的印象，你应该自己也可以感觉得到。但是，一个部门换经理，也不是说换就能换的，所以，你也不要太在意他们对你的态度，我也会找合适的时间提醒他们改变一下工作方式，你应该多想想怎样把工作做好……"

从总经理那里，缇香证实了自己的确是已经失宠了，尹家胥啊，他竟然利用她对他的感激，让她鞍前马后地为他拼命，又利用她赶走了林松，完成了管理层交给他的任务。现在，看出她不像以前那样推崇他了，却还想让她把烂摊子理好后再卸磨杀驴，好狠呢。最初，他没有自己的人，就做出一副礼贤下士的样子来博得大家的好感,现在,来了个能打能拼的颜悦,凡事听他的,恨不得把这些人都折腾走他都不怕。他想重造一条船,这样既好管理,又能省钱。他真的是个老谋深算的奸诈的人。

但缇香已经走到这一步了,她是一定要坐上这个位置再离开的。再说,总经理也说了,换一个部门经理也不是件轻而易举的事情。她要破釜沉舟。

好不容易到了周末,终于可以收拾下心情。缇香照照镜子,细细端详自己被操劳蹂躏的脸庞,想起年轻的男同事常调侃她的那些话:"缇香啊,你还不如把拼命工作这劲头、这时间用在打造姿色上,趁着姿色尚存傍个大款什么的,才情兼具,又风韵犹存,傍个白马王爷没问题,干吗冲着个小小成本经理的职位,折腾个没完没了呢,多没劲呢!"缇香只是苦笑,傍大款还不如她自己就做个大款呢。只是,她确实觉得自己荒废了很多宝贵的生活情趣。

她穿上新年刚买的藕荷色毛衣,很漂亮的镂空花边飘逸的黑裤子,笑意盈盈地走进了会议室。

尹家胥、颜悦还有冯恬齐刷刷地坐在一起。哪里有尹家胥,哪里就有颜悦,哪里有颜悦,哪里必有冯恬。缇香打了声招呼,尹家胥不动声色。颜悦却笑逐颜开的:"来,谁要有料赶快往外抛。"于是,她和冯恬就拿着个手机,挺没趣地讨论起黄色笑话:"澡堂里有一群蛤蟆,都不穿裤头,就有一个穿裤头的,你们猜是干什么的?""是干什么的?"颜悦很感兴趣地问。"是给人搓澡的。"三人哈哈大笑,缇香却如坐针毡。

"缇香。"尹家胥叫她了,微笑着递过张纸条,缇香起初有点受宠若惊,继而却又不明其意,纸条上面写着四个大字:杨修之死。缇香惊诧不已,尽量让自己平静。"杨修很聪明,很有才气,写得一手好文章。"尹家胥赞许着,紧接着又轻笑一声,就跟从鼻腔里往外说话似的,"可他是自作聪明。"缇香的心仿佛揪成了一团。尹家胥歪着头,阴森森地看着她。"尹先生,您给我这个纸条是什么意思呢?"缇香疑惑地问道。"嗯,杨修死得很惨的,是被乱棍打死的。"他恶狠狠地瞪着缇香。"为什么要打死他?""因为他扰乱了军心。"他字字铿锵。"那曹操也太狠点了,他对他那样忠心耿耿。"缇香苦笑着回答他道。

53　间谍007

向姝刚在库房打印着报表，就被颜悦一个电话叫了过去，她一路揣摩着颜悦找她的目的。自从冯恬来了后，这边人心惶惶的，大家虽然都愿意和缇香合作，可冯恬一个劲地巴结颜悦，而颜悦确实也是一手遮天，连一向争强好胜的付蓉生完孩子后都让她给折腾得不胜其烦，而她把陆博一会儿从这个位置调过去，一会儿又给调回来，反复了好几次，陆博却敢怒不敢言。

日久见人心，尹家胥的秘书也不像刚来时那样殷勤周到了，听说缇香要提拔向姝做成本主管，就经常含沙射影地在缇香面前提陈言的名字，说缇香这样的推荐是会引起员工情绪的，还说向姝明明连个会计证都还没有呢。

尹敏刚来时，和向姝关系是很不错的，年龄相仿，共同语言颇多，可自从知道缇香要提拔向姝了，又看到缇香在颜悦面前如此不吃香。所以，她就连缇香也不放在眼里了。甚至冯恬讥讽缇香，说她总是和别人不一样时，她竟然笑开了花似的对缇香添油加醋。"你和别人不一样，所以，你领着的部门和我们的也不一样，带头搞特殊。"缇香哪里是爱受讽刺的人啊，就反唇相讥，冲正悠哉游哉的冯恬说："如果你感兴趣，你会越来越发现我的不一样的。但我看啊，像你这么爱多嘴的人也真是很罕见呢，老虎不发威不过是给你这个 Hello Kitty 面子罢了。"

小秘书很会察言观色，见风使舵，见缇香有点生气了，就赶快跟进了缇香的办公室。"缇香，我觉得你们部门的人都很听你的，你很有威信呢。"缇香就笑笑。"真的，我总听见他们背后骂老大、老二，但他们没有骂你的。他们都说你这个人挺富有人情味的，很正直也很敬业。""怎么会呢，我怎么没有听见大家背后说老板的坏话呢，是不是他们觉得有人喜欢听这些，就故意投其所好了呢。我们部门的人可都没有这个嗜好，大家都是齐心协力，想把工作做好呢。"尹敏看看缇香没有和她深谈的意思，就无聊地咧嘴一笑，走了，临到门口时，还不忘观察一下缇香的表情。

向姝恭恭敬敬地站在颜悦的面前，看不出她的喜怒哀乐，她是一个很能分得清场合的女子，即使和关系相当好的缇香，给缇香送报表签字的时候，也是一副公事公办的样子。

颜悦早晨没吃饭，就一手拿着香肠，一手拿着面包，在办公室里很不斯文地吃着。她刚才又骂陆博了，抬头看见文静极了的向姝，就仿佛恍然大悟似的，长长的修饰得相当漂亮的眼睫毛向上一翻，很妩媚地说："哦，对不起，我在赶时间。"向姝已经习惯了她的嗲样，办公室里的人也都已经习惯了她特别是在尹家胥面前的那副卖弄风骚的样子，只等着她赶快把"圣旨"颁完，好立刻或传或照"圣上旨意"去做。

她示意向姝把门关上。"缇香要提拔你做主管，你知道这件事吗？"她擦擦手，换成一副严肃的表情问向姝。"我不知道。"向姝摇摇头。"不过，我没同意。因为你做的时间还太短，而且我还要看你和我配合的程度。现在，我交给你一个任务，你把食品、酒水成本率凭证是怎么做出来的从缇香那里学来，然后再讲给我听，我马上要休假了，休假回来第一件事情就是你必须要给我写出我要的东西。"向姝也不吭声，默默地点头出来后就直接进了缇香的办公室。

"缇香，你真的要小心了。我现在觉得她确实是想换你了。"望着向姝因气愤而涨红了的脸，缇香停下手中正在忙着的报表，听她讲完事情的经过。"真是太坏了。"两人异口同声。"向姝，我真的是不明白她们何苦搞得跟间谍片似的，若想换我，马上就换，给我找个地方，也省得我整天跟梦游似的晕晕乎乎的。可我的确是不甘心啊。就像踢了场球赛，输球了，可输得明明白白也好啊，这样子算什么，说雪藏不雪藏，说炒作不炒作的。"缇香越想越觉得窝囊。"这还不明显吗，颜悦嫉妒你呗，你其实并不比她差在哪儿，她当然挤对你了。"向姝愤愤不平的。"可她比我聪明多了，也实用多了，人都说聪明有两种，一是很会为自己争取利益，不择手段，甚至不惜牺牲别人；另一种是很为别人着想，持之以恒，甚至忽略了自己的利益。她的聪明不是一般人能学得来的。"向姝直点头。

"其实，我平常都给你们做培训了。我也不是个保守的人。如果你想学，我也会教你。只是这样的方式确实不太磊落，怎么跟搞特工似的，倒把我看得身怀绝技一样。"缇香疲惫不堪地调侃道。

"她怕你不告诉她，也怕在你面前掉价。不过，缇香，也没你这么实在的人，什么都讲给别人听，你就应该留一手，你一定要不该漏的对谁都不能漏，反正我是能少知道点就少知道点，我才不想被她利用呢。所以，你不用担心，

真的，缇香，如果我是你，我会谁也不教的，于情于理都说得过去，他们这样对你，真是太歹毒了。"她说完，流露出不屑一顾的表情。"现在，我也相信了，确实是颜悦不同意提我做主管。我之所以和你说这件事情，我是想告诉你啊，缇香，你要为自己想好后路啊！你不要再被尹家胥迷惑了，缇香。"

颜悦休假了，大家就跟到了解放区一样，见到了明朗的天。再也没有人跟黄世仁似的追在屁股后面要这要那、骂这骂那了。办公室顿时成了一片平静的海洋。

尹家胥对缇香也恍若有了点从前的感觉。不过，缇香明白的，等颜悦回来后，他还是会故态复萌的。就像当初都让他换付蓉时，他指着个大大的雀巢咖啡杯一语双关："为什么都爱用这个喝水呢，因为实用。"又转向付蓉，"可不可以也给我弄一个？"

缇香清楚，以尹家胥现在的处事风格，她缇香，是远远比不上颜悦有使用价值的。

开早会时，尹家胥念参加管理课程培训的人员名单，很装模作样地说："当然是我们的缇香参加了。"似乎他对她还像以前一样重视，缇香心里掠过一丝丝伤感，人最伤怀的，莫过于看着曾经赏识自己的人，一点点地淡漠了对自己的赏识。别人就问缇香又参加什么培训，缇香便装出很喜悦很感激的样子冲尹家胥笑笑，缇香相信那笑容是挺辛酸的，连老江湖都立刻低下头念起了下一项内容。或许，他也是不曾淡忘过曾经对她的悉心栽培吧。这课程缇香都上了好几节了，课上听完那些管理者富有人情味的案例后便万丈豪情，一腔柔情了。回到办公室再一接颜悦的电话，心情立刻又一落千丈，一腔柔情变成一腔愁情了。当梦想照进了现实，现实总是会打碎梦想的，缇香这样感叹道。

好景不长在，好花不常开。颜悦携着东方之珠还有美丽海南的椰风海韵气息和那张给艳阳熏得更加黑亮的脸庞，重又闪亮在了大家眼前。就听她和尹家胥在走廊上不住声地倾诉着，撒着娇述说旅途上的风土人情。尹家胥只富有魅力地笑着，并不多言也不附和，这样就愈发引起了颜悦的倾诉欲望了。

缇香没有想到的是，颜悦中午竟然过来请缇香一起到咖啡厅吃饭，她不能不从命。

可颜悦一进已经空无一人的餐厅，就四处叫着尹家胥的名字找来找去。

吃着吃着，尹家胥就像踏着迪斯科舞步一样，神采飞扬地进来了。颜悦顿时精神抖擞，媚眼横飞，边撒着娇边扭动着身体往沙发上的尹家胥身上靠："嗯嗯，你怎么才回来，你不是说等着我们嘛。"缇香赶紧一头扎进了米饭里，想走吧又恐引起更大的麻烦，只好硬着头皮继续吃。好在尹家胥还顾及点脸面，马上将话题岔开："看，咱这项竞标拿下来后，能赚多少钱。"两人便两眼放光地瞪着合同书，就仿佛面对着遍地的黄金。

有电话打到餐厅找尹家胥，他便又匆匆地开会去了，缇香长舒了一口气。终于不用侧目屏气了，想起了颜悦的那些传奇情色故事，刚刚成为了单身贵族的颜悦，对尹家胥的爱慕之情更加明明白白了，她才不在乎人们对她的评价呢。

直到这顿餐结束了，缇香才明白了颜悦请她吃饭的目的，还是为了食品酒水成本率凭证的事情。她回来休假后问过向姝了，向姝说她不会，颜悦就对缇香说，要缇香加强对他们的培训。

等回到了办公室，颜悦又故态复萌。"缇香，你看看你做的东西，质量太差了，我说过多少次了，你看看你这报表的格式有多么难看。"说着说着，她把缇香报表中有缇香名字的地方全部用笔画掉。"你写上你的名字干吗？就是为了显示报表是你做出来的吗！真是无聊。"缇香心里笑着她才真是无聊呢，林松都写了好几年的名字了，缇香也写了好几个月了，怎么轮到她看，就都要成为无名小卒了。"你这张报表是怎么做出来的？"她掀着其中的一张问。缇香便把当时席文给她讲的告诉了她，可她却轻蔑地一笑，"错，按我这个方法来。"颜悦开始滔滔不绝，缇香却如坠云雾。被她讥讽得体无完肤，看看她那无休无止的泼妇样，缇香真希望世界末日立刻来临。

缇香改了一遍又一遍，感觉这不是在做报表，而是在画设计图，颜悦刻薄起来真能让人上刀山、下火海。终于是令她满意了，缇香却就像刚爬出了鬼门关一样。

缇香越想越搞不明白那张报表到底为什么要改成那样，便打电话问席文，电话那头的席文也一头雾水："搞什么呢，这报表明明是我们好几家饭店的经理一起探讨出来的做法啊,怎么她说改就改了呢。我真是有点不懂了。不过，缇香，你也得有个思想准备了，要做下去就得忍受她的不讲理，她前天打电话来说，很希望冯恬能在你那儿学出点东西来，让我也多教教冯恬。

不知为什么,我听了这话感觉特别不舒服,看来他们真的是有换人的打算了。再让我去做指导我可不去了,你们家可真够折腾的。"

"席文,你说尹家胥真的会把我换掉吗?他会那么无情无义吗?我付出了那么多,他为什么要这样做呢!"缇香心力交瘁地问道。"不喜欢了呗。再加上颜悦和冯恬跟他瞎叨叨。尹家胥喜欢有女的整天跟着他,他在我们这里时也这样,男人都有虚荣心嘛,可缇香你不是这样的人,你对他是从心里感激的,但你不告诉他他怎么可能知道呢,你或许是为了避嫌,怕惹人非议,可人家颜悦还有冯恬还有陶欢,人家是不避讳什么的,很会逢场作戏,也得到了自己想要的利益。缇香,你要明白,永远不会有一个老板,因为你对他感激,他就会对你一如既往的好的。他眼里只有有用无用两种人,若两个有用的人中,一个是老虎,一个是绵羊,那你觉得他会倾向于谁呢?所以,缇香,你要明确自己究竟想要什么东西,职场上的情意都是虚幻的,你要面对现实。"

偏偏又有火上浇油的来了,小秘书尹敏站在缇香面前,看着和以前神情判若两人的她,缇香心想,狐假虎威的本领可真是日益的炉火纯青了。"你什么时候能做完报表,颜悦让我等着你,可是我今天晚上又有点事情。"她大声喊道,她见缇香反应不是很积极,就换了话题说,"我转成正式的员工了,工资才长了一百块钱,我就去问尹家胥我如果过了试用期,能不能再加点钱。你猜他怎么说?"她露出说知心话的表情。缇香轻笑着摇摇头,想要让尹家胥涨点工资,难于上青天,但也会有例外。"哼,他说不一定,说不定还会降。"她顿了顿又说,"他也不想想,他上哪里去找我这么好的秘书,我还要和我男朋友买车呢,这点工资怎么够花。"

"你好好表现吧,有希望的。"缇香安慰她,带着敷衍。她却扔下一句:"哼,就你这活,给我一万块钱我也不干,整天累成这样,还老挨骂。我告诉你啊,你就是太强了,颜悦不喜欢强的,她喜欢整天围着她转,夸她的。你看冯恬,悠哉游哉地把上班都当成追星了,明明一芙蓉姐姐,人愣是能给夸成'天皇巨星',很会包装自己啊。缇香,你也应该学学的。"

54　欲盖弥彰

天天开早会,缇香都要被尹家胥和颜悦两人横挑鼻子竖挑眼,然后就不管三七二十一地猛灌总也干不完的活，就是员工餐厅的每餐耗费，缇香也都要专门列出个表来。也许是怕缇香看出他们的阴谋，尹家胥总是故意安排整天无所事事的冯恬干一些眼皮子活，却又对付蓉说："不要整天干来干去，就知道个借贷方，要懂成本。"缇香、付蓉、冯恬这三个人的名字就在他的嘴里给反复念叨着，很显然哪一个要先被他淘汰出局，或者说他是要她们自相残杀，颜悦美其名曰，这就叫竞争。缇香尽量让自己的表情平静，没有半点忧伤。然后，尹家胥又高声说道："缇香啊，你这些活如果不早些干完，我就永远安不下心来啊。"望着他的表情由冷漠到冷酷，甚至说完话，往皮沙发上一靠，就像望见胜利曙光似的发出令人费解的笑声，眼睛连看也不看缇香的样子，缇香心灰意冷到极点，清楚他其实心里想说的话就是，如果缇香不把这些活干好，他就不能安心炒她的鱿鱼。

缇香不知道三年前的他和现在的他哪一个是真实的，细细回想起来，就在她对他无比崇敬的时候，他所给她的成为别人津津乐道谈资的所谓的呵护，也不过就是一些虚幻的好听的实际上百无一用的话语，可那时她是那么相信他。

谁说逆境才可以看出一个人的本质，其实，人在志满意得，自以为功成名就的时候，更能把心灵深处隐藏的劣根性表露出来。而他为了纵览全局所表演出来的那些令大家念念不忘的品质，某种程度上讲，不过也就是为了赢得好感，继而实现他的目的的一种手段罢了。当一艘船在汹涌的海浪中乘风破浪的时候，船上的人心却不是众志成城的，而当终于有了船长的时候，这些曾经奋力拼搏的旧船票们，却已登不上智力超群、武功盖世的尹家胥的客船。也许是审美疲劳吧，办公室里涌现出了越来越多的新面孔。

缇香终于想起了尹家胥初来乍到时，面对着支持辛枫的为数不少的人群，他常和缇香说的一句话就是："缇香，你练过太极拳吗？"缇香终于明白了，自己其实也是他后发制人的战利品之一。

怎么办，已经拼到这份上了，进退维谷之间，缇香觉得自己宛如股市上的跌停板，那就继续跌下去吧，看看尹家胥到底会怎样让这个他一度栽培的"潜力股"退市。

向姝正在聚精会神地复印着资料，却被颜悦低声呵斥进了办公室。她咬着牙，恶狠狠地盯着一脸茫然的向姝："你没听见我叫你啊！"她将一份报表甩到桌子上，向姝惊恐地摇摇头。颜悦的表情演巫婆都不用化装。然后，她用十万火急的语调骂着向姝："我让你向缇香学的那些凭证学会了没有，你也知道，冯恬的培训马上就要结束了，你们这些人也不寻思寻思，要是缇香病了或是有个别的什么事，你们这些人怎么办！"那表情仿佛就是我让你去给我做间谍，你怎么还没给我探出来。

马上要月底结账了，缇香让向姝坐在自己的旁边，让她看自己是怎样做这些工作的。"真卑鄙，他们竟然敢利用我。我非给他们点颜色看看。"向姝恨得攥紧了拳头。突然间，尹家胥出现在缇香的面前，缇香忙捅捅向姝。"算得怎么样了？"他凶神恶煞般瞪着缇香，嗷嗷着吼起来，就像缇香欠了他钱一样，"中餐的成本率是多少？""42%。"缇香说不上对他的表情是麻木了还是习惯了，面不改色，心如死灰一般。"怎么这么低？"缇香脑袋嗡的一声，高也不行，低也不行，颜悦也跟着进来了，缇香就又把答案重新说了一遍。"怎么这么高？"她疑惑地问缇香。缇香和向姝交换着哀怨的眼神，真是无语问苍天了。

已经做得差不多了，缇香说："颜悦，我公公病了，没人帮我看孩子了，我得回家了。"颜悦也没吭声，站了会儿就走出了缇香的办公室。

第二天，颜悦又冲缇香咆哮起来："我告诉你缇香，我安排你的活儿到现在你都没给我干出来，我都可以给你开过失单了。""你开吧。"明明缇香的报表一星期前就做出来了，偏偏她和尹家胥说缇香拖了近一个月了，明明无法付诸实践的事情，非要让缇香分出个子丑寅卯，宴会部总共领了不到200元的食品，一共四个宴会，她偏要让缇香分出都分别是哪一个宴会领的，这哪里分得清楚呢，又有什么必要分清楚呢。

颜悦见缇香一副坦然自若的姿态，眼神中掠过一丝不解，直愣愣地盯着缇香看了老半天，缇香也毫不示弱，面不改色地看着她，眼神与眼神进行着交锋。"颜悦，如果有什么问题，你可以直接来问我，你不能在员工之间制造一些紧张的气氛，就算你想换我，你换就是了，犯得着搞得这么满城风雨、沸沸扬扬的吗？"颜悦没想到缇香会这么直截了当，愣了愣，突然间声音又柔和了八度，然而依然是咄咄逼人的眼神。"缇香，把你们部门的员工都叫来，我要当面问问是谁在散布谣言。"

对着一屋子的人，卫晨和善地、不明就里地笑着，向姝仍是一副沉静、不置一词的清醒样子，只有陈言是积极的，积极到眉飞色舞，频频应着颜悦的话。面对着询问，还不时地流露出几句不易察觉的厚颜悦、薄缇香的话来。

"我跟你们说，冯恬到你们部门只是去培训，成本控制部仍旧由缇香负责，如果再有人散布谣言，我会对他很不客气的。"颜悦一本正经、郑重其事地澄清着，可接下来的话却又可以让人联想一番了。"冯恬，她是做总账的，她到你们那去，你们要好好地配合她，她需要什么东西要赶紧给她提供，你们也可以跟她学一些总账的知识。"颜悦边说边交替着看缇香和大家的表情。

会开完了，大家都聚集到缇香办公室，谈晚上又要进行的自助餐成本测试了。高大生猛的元冰扯着个大嗓门进来了，问宴会的收入是不是又错了，怎么成本那么高。门又悄悄地开了道缝，颜悦探了探脑袋，见"高朋满座"，便索性进了门，马上使出她的杀手锏，嗲声嗲气的："哎呀，元冰，快帮帮我们吧，你看把他们给累的。"她扭动着腰肢，娇嗔地嘟起了嘴唇，众人就尴尬地站在那儿，不知是该感谢她的好心呢还是该回避她的风情。大概是觉察出了众人的表情异样，她马上就又恢复了常态，恍若啥事没有地呼唤着缇香："走，缇香，吃饭去。"缇香想拒绝，看着她站在那儿没有想走的意思，便也不得不答应了。

餐厅已经没几个人了，缇香就和颜悦边吃边聊，心里真佩服颜悦的变脸术和她的风情法。"缇香，既然提了你了，就会想方设法地扶持你，现在，又刚换了副总经理。不管你做什么事情，我和尹家胥都会在背后支持你。我原来做收入审计的时候，不管哪个部门的问题，我全把资料复印好留着，等总部来查账的时候，一查全是部门的问题，一点也找不着我的责任。"缇香看着她洋洋得意的样子，却暗骂着她的动机不纯，做财务的就是帮助部门成本走向正常，即使出问题了，解决问题才是最关键的，光是为了分清谁是谁非只会让自己在部门关系中陷入孤立的局面，事实也正如此。缇香突然间记起了有次部门经理培训课上，到了最后，都几乎成了对财务部的声讨会，还特别指出财务副总监的大名。底下就有人议论纷纷："真该让财务总监也上来听听。"培训教师就让缇香回去和尹家胥反映一下，缇香知道，如果她真那样做了，她就属于活得不耐烦了。"你放心吧，缇香，你是本地人，本地的永远不可能被代替。不过，若我让冯恬代替你也很容易

的，她肯定会比你上手快。"缇香不置可否。"缇香，你要不服气也没问题，我问你，三星级饭店的财务总监你敢去做吗？"她继续忽视着缇香惘然若失的表情，自顾自说个不停，"没关系的，缇香，外面的机会有的是。"缇香既惶惑又恐惧着她的南辕北辙，她想撵自己走又唯恐后来者压不住场面吧。缇香轻轻笑了笑，耳听着她继续虚虚实实地打探着要她交出关键工作的试探，缇香装出若无其事的样子："颜悦，我孩子太小了，老公也不同意我去外地工作，所以，外面的机会我目前真是不能考虑了，谢谢你这样关心我，不过，我不明白的是，你是担心我走呢，还是担心我不走呢……"颜悦一愣，马上又镇静自如道："不，我不担心任何人走，林松走得也很突然，不也一样吗。"她真是站着说话不腰痛，一样，缇香就跟赶鸭子上架似的拼搏了一顿，这个颜悦竟然要卸磨杀驴，还大言不惭地说一样。"不一样啊，颜悦，因为只有一个缇香。"缇香不卑不亢道。

"如果冯恬接你的活，会比你接得还快。"她将一条腿支在沙发上，眼睛望着远方，充满挑衅的意味。

55　步步紧逼

缇香知道自己已将沦落成新科"岗姐"了，便也听之任之，愿打愿骂随便处置。下班了，向姝常感叹道："别人被老板骂完后，把活干得跟情景剧似的有一节没一节的，你却还是虽觉得委屈，仍然把活干成连续剧，期待着渐入佳境，渐到高潮呢。"缇香就笑着回应她："希望他们能够良心发现。再说，我性格就是这么尽职尽责，怎么也委屈不了自己的性格啊。""所以你就常受委屈。"而夹在颜悦和付蓉之间，日子整天过得水深火热的陆博也暗示缇香："人是不撞南墙不回头，你是撞了南墙也不回头。"

缇香已经对这些调侃无动于衷了，她就是要看看，尹家胥将如何送她走上职场的黄泉之路，曾经对她"恩重如山"，曾经对她言听计从，唯恐她逃之夭夭的尹家胥，她要亲耳听到他对她的宣判。

员工餐厅已经收摊了，好心的胖厨师帮缇香煎了些馒头，缇香就着榨菜凑合着填饱了肚子。回自己办公室收拾东西刚想下班，小秘书匆匆闯入：

"快去，他们找你都找疯了。"

缇香轻叹一口气，竟然还不放过她，她来到颜悦办公室，尹家胥正在那儿高谈阔论着，满眼闪着兴奋的甚至可以说是如获至宝的光芒。这小商场算是成了他们的焦点了，卫晨和冯恬去盘点，发现少了几样东西，又多出几样东西。缇香便被安排独自再去点一遍。尹家胥放心地看着态度依然虔诚的缇香，得意地冲刚请缇香吃了顿饭、刚为缇香辟了阵谣的颜悦笑着，似乎在说：缇香的性格，我都摸透了，几句好话就给打发了，很好摆弄的。

他想的的确没错，好言胜过三冬暖。缇香曾经的确是伴着他那些令人如沐春风的鼓励的话，度过了她备受煎熬的一段职场岁月。可当他把这作为一种战无不胜、虚情假意的工具的时候，就令人想起了口蜜腹剑的人是多么的狡猾奸诈。

缇香跟商场的那几个女孩合作得都挺好的，甚至后来缇香都不再管她们了，她们还都挺怀念缇香的。

颜悦曾率领财务部稽查小分队上去跟抄家似的盘点了一番，翻出来的东西乱七八糟地堆在那儿，跟马路上的地摊一样，颜悦他们却扬长而去。商场经理本就说她跟个山沟里蹦出来的马帮似的，这次更加厌恶她："还不如依然让缇香来管我们呢。"

商场的女孩子既要应付着客人，又要这间那间的帮缇香找出物品。颜悦电话打来，态度出奇的客气，问缇香要不要帮忙，缇香说不必了。盘点完后，她匆匆地赶下去，将结果告诉了尹家胥。

拿着缇香盘点的结果，尹家胥横竖看不顺眼，嫌做表做得难看至极，还微笑地冲着颜悦喃喃自语："点这么几样东西就用了这么长的时间，我看请40个人也不够。"累得浑身跟要虚脱了似的缇香真想冲他那张油光光的脸打一巴掌，这个纸上谈兵、闭门造车的家伙。想起以前的林松曾笑话他："马先生看报表，就会问为什么亏了这么多，而尹家胥呢，只会问这个数是从哪儿得来的。"话也许稍显偏激，今天看来，却也有所证明。

还要缇香再打一份收银报表，缇香想了老半天，尹家胥就从他的办公室里斜睨着正冥思苦想的缇香，高声地嘲讽着："缇香小姐，要不要我抽支烟等等你啊，还需要多长时间啊？"缇香尴尬愤怒得无地自容。

递上报表了，尹家胥两眼放光："哎，应该这么放，我告诉你们呢，这

才是要给人看的完整的东西，以前在法庭上呢，如果提出证据……"见缇香和颜悦都不吭声，他又刹住了车，"算了，算了。不谈这么多了，谈多了你也不懂。"他兴奋地看着少了东西的报表，对已站了老半天、不知所措的缇香看都不再看一眼，缇香便打了声招呼离开了。

她十万火急地奔向家里，公公住院四十多天，缇香一次没去看过，女儿咳嗽了好几天，她也无暇领着去医院看看。老公说她自私，她也无言以对。

出租车司机依然给缇香打了个九折，都快成缇香的专车了，缇香忍着巨大的失落擦掉不断涌上的泪水，左顾右瞧着爬到了自己的家门。

在女儿一声接一声的咳嗽中，缇香累得脚都没劲洗了，昏睡了过去。

早晨，缇香叮嘱老公一定带女儿去医院看看，就急匆匆地去上班了。

坐进了办公室，缇香精神抖擞地打开了电脑，信箱里，商场的盘点结果报表伴着尹家胥的质问，呈给了房务总监。而冯恬蜻蜓点水似的工作风格丝毫不影响她的工作成绩，她的名字赫然排在了缇香的前面。虽然盘点还有报表，都是缇香做出来的。

56 阴谋浮出水面

颜悦又催缇香将员工工作分配表发信件给她，还当着众人的面大放厥词，说缇香都拖了三个月了，缇香想骂却又连看她那张大黑脸的兴趣都没有了。明明她一上任就做了的事情，甚至尹家胥都说很欣赏缇香的安排，她却胡说八道。想要换人，光明正大地用你的权力换就是了，何苦要费这般脑筋和口舌。

回到办公室，卫晨和向姝就告诉缇香，颜悦和冯恬已经分别找他们把缇香给他们分配的工作回顾了一遍。

这边，尹家胥的进攻更加猛烈，晚上七八点了，非要缇香做出第二天早上他就要见到的十几页的报表，还怒吼着："你不赶快做出来，我开会用什么，我就跟个呆子似的坐那儿呀。缇香小姐，你真该自我检讨一下了，答应了很久的事情却迟迟不做。"

当指针指向凌晨时分，缇香和机灵的管事部经理也对完了尹家胥要的报表。

已经是星期六了，缇香要改变一下自己的生活方式了，她不能让如此无情的老板再磨蚀掉她激情生活的情趣。从此开始，她要为自己而活，只有好好地爱自己，才有力量面对上苍赋予她的点点滴滴。

可尹家胥却还是需要缇香像颗棋子一样，去一步步完成他不可告人的计划后，再让她死掉。尹家胥暴跳如雷地说："你以为我老了是吗！脑子糊涂了是吗！"他根本就不顾及他太太也站在他的办公室里。缇香望着他奇怪的表情暗笑不已，你老糊涂了与我又有什么关系。但缇香却还是对着他的质问摇摇头。"你想做好人是不是！"他暴跳如雷，缇香仍旧机械地摇着头："我就要做好人，我就要做个通情达理的人。"

林松离开这里的时候，虽然搬家出了无数的力，可他也是领了张罚单走的，因为和尹家胥大动肝火。

在人力资源总监面前，林松义愤填膺，将尹家胥骂了个狗血喷头，一无是处，说他的管理能力就是个零，这是缇香在事情已成残局的时候才知道的秘密。后来，尹家胥就把林松送给他的那些话，借花献佛般都"慷慨"地献给缇香了。

尹家胥的确是赏识过缇香的才情，因为他欣赏维护他的缇香，既可以显示出他的爱才、惜才、有眼光，也撑足了他的面子。他曾在行政会议上大肆宣传："我们部门的缇香是专栏作家，如果各个部门需要写什么东西，尽可以找她帮忙。"而他也曾让本已经够累的电脑房经理星期天也要给别的部门的人做培训，电脑房经理就跟缇香说："他这人就这样。你越能干他越让你干。哎，权当是展示自我吧。"

以尹家胥实用主义者的观点来看，颜悦能打仗，能使狠劲头帮着他对付员工，似乎比心慈手软、通情达理的缇香更胜一筹。并且，他在这里的年数也不短了，风传他要走的谣言一直不绝于耳，因为他把与各部门的关系搞得几乎是乱成了一团麻，公司上层也不欣赏他。他费了九牛二虎之力把一个被人称为"战争贩子"的颜悦弄过来，任她搅和得更加混乱，说不定也是在发泄自己并不畅快的情绪呢。而随着他本性的日渐流露，他也看出缇香已经不像以前那样推崇他了，颜悦、冯恬又一个劲儿地在他耳边吹风。颜悦见不得手下人比她强，资质平庸、就会照葫芦画瓢的冯恬对她构不成

任何威胁，并且，提拔冯恬具有一箭双雕的作用，既可以把缇香换掉，又能压压付蓉的锐气。在利用人这点上，号称尹家胥高徒、爱徒兼助手还有什么等等一系列称号的颜悦绝对是青出于蓝而胜于蓝。

尹家胥并不是真正爱才、惜才，他实际上的目的是用才，并且，当他认为谁冒犯了他所谓的地位与尊严的时候，他就要毁才了。他其实才是个真正意义上的小人。

马上就要出账了，有关缇香要被换掉的传闻也有了好几种版本。上面汇总的，就是这些版本中大家认为言之有理的精华版。就有要好的同事下班了跑到缇香办公室，忧心忡忡地劝似乎仍坚守着阵地、在做最后一课的缇香："难道是众人皆醉你独醒啊，都这时候了，你还这么个拼法，你凭什么呀，你看看满办公室有像你这样认真苦干的吗，要换了我，早走了，拿着个中级职称，上哪儿吃不上口饭，还在这儿给这个没人性的家伙瞎忙，你有病啊。"听着她真诚的劝解，缇香的心里就如翻江倒海般难受。"我是有病啊，真是功亏一篑啊。我就是不甘心啊，因为付出的不计其数。"缇香迷惘地摇摇头。"缇香，我知道你这个人挺好的，我就怕有一天，我也会沦落到你这样的下场。不过，说句实话，我其实也够了，你还是赶紧找地方离开吧。就冯恬那德性，你怎么和她合作，你等她把什么都学会了的时候再被人撵走，岂不是更冤枉。"缇香苦笑。

第二天，冯恬又在众人面前大模大样地说这个月缇香出账，她要坐缇香旁边观摩，还要请教缇香一些问题。她拿出一双小孩袜子抖擞着："缇香，我顺便给你孩子买了双袜子。"缇香冷笑了一声，厌恶地看着满脸堆笑的冯恬："你这会儿怎么又相信我了呢？"缇香问道。"现在，你都干了一年多了，我当然相信了。你放心吧，缇香，我不是来和你抢这个位置的。你才是正的成本控制经理。"缇香冷静地笑笑："冯恬，我也这么认为。不过，你可以把你不明白的问题写出来，我和你共同探讨一下嘛。袜子，你拿走吧，咱俩的品味不匹配。你若要跟着我学结账，我非常欢迎你坐我旁边来看着我结账，但我纳闷的是，这么长时间了，你是不是早就应该自学成才了吧，不如我主动让贤供你施展一会儿。"缇香淡然地说道。

57　相忘于江湖

早晨一到办公室，缇香就被尹家胥叫了过去，尹家胥看着她的目光就像看着一个路人，缇香知道此时的自己，在他心中，就像他所说的，已经成了"食之无味，弃之可惜"的鸡肋了。"冯恬说你不好好教她月底结账，缇香，你是个素质很高的女人，我相信你会教她的。"他用听不出感情色彩的语调说道。"谢谢您，尹先生。"缇香更是面无表情。

成本部的人都聚集到一起开会了，无论讲什么，尹家胥都把冯恬的名字放在前面，可冯恬只是茫然不解，一脸困惑却还沾沾自喜着。颜悦叉着腰，和一直赞许地看着她的尹家胥相视一笑，马上气势汹汹、颐指气使地冲着失意至深的缇香咬牙切齿："我警告你们，谁要是耽误了我出报表，我会咬她的。以后，你们凡事可以直接请示冯恬。"缇香倒吸一口凉气，却又很释然地冲她笑了笑，心里叹道：这要是拍成《焦点访谈》，谁还会相信堂堂国际闻名的大饭店的财务副总监，就这种咬人的素质。

缇香无声地笑了，她现在真是知道了无欲则刚到底是种怎样的境界了，大家正要兴致不高地离开时，缇香恳请大家留步，缓缓说道："我之所以想要在这样一个场合，说出令我心伤的这个决定，是因为我心里一直很感激这一年多的时间，你们对我工作的帮助和支持，我为此而恋恋不舍，然而，天下没有不散的宴席，而我也真的是尽力了，我想我接下来说出的这个决定，不会是你们每个人所盼望的，但我知道，却是某些人所期待和苦心孤诣甚至是用心良苦想得到的结果，都说，君子乐于成人之美，那么我想，我是不是也应该无怨无悔地成全呢！"缇香还想接着说下去，尹家胥却猛然间打断了她的话："你们都回去干活去吧，缇香，你留下来和我谈。"

向姝走过缇香的身边，轻轻握了握她的手，低声说："缇香，你要想开一些。"同事们也都沉默着，边回头看着缇香边心事重重地走了。

缇香听着尹家胥声音异常温柔地叫住了她，再看他那表情，也似乎比往常的横眉冷对柔和了好多。缇香按他的指示关上门，坐到他对面。"缇香，你还没吃中午饭是吧。"竟然有一缕柔情飘荡在他养尊处优也日渐松弛的面庞上。"我不饿。"缇香笑了，轻轻地吐出三个字，对他的柔情重现视而不见。

尹家胥一惊，很快又恢复了正常，暧昧的笑容便也不再浮现。"缇香，你不要怪我残忍，是你不适合当成本控制经理。"缇香苦笑了笑，多么讽刺的话啊，她拼死拼活了一年多，将一个部门理上了正轨，他却又给了她这样一个评语。

"尹先生，虽然做成本经理不是我的选择，但我还是很感激你把这样一个机会给了我，我也真的是付出了全部的热情，你的鼓励和肯定也一直激励着我，在我迷惑不解的时候，你愿意用周末的时间给我讲课，而做了让我如此仰慕的老板的员工，我曾经无比自豪，我希望真的是我的工作令你不满意了，才使你或者是使我做出了如此难以让人接受的决定……一个连自己的眼光都不相信了的老板，又有什么可值得员工留恋呢。"缇香苦笑着，她的心，已碎得七零八散，片片都是刻骨铭心地痛。隔壁房间里传来颜悦震耳欲聋的狂笑声，和着冯恬谄媚的笑声，缇香鄙夷地笑了笑。"缇香，你非常不欣赏她是吧。"缇香沉默无语，尹家胥却高深莫测地笑着。"男人和女人的选择往往是不同的，缇香，你要明白，对于一个老板来说，他更看重一个下属的实用性，而对于一个男人来说……缇香，我需要的不是一个圣女做下属。即使你是很能干的，而且缇香，你是一个复合型人才，不见得非要在这里做下去的嘛，是不是？"缇香微微笑了笑，继续不置一词。

气急败坏的颜悦此刻冲进了办公室，她亲昵地站在尹家胥的旁边。缇香微笑地看着她，平静地说道："我何苦要留恋一个言而无信、出尔反尔的人呢。"缇香看见难以自圆其说的尹家胥，低着头，涨红着脸，瞬间又抬起头，面无表情地低声说："缇香，就这样吧。"

缇香点头，坚毅地对他说出"再见"两个字后，从此离开他的视线，相忘于江湖。

夜色里，人群中泪流满面的缇香，想起了"宠辱不惊，看庭前花开花落，去留无意，望天上云卷云舒"这句话，痛苦地领略了其中滋味的时候，却也恍若经历了人生的沧海桑田。

晚上，颜悦来到尹家胥办公室想叫他一起下班，突然看到一封摇曳着百合花的信笺放在了尹家胥的电脑旁边，她拿起来，轻笑着："她还挺有自知之明的啊，这种自我了断可真不错，省得我费心费力了。"

颜悦看着看着，却气得涨红了脸庞，咬牙切齿道："他妈的，写了些什么废话。"尹家胥一愣，将信纸拿了过去，看到了上面缇香的留言：

尹先生,"如果"这两个字,曾经是您最喜欢说的,虽然,您是个极其现实的人,明白生活中远不可能有那么多的如果,而对于这场给我的心灵造成了难以磨灭创伤的职场变故来说,我曾经真的很想告诉您,如果你用了我,请相信我对你一如既往的忠诚与勤恳,如果你不想用我了,也请你明明白白地告诉我,而不要用一些大喊大叫的刁难来伤害我,来淡漠我心中对您的那份我曾经无比珍视的仰慕的感觉。

我不是一个矫情清高的人,可是,对于我这样一个洁身自好的浪漫女子来说,人海茫茫中,拥有一份崇拜的心情是多么美好的一件事情啊。虽然我内敛矜持到不善于表达,可是,我以为睿智无比的你,怎么会那么轻易地就相信了你身边红颜的谗言,还是,本就现实的你,根本就不屑于这样的默默情怀,而和那些肤浅的男人一样虚荣,满足于风骚女人的如影随形。

如果没有遇见你,我不知道真正地被人欣赏,会是怎样的荣耀与发愤图强;如果没有遇见你,我更不知道,真心付出却遭辜负后的那份痛彻心扉有多深;如果没有遇见你,我还会永远是一个风花雪月的浪漫女子,在俗尘中慢慢地感悟生活的厚重与沉重。而遭遇了你的弃用后,泪雨纷飞中,我猛然间蜕变为一个仿佛看透苍凉的成熟女子。

在未来的沧桑岁月里,我将不会再刻意去想象一个完美的偶像,可是,我依然会珍视曾经你对我的欣赏,我要好好地多爱自己一些,我要让你明白,经过风吹雨打后的梅花,更有一种独特傲然的美。

与其说我是在珍视自己,不如说我不曾忘记并竭力想请你相信曾经的那份赏识。

请记住一个倔强女子的这份美好的坚持吧。

尹家胥沉默不语,面无表情地将信笺放到了抽屉里,颜悦看着尹家胥有点模棱两可的痛心疾首的表情,她也一下子惶惑起来,讪笑着回到了自己的办公室。

如果说尹家胥曾经异常满足于缇香对他的无比崇拜,那么,从这封缇香给他的信里,他似乎也看到了一个女子的万念俱灰和刻骨铭心的不甘心。只是,他向来是个极其看重自己尊严的现实主义者,不管怎样,缇香已经是他的一段过去完成时了。

而颜悦没有想到的是，她以为冯恬肯定会将缇香的工作承担起来，可冯恬却连最基本的会计凭证都没有做出来，最后，还是向姝一点一滴地凭着缇香平时教她的，完成了月度的结账工作。

　　颜悦心想，哪怕冯恬这时候是条驴，她也要把她捧成凤凰，她就要赶鸭子上架。由她主导的这出用心良苦的换人好戏，她是咬着牙也要唱下去的。

四　忆往昔得失淡然　拼未来笑对浮沉

58　不妨做只忍者神龟

缇香离开的第二天，向姝一早就被颜悦叫到了办公室，缇香不得已的黯然离开，让与她合作了两年多的向姝，心情极为郁闷与压抑。她不是没有预见到缇香的失意，只是，尹家胥对缇香如此的无情无义，却是向姝为缇香深深感到可悲的地方。

她看着颜悦不怀好意的审视的目光，心里暗暗思忖：今天不管她说出什么味道的话来，我都给她个沉默是金，大不了我三十六计走为上策。更何况，缇香已经离开了，她曾经在冯恬的手下工作过，对与那样品质的人合作，她想都没有想过。

而颜悦，看着向姝面容淡定的沉静表现，也暗暗吃了一惊。无论颜悦说什么话，她都只是点头微笑，颜悦希望她可以留下来，协助冯恬将工作做好，说她的各方面条件都很不错，很有潜力，希望她能有好的发展。向姝脸色略微缓和了些，冲她笑了笑。

"向姝，我知道你和缇香关系很不错，但现在她已经走了，识时务者为俊杰，你自然应该好好想想你的未来了。"颜悦见她还是不吭声，便软中带硬地想听听她到底是怎么想的。"我挺感激缇香教了我很多东西的，不过，不管我的上司是谁，我想我都会从工作的角度出发。"向姝很干脆地回答着颜悦。"你很聪明。那我以后就多看看你的表现了。"颜悦说完话后，起身去了尹家胥的办公室。

向姝还没等进到成本控制部，就听到了冯恬得意洋洋的笑声。她心里骂了一句：小人得志。脸上却是波澜不惊地坐到了自己的椅子上，可还没等她坐稳呢，就听冯恬没好气地盼咐她道："哎，向姝，你帮我冲杯茶去吧，咱俩人还真是挺有缘分的呢，没想到折腾来折腾去，你还是又到了我手下。"

不过，你放心，缇香怎么对你，我也会怎么对你的，你不用太失落了。"向姝看也不看她，拿起她的杯子去了茶水间。

她绝对不是个轻易冲动的女子，但这些事情的发生，无疑对她心灵造成了很大的震动，她觉得缇香太冤枉了，她想起缇香言不由衷地说出那番话时的表情时，就忍不住心痛不已。她于是拿出手机，看看茶水间里没人，就拨通了缇香家的电话。

"缇香，你怎么样了，我是向姝，你挺好的吧，别放在心上啊，好好休息下，再找个好地方继续拼搏。我也想辞职了，缇香，我觉得你那样付出，结局却这样可悲，觉得真是太没有意思了。"向姝在电话那端，亲切地说着。

突然间告别了钩心斗角的格子间，缇香坐在阳光普照的电脑前，竟然有了一种恍若隔世的感觉，这突然间的闲适让她几乎都无法适应。好久好久，她不能从自己的霉运中走出来，然而，她无数次地劝导自己：我并不是能力不行，我只是遇人不淑，我一定还要继续重入职场。而向姝的电话，又勾起了她无数的回忆，当她听到向姝要辞职的话时，她微愣了愣，对着电话认真地说道："向姝，谢谢你一直这样理解我，只是，你和我的情况不一样，你没有必要因为看到我怎么样而辞职，就如你当时劝过我的，你要熬出资历来再离开，要笑着离开自己曾经辛辛苦苦工作过的地方。你不要学我，我其实是有很多弱点的，不要因为感激一个人就拼命工作，也不要因为讨厌一个人就想着离开，工作是不能感情用事的，你也不用担心我会怎么样，我只是想休息段时间，总结下自己的得与失，没有无缘无故的成功与失败，我固然曾经得意过，但是这个结果，其实是我失败了。"缇香说着说着，忍不住流下了眼泪。"不，缇香，他们就是嫉妒心太强了，尹家胥这个人又很自私，你其实一点都不失败，我们都认为缇香是最棒的，你只是在这场角逐中失败了，职场上没有永远的成功者，也没有永远的失败者。缇香，你一定要相信自己。"向姝恳切地在电话里说着，鼓励着。

向姝若无其事地回到办公室，冯恬却又阴阳怪气地问道："你刷个杯子就这么长时间吗？以后，你做什么，我得给你计时。"向姝也不解释，打开自己的玫瑰花茶，洒到了茶杯里，泡好后，小心翼翼地端到了冯恬的面前。"水还没开呢，你就泡茶叶了，你这样让人怎么喝？干这么点事都干不好，真不知道当初缇香为什么要提拔你做主管，真是奇怪！我告诉你啊，你当初怎么对缇香的,你现在就要怎么对我。"冯恬颐指气使地说道。向姝便又端起杯子走了出去,从心底里发出一声轻蔑的笑声:你哪里能和缇香比呢,缇香待人从来很有涵养。她真想放一把迷魂药把冯恬那张老说废话的嘴堵上得了,她想象着冯恬被堵上嘴时会嗷嗷乱叫的可笑样子,忍不住在茶水间里笑出了声。"向姝,怎么缇香走了,你好像没事人一样,还乐成这样了啊。"正走进洗手间的小秘书尹敏奇怪地问。向姝"喔"了一声,心想这更是个情报科的,还是敬而远之吧。

办公室位置也做了调整,向姝很荣幸地就和冯恬成了对桌。"向姝,这样咱两人沟通起问题来方便,你可不要辜负了我对你的期望啊。"冯恬慢条斯理地说。不愧是个炒作年代,动不动把自己的位置抬得那样高,还期望呢,不自量力。向姝在心里骂道。对桌就对桌吧,反正我时刻盯着电脑就是了。

几乎每天下班前,冯恬都会交给向姝一个购物清单,让向姝帮她买早餐、买牙膏、买洗发精、买德芙……甚至买卫生巾,向姝统统接受,有时候,她看着冯恬写的那歪歪扭扭的字,就忍不住从鼻孔里鄙夷一声:这个世界上,还真是有狗屎运一说,这么个人物,竟然也高高在上了,真是世界真奇妙。有一天,向姝提着永和豆浆和油条,放在冯恬的桌子上,卫晨笑着说:"我说向姝啊,你该不是又找了份兼职吧?"知道他并无恶意,向姝就自我解嘲道:"我现在就差没把饭给她倒肚子里了,我估计她不想让我那样做的原因,是怕我把她当成一头猪吧。"说完,两人在办公室哈哈笑了一阵。"谈什么事这么高兴,快赶紧干活。"冯恬一脸正经地出现了,两人刚才还笑逐颜开的面庞立刻肌肉紧缩了起来。"向姝,你明天别帮我买油条了,吃油炸的东西对皮肤不好。""好的。""你帮我买个肯德基的汉堡包吧。"向姝心想,真是垃圾爱吃垃圾食品。还没等着回答呢,就听冯恬又开口了,"要不算了吧,你每天买来买去的挺辛苦的……"向姝以为自己终于可以解脱了,却没想到接下来冯恬的话却让她以为是自己的耳朵出问题了,"向姝,明天开始,你帮我上西餐厅找厨师要点面包、蛋糕一类的东西吃吧,咱饭店的慕斯蛋糕挺好吃的……"向姝看着她,就像看着一个怪物,这真是稀奇到极点了。管着餐厅食品成本控制的经理,安排自己的下属去向厨师要东西吃,你说这要说出去谁相信啊。她歪头看了看卫晨,见卫晨也是一脸惘然加惊奇,她确认自己没有听错,就打断了冯恬还在自我陶醉的滔滔不绝。"冯经理,这我恐怕办不到，要不这样吧，你还是给我写个条吧，我拿着你的签字去向厨师要东西吃，全等于是我每天早晨去西餐厅领次货，也等于是我晨练了。"向姝边说着边忍不住笑了起来。"连这点小事你都不敢做，你还能做什么呢，颜悦和尹家胥不是天天在咖啡厅吃饭吗，那些东西吃不上，扔了也就扔了，还不如给我们吃了呢！""那你也和他们一块去吃就得了呗，干吗要让人家向姝给你去要呢！"卫晨忍不住插了一句。"与你有什么关系啊，一个男爷们，整天掺和些女人之间的事干什么！"冯恬大声说了卫晨一句。"我哪里男爷们啊，我根本就是一纯爷们，是你自己在办公室先说的，还怨起别人来了，哪里有个领导的样子。"从冯恬动机不纯地来培训开始，卫晨就怎么也瞧不上她，一欧巴桑的水平竟也充起了白骨精，真是职场也有挂羊头卖狗肉的啊。冯恬瞪了他一眼："好了好了，干活吧，今天做不完就加班。"

　　十点多时，饭店突然停了电，员工餐厅来不及做饭了，看来冯恬运气就是不错，心想事成，员工餐厅里还真吃上了肯德基的汉堡包。

　　向姝这会儿又跟在了冯恬后面，每人两个汉堡，向姝吃不了，就把其中一个给了冯恬，冯恬毫不客气地吃了。向姝怕她再安排个什么事，就说自己中午要出去买点药，先离开了员工餐厅。

　　等向姝回到办公室，觉得办公室里怎么老弥漫着一股色拉的味道呢，她将窗户打开，正好就看到了正往门里走的卫晨。"冯经理真是个集汉堡包的高手，让陈言又到员工餐厅要了两个，卓环也帮她要了两个，她自己又把陶欢没吃的一个也打包了。就好像她这辈子没吃过汉堡包一样。"卫晨笑笑说。向姝暗自庆幸，她就是怕冯恬再派她去向厨师要汉堡包，所以找个理由出去了，没想到冯恬还真把自己部门的员工，都动员成她的汉堡包供给站了。这么爱贪小便宜的人，怎么够资格做成本控制经理呢，她从心里冷笑一声。

　　向姝曾经想过辞职，回家也征求了已经退休的父亲的意见，并将缇香的话告诉了父亲，父亲很赞同缇香的说法。向姝也衡量了一下，虽说她的资质不错，本科学历，英语六级，但是她欠缺的是经验，以她现在的资历，若跳槽去了别家，能不能拿到个主管的职位也还不一定，说不定一切还要从头开始。而看看这个城市有限的几家饭店，曼珠莎华无疑是最好的，她如果能在这里熬到成本主管的职位，那么，任何一家饭店，她都可以直接申请到经理级别以上。她完全可以把这里当做一个跳板，所以，为了更好的职场前程，她决定退一步海阔天空，一切等拿到了主管职位再另谋高就。

思想一通畅，行为便舒畅。无论冯恬怎样变着法的折腾，她一概接受。冯恬本来就是个喜欢指手画脚的人，见向姝比她想象中好对付多了，就更习以为常，得寸进尺了。甚至应该由经理做的报表，她也统统分给向姝做，也和颜悦一样，美其名曰，让向姝尽快地成长。

有些报表其实是冯恬也不会做的，她就更懒得和向姝讲，向姝便经常打电话问缇香，也关注下缇香最近在忙些什么，是不是已经从失意的阴影里走了出来。

缇香告诉向姝，自己正在给一家杂志写职场栏目，自己的职场博客也有了挺不错的点击率，正所谓无心插柳柳成荫。

59　缇香的职场博文之一：埋头苦干，却不得老板欢心

向姝回到家里，上了新浪的博客网，一下子就被推荐到首页的一篇博文吸引了过去，她立刻点开了这篇名为《埋头苦干，却不得老板欢心》的博文，颇为好奇地读了起来。

博客的名字叫《一个职场失意人》，博主写道："当我失意职场，发出职场的别名叫江湖的深深感叹后，我发誓，我要将这次失意对我心灵造成的伤害，降低到最低点。我常常扪心自问，如果有一天，我重出江湖了，我应该再怎样去做，才可以让自己更好地适应复杂职场，保护好自己的同时也让自己得到良好的发展呢。基于这样一个美好初衷，我开始写职场博客，用我故事里的人物，来启发更多的人们，扬长避短，做个快乐职场人。"

我以这样一篇博文做为我职场博客的开始曲。

袁梦是大家公认的颇有真才实学的部门经理，也相当敬业，常常为了工作披星戴月，撇家舍业。可是，每次老板加薪的时候，她却都不在考虑之列，虽然老板也常当众夸她能干，夸她很有才情，是个不可多得的实干型人才。可这些精神鼓励对于需要多赚薪水养家糊口的袁梦来说，无疑如水中月、镜中花一样虚幻。

老板是个多疑的香港男人，很难信任人，甚至为出纳少存了一角钱也

会大发雷霆。而且，总喜欢关着门和员工谈话，特别是要求员工要把自己电脑的开机密码、报表密码都要上交上来，这样的规定让员工议论纷纷，觉得就像是在被监视一样，一点自我的感觉都没有。袁梦就对老板说希望他给员工充分的信任，这样才能鼓励员工积极工作的热情并赢得人心。可是，自负又高傲的老板却面露不悦之色，还没好气地说："怎么我一有什么规定，你就第一个给我提出反驳的意见呢？"让一向对老板忠心耿耿的袁梦听了特别难受，觉得自己一片好心却被误解。

还有一次，老板听信了别人的逸言，当众说了她几句，她脸上立刻浮现出不悦的神情。当老板察觉后，又改变了严肃的语调，和颜悦色地鼓励起她，还满含微笑地说："袁小姐，我知道你每天工作很辛苦，但希望你能多一点笑容啊！即使被误解了，总可以解释的嘛！"可她却赌气似的把头歪向一边。

那次后，她隐隐约约听同事说，老板不满意她对上司那种爱理不理的态度，只是觉得她的确能干，才没有大发雷霆。同事提醒她得多找机会和老板沟通，别让竞争对手钻了空子，可她却笑笑说："清者自清，浊者自浊。"

为了提高效益，公司开始实行全员销售制，而财务部被派发的指标特别高，一有和银行、税务机关等的商务应酬，老板都会带上部门经理们一起参加，也借机宣传公司新推出的促销活动。

席间大多数同事都纷纷敬老板酒，感谢他工作上的帮助与支持，更借机不遗余力地向对方宣传公司活动，推销贵宾卡等。只有她矜持不语，含笑独坐，显得与周围环境格格不入，旁边有人暗示她，她笑笑说："把活干好就行了，我不喜欢这种虚与委蛇，活得太累了。"似乎不以为意的老板笑了，说她读书读多了，整个一不卑不亢的文人气质，还很清高呢。

她隐隐感觉到老板话语里的讽刺味道，可自己并没有做错什么啊，不过，当她看着别人因推销数量与日俱增而大受老板赞赏，并拿到了丰厚奖金时，心中还是有一丝丝失落感的。

老板开会的时候说："既要算好账，也要卖好卡。我需要的是能适应各种环境，和形形色色的人都能打交道的复合型人才，而不仅仅是一个超然物外的学者。"

她听了后心有所动，回家翻报纸的时候，突然就看到一则博士沦为乞丐的新闻和相关讨论，内心震动很大。联想到自己的埋头苦干，却不讨老板欢心，抛开老板的实用主义观点以外，是否客观上自己也有值得改进的地方呢。

袁梦毕竟是聪明的，清楚了自己的弱点后，她开始懂得让自己融入大众的重要性了，知己知彼，方能游刃有余于职场江湖，循序渐进地消散着自己的弱点后，她也听到了老板夸她越来越成熟了的话语。

职场点评：

1. 注意和老板沟通的方式，特别有不同意见的时候，忠言逆耳，千万别把老板看成圣人一个。他若是个主观武断的人，你更得讲究一下和他沟通的方式。先弄清楚老板这样要求的目的是什么，再先扬后抑地把自己的建议说出来。平心而论，老板有些做法的确是有点过分，可袁梦也犯不着直接反驳，不妨先按他的要求做着，看看效果如何，等老板心情好的时候，再举个员工被老板信任而信心倍增的故事，让老板既明白你的忠心，也能考虑你的建议。

2. 职场不是真空世界，不欢迎清高的人，要学会适度迎合和忍耐，过于坚持自我性情，动不动就喜怒于色也许是你的真情实感，但不适应于职场，职场是个讲究理性的地方。

3. 职场形式瞬息万变，需要有一定的适应能力和交际能力，既要发挥埋头苦干的执著品质，也需要融合一定的懂得变通的灵活素质。做人做事都讲究个外圆内方，这样才能永远在职场上立于不败之地。

向姝静静地看完后，给缇香留言道："缇香，虽然你败走职场的原因并不在此，但我还是欣赏你的善于自我反省。缇香，我期待着你重出江湖的那一天。"

60 缇香的职场博文之二：该走的时候不必留

在苏珊来这家公司之前，琳达是一枝独秀的设计骨干，更备受上司的赏识，在同事之间的口碑也非常好。传说设计总监汤姆明年就将被调到另

一个城市了，所以，琳达成了这个位置当之无愧的候选人。

可事情的发展远非这样简单，泼辣妩媚的苏珊来了后，办公室的气氛从先前的宁静和谐变成了热闹嘈杂。苏珊常常对同事指手画脚，全然不像个初来乍到的人，渐渐地也有传闻，说她曾是汤姆的旧将，而这个时间把苏珊调过来，无疑会令人猜测纷纷。

不过，修养很好的琳达却觉得汤姆的态度和以前并没有什么区别，倒是别的同事老在她耳边嘀咕，说每当她从老板办公室出来的时候，苏珊总会眉飞色舞地跟着进去，并将门关上，然后，就听里面传出一阵暧昧的笑声，一听就不是在谈工作。

有一天，琳达精心策划的文案得到上司汤姆的肯定，她很欣慰。可第二天，却又发现文案的制作人写成了苏珊，她疑惑地去找汤姆，还没进办公室，就听见两人在里面谈笑风生，还听见苏珊甜蜜地说谢谢老板，等回来后一定会带份礼物。

而本应该由琳达参加的在深圳举行的培训班，也被汤姆换成了苏珊。这还不算，苏珊更是经常对琳达冷言冷语，更暗示她和老板的暧昧关系，并说一山难容二虎。

珍惜工作机会的琳达非常失落，也很苦恼，她曾试图和苏珊改善关系，可收效甚微。她也想去和总经理说，那份文案的真正设计者是她，可总经理会相信她吗，并且，即使相信她，她和汤姆孰重孰轻，总经理也会有一种衡量的，她还会为此得罪了汤姆。

可这样忍辱负重毕竟不是长久之计，汤姆对她的态度也急转直下，还经常呵斥她，并把好多重要文案交给了从深圳学习回来的苏珊，虽然大家都知道，琳达的技术远在她之上。

她决定一边寻找更合适的机会，一边静下心来应对这种对她的发展非常不利的局面，并依旧和颜悦色地对待态度冷淡的汤姆。

当找到了新岗位的琳达向汤姆递交辞呈的时候，他毫无挽留之意，还虚情假意地祝福她以后顺利。琳达接受了他的祝福，并婉转地说："汤姆，为什么你不问我离开的原因呢？"她拿出了自己设计的那份文案，汤姆脸红了。

知道真相后的总经理希望她可以继续留下来并马上派她出去学习，还补发了她的设计费，可琳达诚恳地说："职场上经受一点波折可以启示自己以后更好地自我保护，而待人也应宽容，不要结怨，继续留下来相处，难免尴尬，另开辟一番新天地，不见得是不好的选择，职场上，该走的时候就不要留。"

职场忠告：
1. 职场上，不是所有的人都值得团结。比如，故意惹事的苏珊，把琳达当成了天敌，何况还和上司关系暧昧，这样的人，不值得对她客气。

2. 遭遇了文案被窃，却还足够涵养地不发一言，琳达的理智值得肯定。只是，选择合适的人和时机说明真相，也是应该的，或者通过别人间接说出真相。

3. 遭到不公平待遇却无力改变，据理力争也会被"穿小鞋"，这样的境遇就需要考虑继续这份工作是否值得了。

4. 提出辞职后说出真相并被挽留，可上司却无被更换的迹象，就应该坚持自己的决定，该走的时候就不必留。

61 缇香的职场博文之三：办公室小人招招破

（一）口蜜腹剑，笑里藏刀型

表现形式：她们给人的感觉往往是很亲切的，嘘寒问暖，甚至还会故作神秘地向你透露一点办公室秘闻什么的。比如，谁说你坏话导致你在老板面前不受宠了等等，而且，她说的事情也确实是曾经存在的，你却始终百思不得其解的。这就使你对她能够帮你解开这个谜底，油然而生亲切感恩的心情。她也会趁热打铁："是不是除了我之外，从没有人对你说过……"你于是更加当她是朋友，而对她说一些非常知己的话或是秘密，比如，你对老板、对同事、对公司发生的事情的看法等。

但是，你忽略了很重要的一点就是，她对你这样，有可能对别人也会这样，她会把你的话再当成资本传达给别人，特别是当你们利益冲突，她把你的话借题发挥的时候，你就会深深醒悟她对你如此热情的初衷了。

应对策略：对值得真诚对待的人真诚，在没有深切了解一个人的时候，在力所能及的范围内，要和所有的人都保持适度的距离，这样可以避免自己受到无谓的伤害。

对任何人的话都不要偏听偏信，先要问个为什么，不要等受到伤害时才不得不吞下轻信别人的苦果。

（二）动机不纯，巧取豪夺型

表现形式：你辛辛苦苦做出的报表，绞尽脑汁写出的方案，费尽周折拉来的客户，却被别有用心的人巧取豪夺了，而且，看上去是名正言顺、顺理成章，并且上司也已经认可了，如若不是上司有意偏袒，就是你已经中了小人的招数，被她窃取了成果还蒙在鼓里呢。

应对策略：保护好有着自己个人创意的办公工具，比如电脑、笔记本、磁盘等。在工作成果未成型前，不要过多地和同事有此类的探讨、交流。也注意把自己的思路一步步仔细记录下来，适当的时机，或者发邮件，或者书面陈述，让上司知道成果是你的，请他明辨。不能让这类小人不劳而获，坐享其成。

（三）嫉贤妒能，无事生非型

表现形式：你本是老板最最看好的得力干将，突然有一天，老板劈头盖脸骂你一通，还说了很多让你颇感蹊跷的话。比如，你的下属或合作伙伴对你意见很大了，你常常自视甚高，目无老板，对自己的薪水也很不满了等等。种种迹象表明，春风得意的你被小人暗算了，谎言千遍就成了真理，连老板也相信了，这样的小人多么可怕，假若老板不骂你，你还意识不到自己遭遇了暗箭呢。

应对策略：A.即使被老板视若红人，也保持低调行事，避免树大招风。

B.承上启下，营造好的人际关系，可以把疑惑的问题含蓄地和下属或同事交流意见后，再把自己的想法趁老板心情好的时候进行沟通。

C.谎言最怕见光。和同事交流了意见后，如若涉及个人声誉和职场前途的事情，就需要向老板提出和说出此类谎言的小人对质了，让他在阳光下无地自容，再也不敢信口雌黄。

D.施展此类伎俩的人通常是怕才高八斗的你影响到他的利益，其实，是非常不自信的小人黔驴技穷的表现，若谣言无关大体，也不必和这样的人过招，浪费智慧。

62 缇香的职场博文之四：遭遇事必躬亲的上司之后……

从加入这家国际饭店开始，李桦就一直跟着外地来的部门经理严诚做成本控制，严诚颇有经验，待人也还比较宽容，所以，李桦很为遇到这样一个好上司而感到荣幸。

可自从李桦被财务总监升为成本主管以后，严诚就不再像以前那样经常教给她一些业务技巧了，但对员工的态度却相当好，嘘寒问暖之余，还常常把很多员工应该干的工作都揽了过去，仗着他丰富的经验，把一个成本控制部管理得也还差强人意。

员工都说严诚是个好经理，再加上当时饭店的几任行政总厨都是外国人，语言障碍造成了工作上的甚少交流，管理层也没有对曾经努力、待人平和的严诚提出过质疑。他成了在饭店工作时间最长的一个外聘经理。

在他任期将满六年的时候，饭店来了位行政总厨出身的，对成本控制相当富有经验的驻店经理，说一口流利的普通话。通过一段时间的合作，他对严诚的工作提出了很多质疑，他不明白为什么他问仓库员工工作上的问题，他们也一脸迷惘。他向李桦要成本报表，李桦说那份报表只有严经理才会做，而最令他不满意的是，食品成本率忽高忽低，可严诚的解释却总是含含糊糊，模棱两可。

经济危机来临后，饭店生意清淡，却还要支付严诚很高的工资，况且，他工作上出现了种种问题，使管理层决定将不再继续聘用他。

通常，经理走了，主管将被升职。可令老板遗憾的是，六年了，李桦对成本知识的掌握却离一个成本经理的标准差得老远。她说，严诚好多事情都自己处理，她也提出过她来做，可严诚就是不放手，也不教给她，久而久之，她也懈怠了，更懒得自己钻研业务，也不追求做事的精益求精了。她反而觉得严经理人很不错，在他手下做很轻松，也没有压力，可当升职机会来临的时候，她却隐隐觉得正是严经理这种"保守"的工作风格，间接造成了知识含量不足的她，与这份机遇的擦肩而过。

其实，看似随和的严诚是颇有城府的，如果他把所有的知识都教给了手下的员工，那他就不可能在这个他所无比喜欢的海滨城市工作这么久，他没有把培训员工当做一个经理的职责，短期来看，他得到实惠了，可从个人发展的长远目标来看，如果他不是那么"保守"，他就可以有更多的时间去接触别的领域，向着财务工作的更高职位前进了。

职场点评：
1. 经理对员工还应有督导和培训的职责，互相督促，共同进步。
2. 机会只留给有准备的人。不管是在怎样的上司手下工作，都应明确自己的职业目标并时刻努力，寻找一切提高自己业务技能的机会。
3. 知识领域是宽广的，长期过于故步自封的做法会阻碍个人事业的发展，久而久之，也会影响自己在人们心目中威信的建立。

63　缇香的职场博文之五：上司形象面面观

纵然博学出众的你是样样红，也要清醒地认识到，职场江湖，老板最红，所以，先学会洞察不同类型老板的特点吧，知己知彼，方能笑傲职场江湖。

"工作狂"式上司

表现形式：做事敏捷、果断，说话简练、干脆，即使天天加班，也一样是每天清晨最早坐到办公桌前的人，通常这种类型的上司，专业技术和敬业程度都无比令人钦佩，只是，过于理性的态度常会给员工不近人情的印象。

应对策略：严格要求你的工作质量，会使业务水平提高很快，所谓严师出高徒，而且，跟这样的上司沟通，你也无需想着怎么巧言令色、长袖善舞，你只要踏踏实实、精益求精地专注于工作就行，千万别钻研什么"厚黑学"、"潜规则"后而对他阿谀奉承，否则，轻则骂你"废话"，重则会使你在他心目中的形象大打折扣而影响升迁的。

再者，这样的上司往往低调，不是特别擅长人际往来。聪明伶俐的你，可以把握时机，适当弥补老板这个弱点，即使抛头露面的是你，也要切记烘托的是老板的优异。尽力在公司的上上下下中，维护好他的形象，水到渠成的时候，他不升你的职才怪呢！

"武大郎"式上司

表现形式：容不得下属比他优秀，不给能力超过他的下属一点点机会，轻则内部封杀，施加很大压力，重则斩尽杀绝，不留余地。往往是自卑与自尊交织而成后所爆发出的一种不自信又唯恐别人洞察的阴暗心理，属于心态极不健康的一类上司。

应对策略：很同情你处于水深火热之中的尴尬处境，不过，若是你就想当个庸才，就想人海茫茫中，混口饭吃，无大才大志，那就投其所好，跟着这样的变态混吧。

若是你不甘一腔才情向沟渠，也切记千万别让他识破你的峥嵘。他鼠目寸光，你也别摆出高瞻远瞩的姿态，他矮你要表现出比他还矮。也许，你是委屈的，但当你能够修炼到宠辱不惊的境界时，你就会觉得正是他的小气，成就了你的好品性。

还有，忍耐不是一味的，如此小人当道，还是赶紧找下家吧，找到后，潇洒地走，越好的前程越要用谦逊的态度告诉他。但是，目光必须是凌厉凛冽、居高临下的，用眼神告诫他，别以为谁怕你那一套伎俩，只是不屑于和你这样的无能无德之人较量罢了。

"曹操"式上司

表现形式：曹操式上司胸怀韬略、足智多谋、城府颇深而自视甚高，很会抓住员工的心理而循循诱导后，为他所用；但同时，他又敏感多疑，性情多变，用得着你时，甜言蜜语，用不着时，也翻脸比谁都快，属于极端实用型的上司。

应对策略：抓住他爱才惜才的特点，把你的多才多艺展示给他看。但要记住，即使你才华横溢，也要表现得温良谦恭，忠心耿耿，并且，要突出的是你能够为他所用的才能。你要清醒认识到的是，这类上司赏识人的才能，是建立在这份才能能为他所用的基础上的，若他觉得无用的本事，你再展示也是白费，还会让他怀疑你是爱出风头，不给他面子，惹火了他，给你个"杨修之死"的悲哀下场，你这满怀的忠心，岂不是一江春水向东流了吗？

64　缇香的职场博文之六：远离职场尴尬，不做边缘人

沦为职场边缘人，随时有被老板解雇的危险，是件颇为尴尬的事情。原因多种多样，客观方面讲，或许是顶头上司的更换，一朝天子一朝臣，使曾经被视若红人的你，转眼成了明日黄花。这方面的原因虽说不可控，但我们也要看到，确实也有一种人，任凭职场形势如何风云变幻，他总是屹立不倒。主观方面讲，或许是你的业务技能已跟不上公司发展的需要，或许是性格方面缺乏一种审时度势、随机应变的能力，或许是和上司、同事之间的沟通出了问题。这些原因是可以克服的。总之，我们要做那种即使江湖风云突变，也能在其中游刃有余的职场高手，而不要随时处于被换下场的尴尬境地。那么，就从以下几个方面防微杜渐吧。

1. 不要在公众场合议论公司任何人事方面的变动，而要注意从这样的变动中，摸索出自己下一步应该如何去更好地做好工作，也可以通过询问知情人士或细心观察等方式，侧面了解一下新上司的风格和待人处事的方式，以便对症下药，在不违背自己做人原则的基础上，善解人意，投其所好。

2. 磨炼一定的沟通协调的能力。

3. 不要太敏感，太爱面子。例如，被上司说了两句，就觉得天崩地裂，紧张兮兮；被同事讽刺了，就从此列入黑名单，不再和人谈笑风生；或者偏要争出个高低来而得罪了没必要得罪的人。做人豁达点，豪迈点，透过现象看本质，别为一时的面子问题误了前程，就做个快乐的"厚脸皮"吧。

4. 在老板面前，要智慧地、勇敢地展示自己的才能，那种"酒香不怕巷子深"的观点早落伍了，要让伯乐青睐你这匹"千里马"。首先，你得有点资本，其次，你得学会展示你的资本。当然了，在什么样的场合展示，给什么样的人展示，更是需要你细细推敲、不可忽视的问题。

5. 与人为善，每一个同事都不可得罪。每个人身上都有可取之处，都有值得你学习，并且值得你运用的地方。你要学会的是怎样合理地取长补短，要知道，八面玲珑、长袖善舞在现代职场不是缺点而是优点。只要我们本着利己但不损人的前提，多一个朋友，多一种优势。

6. 不情绪化，有技巧地发牢骚。别凡事闷在心里，看看三十六计吧，

学学声东击西、借古喻今的表达方式，适当时机，以幽默的方式表达不幽默的主题，以别人的故事暗示老板自己的愿望。切记，职场是个最现实的地方，千万别感情用事。

7. 清楚自己的优劣势，明确自己的职场目标，知道自己想要什么，不想要什么。

8. 职场有路勤为径，江湖无涯苦作舟。"路漫漫其修远兮，吾将上下而求索。"

65 缇香的漫漫求职路

每周一篇的职场博文写到第三个月的时候，看着博客里人们含着鼓励与期待的留言，缇香那颗曾经失落的心里渐渐有了丝明媚的气息，她带着这些感悟与体会，开始踏上了漫漫求职路。

她接受了一家货运公司的面试邀请后，欣然前往。一边坐在沙发上等着老板，一边看着进进出出的刚毕业的大学生，心中有点儿诧异，这里不是招财务经理吗？这时，操着一口广东普通话的老板来了，他看了看缇香的简历，又上下打量了她一番，夸张地说道："哇，老会计了！你的业务肯定很棒啊！你和税务的关系熟吗？"可能是职业的敏感吧，干财务这行的，最怕老板谈税的问题。缇香便如实回答："都是些工作上的往来，没有什么特殊的关系。"他不死心道："你可是土生土长的本地人呢，会不认识税务局的人吗？"缇香笑了笑，不知该怎样回答。

问了缇香的工资要求后，老板张了张嘴，很夸张地笑了笑："今天应聘的人挺多，你这样有经验的老会计，我们周日详谈。"

缇香马上站起来："那就祝你们生意兴隆！谢谢！"

当然，缇香明白，根本就没有什么周日约会了，不过给彼此个台阶下而已。这样的公司不来也罢，这种说话吞吞吐吐的老板不值得为他效力。缇香心里告诫自己，下次一定要先了解一下公司的背景后再去应试。

很快，缇香又接到了一家公司的面试邀请，听名字感觉很不错的，是享有盛名的一所大学下属的公司。缇香先上网查了查资料，这个公司的专业人员学历都相当高，公司成立时间也挺长了，何况还有著名大学的招牌，应该会不错，她便带着证书什么的，勇敢前往。

面试严谨有序。可能缇香的简历和证书吸引了总经理，她是被问时间最长的一个。总经理儒雅，说话很慢，很自豪地宣称自己公司里的人都很有学问，工资也挺高。当然了，如果缇香能被录取，工资和福利也会不错的。

第一印象很好，缇香那颗寻觅已久却方向不定的心，仿佛感到了若隐若现的光芒。正想着怎样将这些许光亮光芒万丈的时候。总经理说了句话，令缇香顿时又感暗无天日了。"你做会计这么些年，做过那种对内对外两套账的吗？""没有。"缇香坦承道。接下来，一群人又为怎样合理避税的问题展开了一番深入浅出的探讨。最后，他说："我们这里的工程师都很辛苦，所以，工资奖金很多，但老实说吧，公司和个人都不想交太多的税，这方面，你有什么经验没有？如果你能做两套账，年终奖金也会很高的。"缇香采取了迂回的策略，说道："那我回去考虑一下吧，也请教一下同行。"

缇香边往公交车站方向走边懊悔，自己怎么选了这么个灵活得有点儿过分的专业啊，这本应是最严谨最可信的专业，怎么现在成了帮老板赚钱的最可操纵的工具了。可惜她天生木讷，不敢冒险，没有那种视钱如命的大无畏精神。

第二天，那家公司打来电话，希望缇香去做，缇香拒绝了。她说，她不喜欢做违背职业道德、影响职业前途的事情。

缇香感慨不已，漫漫求职路，两情相悦的感觉真是千载难逢啊。

正感希望渺茫、意兴阑珊的时候，一家位于市郊的独资企业又向她发出了召唤。

郊区就郊区吧，只要能赚到钱养家就行。缇香清晨6点多起床，坐了一个半小时的车才到。几经周折，三番五次地问了路人，才疲惫不堪地到了厂门口。

办公室是一个大火车头，里面分布着一间间格子，这可是缇香所见过的最有特色的办公区域了。她还没有来得及自报家门，就被客气地让到了最大的一间办公室里。被告知可以翻一下宣传资料，缇香便看了看，和网上的资料大同小异，是一家西班牙人投资的生产火车头的行业，在这里扎根好几年了，可是她却一无所知。

一个大腹便便、戴着大眼镜的外国老板进来了。他说他来自西班牙,"西式"英语果然不同凡响,他说一句,缇香得用仅仅听懂的几个词再组合成句子,再翻译成汉语,再用英语反馈回去,迫切需要个翻译来临阵救急。可是,老板却摇摇头,继续滔滔不绝,两个人的表情都是相当的认真,互相凝视着,也都在尽力表达着,却是越来越南辕北辙。

老板不停地说,手舞足蹈地说,还拿着一张报纸让缇香念。满是英文的报纸对缇香是一种煎熬。她不是不会念,而是这种机械式英语真的如天书一般生涩。缇香知道,此刻如果她的英语出色,一定会漂亮地被录取,拿个高高的薪水。

缇香组织好英文句子后,坦然而尴尬地说:"我没有太多机械制造业的从业经验,所以,自认离贵公司的要求还有一段距离。我想,我会努力弥补这个缺陷,只是,我自知自己目前的知识含量确实不足以承担这样一个举足轻重的职位,谢谢您对我的面试。"

书到用时方恨少,会计和英语并驾齐驱,才能赢得更好的机遇。求职路上的这份尴尬,也给了缇香不小的打击和启示。

缇香的宅女生活除了码字、看书,便又多了一项学英语的内容。将新概念英语第三册找了出来后,缇香发誓,每天背诵一篇,她不相信,她克服不了自己的哑巴英语。

晚上,她码字写博客的时候,通常不会开着QQ。只是,这一连串求职的不顺利,让她有了点受挫的感觉,她需要将这份郁闷找个人发泄出来,管他这个人是谁。

晚上十点多了,她的好友在线上只有向姝的头像还闪着,她问了她一些提高英语交际能力的方法。向姝说其实就是个环境,若有了语言环境,学起来真就很快了。她还发给缇香一个英语的学习网站,说里面的听力默写训练非常好,每天做一篇,半年下来,英语水平就将突飞猛进了。"突飞猛进"这个词,让缇香向往极了。

两人正聊着呢,突然,缇香看到久违了的"狮子王"的头像也亮起来了,亮得她眼睛也像星星一样闪烁了起来,充满着真挚的惊奇与喜悦。还没等她反应过来,就见"狮子王"发来一个问候的笑脸。"缇香,是不是最近经济危机让你也跟着受影响了呢,怎么博文的风格从情感文一下子过渡到了职场文,呵呵,写的那种调子好像自己历经沧桑,看透红尘了一般。"缇香回他一个尴尬的图像:"我失业了。""喔。"那边发来的语气词,似乎连缇香都能感受到对方的恍然大悟的神态一样。立刻,一杯香气浓郁的咖啡递到了缇香的面前。"谢谢,是卡布奇诺吗?我喜欢这一杯安慰。""失业了也没什么。我现在在加拿大,这里受危机影响更深呢,很多人都失业了。""狮子王"不露痕迹地抚慰着缇香。"那当然,我是失业不失志,还是要继续打拼江湖的嘛!只是,合适的工作真难找啊!"缇香发了个愁眉苦脸的表情给他,并把最近一段时间找工作的经历全一股脑地倒了出来,觉得不过瘾似的,又发了个号啕大哭的表情,可"狮子王"却立刻回了她哈哈大笑的图像,缇香就敲了一行字上去:"怎么还幸灾乐祸呢?看来你现在是衣食无忧啊!""我下个月就回国了,说不定我们还能见面呢!看缘分了。"说完,"狮子王"发了个"晚安,再见"的图像,看着那个狮子的图像灰了、暗了,缇香竟觉得若有所失。

她刚要下线,看见向姝的头像却一直在跳着,缇香赶紧点开,心里升腾起一丝歉意,如果让向姝知道她光顾着和"狮子王"聊天了,说不定会说她"重色轻友"呢,一丝微笑旖旎在缇香的嘴角。

"缇香,现在我们正忙着卖月饼呢,因为忙不过来,就招了两个实习的大学生来帮着发货,由卫晨负责督导他们。可是,月饼却突然间少了一百多盒,冯恬就把责任推到了卫晨身上,给卫晨开了过失单,并罚了他的钱。卫晨一气之下,也不知道从哪里查到了香港总部的地址,写了投诉冯恬的信就发了过去,总部很重视这件事,都派人来酒店了,我们都被挨个问话,做了口供,总经理对这件事相当恼火,说怎么成本部一个劲儿地出事,又是换经理又是丢东西又是来调查的,你猜最后怎么处理的。月饼为什么丢了不知道,尹家胥却把冯恬保了下来,说是员工因为上司的管理方式问题,闹闹情绪很正常,他可以接受他们偶尔的情绪化,但因为这样一件事情就不用这个人了,也真是没有必要。缇香,你说他这个人多差劲啊,良莠不分,你看着吧,他早晚会因颜悦和冯恬这两个人,而给人留下笑柄的。缇香,我的预感一向很准的,我总觉得月饼的丢失真是挺匪夷所思的……"

缇香看完后,不由又感叹起了尹家胥对自己的绝情。她想了想,却依旧是微笑着打上了一行字:"向姝啊,真是没想到,颜悦擅长导演闹剧,冯恬却是个导演悬疑剧的好手呢，如果说我是悲情女主角，那么现在真就差个喜剧男主角了，不妨把这个角色留给尹先生了，由他压轴。"打完这行字后，缇香发了一个拥抱向姝的图像。

66 望"月"兴叹

尹家胥兴致很高地放下电话，从办公室里走了出来，冲着秘书尹敏说道："帮我去食品库领 300 盒月饼，然后快递到广东，我给你个地址。""尹先生，您真厉害啊，远距离销售都做得这样好，我们也得加把劲了。"听着秘书的赞扬，尹家胥笑得更开心了："是啊，是啊，大家一起努力，我们一定要当饭店的销售冠军。"

正在秘书那里取报表的向姝看着尹家胥得意洋洋的样子，想起这段时间来，冯恬为了卖月饼，和供应商打得热火朝天，和采购部却又打得不可开交的架势，不由想起了望月兴叹这个词。卖月饼也能卖到几家欢乐几家愁，以至于供应商一看到冯恬，就好像老鼠见了猫一样，唯恐避之不及。

也不知道从何时起，这饭店业的高层们发掘了一条生财之道，逢年过节让员工做产品促销。这样做的动机是高层们认为员工的力量是无穷无尽的，所以要善于发掘员工身上潜在的销售能力。于是，从那时起，酒店工作的人，便也投入了销售人员的行列。尽管销售并不是员工的主要工作，但也已经成为了他们工作中最重要的一部分，会影响到自己在领导心目中的地位，会影响到自己的年终花红等等。

总之就是，卖月饼也是赢得上司青睐的捷径之一，所以，冯恬是尤其热衷卖月饼的，并且她认为供应商就是掺了水的海绵，再怎么挤也是能挤出油水来的。

一天，某水产供应商刚从采购部出来，正叫苦连天呢。原来他被采购部经理陶欢一下子给了他 300 盒月饼的计划，款项直接从货款里扣，他拿着购买月饼的确认单，倾诉着心里的不满："我现在真是怕过节了，这个城市的每家酒店都有我送的货，每家酒店都让我买月饼，我简直比卖月饼的月饼还多。"说得向姝一个劲地笑，心想，你这还没碰上我们的领导呢，若

你碰上了冯恬，她不又把你扒一层皮才怪呢。

说来也巧，冯恬恰好捧着月饼进来了，一看供应商就两眼放光，恍若狼爱上了羊。"来来来，大哥，尝尝我们饭店的月饼吧，比别家强多了，不吃白不吃啊。""不吃了不吃了，现在月饼已经成了我们家的主食了，领导，你还是自己留着吃吧，我还得赶紧去别家送货呢。"说完，就往门口跑。

"站住。"冯恬突然大喝一声，"你要是今天走了，明天你就别想着给我们饭店送货，你送了我们也不收，你想想吧，你天天来，如果不是我们部门给你收货、验货，你能赚到钱吗。你今天无论如何得订200盒月饼，不然，你的货就别想送进厨房去。"冯恬笑着，不紧不慢地说道。"我说领导，你就别难为我了，我刚被采购部硬压了300盒，你这又压我这么多，你想让月饼把我压死啊，要不这样吧，大姐，我再订20盒行吧，再多了我真受不了了……"供应商面露难色，可还没等他话说完呢，冯恬就给打断了："你这也太欺负人了吧，采购部让你买你就买，我们部门让你买你就不买，也太不把我们放眼里了吧……"两个人为了月饼，吵个没完没了。无论冯恬怎么说，供应商死活就是不买了，最后连20盒也不买了，把冯恬气坏了："好，你等着吧，看你这个月能顺利拿到钱才怪呢。""哼，你越这样说我越是不买，还真没碰上过你这样厚脸皮的人，我就是买采购部的不买你的怎么了。"五大三粗的供应商大声嚷嚷着。正好孙元从门口路过，看这阵势就把供应商拉走了，可冯恬的话却还是传到了他的耳朵里："势利眼，你以为就采购部说了算么，哼。"向姝心想，这个人报复心太强了，说不定又要跑颜悦那里搅和了。

果然，颜悦开会冠冕堂皇地说，让大家注意团结，不要为了月饼销售的问题引起部门内部的纠纷，这样传出去对部门影响不好。

陶欢才不吃她这套呢，会开完了，别人都出来了，陶欢把尹家胥的门一关，密谈又开始了。

陶欢将冯恬的话原封不动地说给了尹家胥听，还借供应商之口说，冯恬竟然将清洗公司的供应商叫到她家去，给她家洗地毯等等。最后，归纳总结道："她这样做就是在破坏采购部与供应商之间的正常合作关系，让人家供应商看低了我们这家五星级酒店的整体素质，如果她再这样继续下去，我都要成了供应商们的心理热线了，我又要工作又要当义务的心理医生，难道我能够向您申请发两份工资吗？尹先生。"

尹家胥被陶欢的话逗笑了，心想，这月饼本是团圆物，没想到在这里倒闹起分裂来了。不管怎么样，对他来说，无论底下哪个部门卖出去的，都是他的左口袋和右口袋。只要能卖出去就行，他是不管谁卖的，等到饭店评销售冠军的时候，找个其他人都无法攀比的人，把所有的销量往他身上一放，财务部不就可以名利双收了吗。

陶欢一带老大的门，冯恬就预测到了什么事，她是那种政治嗅觉特别灵敏的人，喜欢关注些风吹草动。她心里有些生气，就又在办公室里叨叨着要大家都赶紧卖月饼，不然，得不到销售冠军了。向姝一听她叨叨月饼就头晕，想想还是先去厨房看看吧，就起身走了出去。

路过大堂的时候，向姝遇到了一位正在看月饼样品的客人，她向向姝打听月饼的信息，正也急于卖月饼的向姝，觉得可不能放过这一丝机会。于是便向她介绍，并给她找来了宣传册。在递给她的刹那间，向姝把憋在心里的话说出了口，一脸的无奈，一脸的期待。"您在我们酒店里有朋友吗？"那个客人看了向姝一会儿，笑着问她："你有任务吗？""是啊！""那好吧，你把电话留给我吧。"向姝就像遇到了救星一般将她的手机号码留给了一个素昧平生的人，并立刻掏钱买了盒月饼送给了这位客户。

没几天，那个恍若天上降临的客户，就通过向姝买了 50 盒月饼，向姝的计划超额完成了。心想，再也不用听冯恬那个八婆唠叨了。让她唠叨的，她甚至连晚上睡觉，都能梦到月饼。

只是，向姝想不到的是，她的月饼销售额，竟一半被冯恬算到了自己身上。她看到冯恬拿着月饼销售的奖金，却将一条价值菲薄的丝巾放到了她眼前的时候，她心里真是又好气又好笑，真是从没见过这样办事的人，她顺手将丝巾披到了电脑上。"谢谢冯经理，我很少戴丝巾，我看当电脑罩倒是不错。"

总有一天，冯恬会因小失大的。向姝在心里说道。

67　缇香的宅女"生涯"

曼珠莎华这边月饼卖得是轰轰烈烈，做了宅女的缇香却依旧在家潜心修炼。

月明星稀的夜晚，缇香在音符弥漫的空间，怀想着以前那些和数字缠绵的夜以继日，将散淡的心情释放给文字。老公轻轻走过她的身边，将一碗大枣汤端到了她桌上："快别太累了，休息下吧。"缇香感激地冲他笑笑。

她曾经以为他不是她梦寐以求的丈夫，可是，当她失落不已的时候，他却给了她最温暖的依靠。平淡琐碎的生活常常淡漠了鲜艳的爱情颜色，缇香却在梦醒的心碎时分发现，这凡间生活的细致，其实就是一份伸手可触的馨香袅袅，是一份可以把握的幸福。

老公并不催她重出江湖，要她精神状态好了以后再说。可要强的缇香却不甘心天天吃白食，她决心也趁此磨炼一下厨艺，给老公来个意外之喜。既然曾经感叹过婚姻了无情趣，那么，这增加"味精"的日子，就由她开始吧。

首先，缇香草拟了一份"基础食色"菜谱，用铜版挂历纸精心设计，蔬菜家族和海鲜世界五光十色、令人垂涎欲滴地在上面含情脉脉，可必须得由人发掘它们的潜力，才能香飘万里啊。于是，主厨缇香粉墨登场，菜品名称更是五花八门，引人入胜。什么微笑红颜、风情百色、黄花闺女、玉洁冰清。直看得老公莫名其妙，任他绞尽脑汁，也猜不出这究竟是何派菜系。

缇香哈哈一乐，将他推出厨房，将菜谱支在窗边，各色配料一应俱全。第一步，将三个削皮前一斤、削皮后近半斤的茄子放油锅中软炸，捞起，待凉。哦，还算顺利，再在油雾缭绕中瞅瞅第二步，将葱段、生姜、大蒜剁成粉末。哈哈，小菜一碟，看它们从油锅里逐渐散发出沁人的味道，赶紧再将肉馅哗啦倒进去，加上缇香早就搅拌好的，测量费时30分的3大匙甜酱、1大匙酱油、2大匙糖、米酒一小匙、鸡精微量，就见缇香左手掐腰，右手将铲子上下挥舞，潇洒自如，闻香不忍，拿筷子叨一口，顺便定夺一下味道，之后，倒上茄子，加水淀粉勾芡。好，大功告成。

"老公，请品尝微笑红颜。"缇香拿着葱花和香油，"来，让红颜青春一下。"她撒上葱花，"噢，再给红颜喷点香水。"她将香油沿边轻撒几滴。老公相当善解人意:"味道的确不错,只是满眼红颜,微笑不见。而且,我的筷子难亲红颜芳泽,索性用勺子挖着来大快朵颐吧。"

知道缇香的厉害了吧,她将酱烧茄子炒成了酱烧茄子酱,缇香无比珍爱地捧着自己的处女作,快门一闪的时候,不忘念一声"茄子"。她冲老公媚眼横飞:"怎么样,尝了红颜,赏了微笑,可否满意?"

老公却拿卷尺绕她围腰一圈,让她看那个触目惊心的数字,缇香先是杏眼圆睁,转而嘴角上扬,眼波流转,莺声燕语:"啊,瘦骨嶙峋怎敌珠圆玉润更耐人寻味,意犹未尽啊。""老婆啊,我看你还是专心码字吧,这么个做菜法,你才女,我也快'菜男'了。我能给'大作家'做饭吃,也是我的一大荣幸啊。"什么时候老公也有了幽默细胞,看来她这榜样的力量的确无穷。"是不是啊,女儿?"老公冲女儿笑着问道。"是啊,能和'大作家'一起吃饭,我也很荣幸。"女儿的机灵劲把缇香和老公都逗笑了。

68　柳暗花明又一村

缇香将自己的简历挂在了网上,对于自己曼珠莎华近七年的工作经历,给予了重点说明。

本市晚报上,常有一些新饭店奠基的消息,这既让缇香感到自己做这个行业还是有盼头的,又让不甘于沉寂的她,跃跃欲试着,心里仿佛藏了一把火,不烧出来浑身难受。

有一天,她从晚报的夹缝里看到了一则招聘启事,是一家与加拿大合资筹建中的五星级酒店正在招聘高级管理人员。她自认为离财务总监尚有段距离,但是又不想放过这样一个绝好的机会,她于是将电话打了过去,语调诚恳地问道:"请问像财务部经理一类的职位什么时候招聘呢?"对方是个说话温和的男子:"估计得两个月之后了,现在只是在做筹建的一些工作,如果你有过筹建饭店的经验,可以先发份简历来。"对方也很热情而诚恳。

缇香不想放过这样一个机会,便将中文简历翻译成英文后,一起发了过去。

很快,缇香就被通知面试了,只是这家酒店坐落在这个城市的郊区,

当缇香换了三次车、花了近三个小时才赶到的时候,她看到眼前的酒店宛如一幅徐徐展开的超宽电影画面,相当气派。她好奇地又往前走了走,才发现,它离富丽堂皇的距离还有老远,施工队正在里面紧锣密鼓地进行着内部装修。她打听到了面试的地方,离正在建设的酒店还有一段距离,便风尘仆仆地又向前赶去了。

终于找到了这家润泽集团,缇香走进去,见到了约她面试的人力资源部经理宫先生,两人坐在大厅的茶几两侧,旁边是座假山,还有涓涓细流从假山上清脆落下的声响,沙发套很有特色,都是好莱坞影星的图案。缇香很有兴趣地看了看,自己恰好和很喜欢的奥黛丽·赫本亲密接触着,而宫先生,她也颇好奇地瞅了一眼,不苟言笑的他却是和笑容迷人的克拉克·盖博相依相伴着。缇香看着这田园风光的假山,又摸摸这西洋风格的沙发套,不由笑了笑,却被细心的宫先生发觉了。"你觉得这个地方环境怎样呢?""挺好的,挺有风格的,中西合璧。"缇香把中西合璧、相映成趣的感觉只说出了前半句。

"我看过你的简历了,我觉得这是我目前所看过的写得最好的简历了,从简历上看,你申请这家酒店的财务总监,条件也可以啊。你觉得呢?"经历了一段职场失意,好久没有听到鼓励话的缇香,顿时有了种自信的感觉,侃侃而谈了起来。"真是谢谢您的鼓励,如果我真能有这样的荣幸和幸运,我当然愿意接受挑战。"宫先生也笑了笑:"脚踏实地,学无止境,方可游刃有余;虚怀若谷,胸有成竹,定能高瞻远瞩,你文采还不错,以后也可以帮着酒店做做宣传什么的,我也挺喜欢写东西的。""是吗?"缇香觉得这个宫先生还挺随和的,想起以前因自己会写点东西老受颜悦的挖苦,不由觉得自己也许可以在这里咸鱼翻身呢。"曼珠莎华名气很大的酒店,为什么不做了呢?是因为福利待遇不满意还是人事关系方面的原因呢,你不要隐瞒,可以如实和我说一下,我相信我可以理解的。"缇香见他如此坦诚,便也不再忌讳自己离开的原因,但她将重点放在了那一场职场失意给她的启示和感悟上,而不是像她初离开时,带着一股情绪去思考问题。"我之所以遭到弃用,有我遇人不淑方面的原因,但我想,自己也有值得总结的弱点,不管怎样,在那里,我几乎全面接触了饭店财务工作的各个岗位,也让我逐步成为了一个成熟的职场中人。所以,我永远感激曼珠莎华酒店给我的历练。

我想，失意不仅不会消磨我拼搏职场的信心，反思之后，却反而更能激发我打拼职场的动力。"

令缇香没有想到的是，她的一番话，竟也引起了宫先生的深深共鸣。他让缇香先等一会儿，他需要和老板沟通一下，缇香便耐心等着，在大厅里走来走去，大厅四周悬挂的全是酒店开业的倒计时宣传图片和酒店客房、餐厅等的效果图。这是家规模不小的大饭店，看来老板的经济实力相当不错。

半小时后，缇香手机响了，是宫先生的，他让她先回去等消息，一周后定会给她一个答复。

缇香又走上了漫漫的回家之路，回想着自己面试的表现和简短的英语交流，自觉这次面试还是蛮成功的。不管结果怎样，她认为真诚，是面试应该给人留下的第一印象。

此后，宫先生将电话打到了曼珠莎华人力资源部总监夏蕴处，夏蕴对缇香的印象一向很好，挺客观地分析了缇香的优点与弱点，很肯定缇香的敬业和努力，也暗示了缇香的离开确实是因为财务副总监的原因。

背景调查后，缇香被正式录取，成了润泽大酒店财务部的第一名员工，暂时的职位是财务部经理，代理总监一职，负责财务部筹建期间的工作。

终于要重出江湖了，缇香兴奋不已，忍不住在QQ里将好消息与"狮子王"进行了分享，"狮子王"并不在线。但缇香想，他知道后，也一定会为她高兴的，冥冥之中的第六感，她总觉得这个人物似乎就在她的身边，但是她又说不出他究竟是藏在什么地方。

直到缇香入了职，和宫先生渐渐熟悉了后，宫先生才告诉缇香，他曾经有过和她类似的经历，所以，才会非常理解她的心情。缇香笑道："我们真可谓同是天涯沦落人呀。"

69　不期而遇

当缇香见到了财大气粗的老板孙勇时，她第一感觉就是，这个地方肯定会和曼珠莎华在工作方式上有相当的不同。孙勇和她的谈话中，时不时地暗示他和税务局局长的关系相当不错，这确实不是他在卖弄自己的关系，而是缇香亲眼所见的事实。好在筹建期间,财务原则性的东西还并不是很多,但是缇香也抱定了一个宗旨,不管怎样,她做任何事情都要对得起自己的专业,她要让人知道财务工作是严谨和讲原则的。

老板第一次给经理们开会,就开诚布公地谈了自己的发家史,还大有感慨地说,以后有钱就盖房子,存房子比存银行合算多了,还说这个饭店是为了买地皮便宜才搞了个假合资,只是在加拿大注册了个公司,并没有在那里实际投入过资金,合资招牌也是为了吸引些优秀的饭店管理人才,来帮着他再开辟饭店业的春天。

原来如此,这也初步验证了缇香的疑惑。不过,她当初来这里应聘也并非冲着加拿大三个字,最好的酒店管理集团也并不在加拿大。虽说私营饭店的名气比不上曼珠莎华,但毕竟,她这一步的跳槽在职位上是高升了,不管是国内国际酒店,都要有所了解,这样,才会更有利于自己的职业发展。

只是,离开业的日子不久了,总经理却还是遥不可及。曾经来过一位深圳的先生,宴席间品尝熊掌、熊胆汁,可老板颇为自得地讲起自己边境猎熊的惊险经过,缇香顿觉得本就咽不下去的熊胆汁更加苦涩。心想,这般具备冒险精神的老板,哪个总经理敢和他合作呢,果然,一餐过后,那位先生从此黄鹤一去不复返。

老板所说并非全是事实,只不过想要显示一下自己的魄力罢了,奈何那个南方人小心谨慎,志不同不足与人谋。

老板对总经理一职的人选,也是很踌躇的,这是个至关重要的岗位,他要再三衡量才行。就在大家翘首以盼的时候,缇香发现,原来,这个世界上还真是有缘分一说的。

高尔夫球场先于酒店开业,这也是这家饭店最大的一个亮点。因之前开业庆典准备得极不充分,老板却又特好面子,想把场面做得盛大,于是,整个典礼像在赶自由市场,挺着个大肚子的孙老板大骂那些员工不长眼睛。这时候,有一个人,恰好就在这乱糟糟的队伍中出现了,很威严也很有序地指挥着大家,皮肤有着南方男人的细腻白皙,个头不高却很有力量的样子,穿着一身米黄色的休闲装,很洋气。

缇香恍然间有种似曾相识的感觉,却又想不起来,究竟在哪里见过这个男人。

原来他就是新来的饭店总经理齐智,当老板一如既往地给他摆酒席接风,他也开朗地自我介绍,听到他说话时那种略带些沧桑感的语调,缇香终于想起来,自己和他确实是有过一面之缘的。

一天,缇香去给他送他报销的运费钱,作为高薪聘请来的外地总经理,他是可以有这些待遇的。而缇香,也希望能给他留个好印象,毕竟作为部门第一负责人的缇香,以后的直接上司就是他了。而他给她的第一印象也非常的好。

缇香将他报销单据的复印件及三千多块钱全部密封在一个信封里,并将钱拿出来想点给他看一下,他却摆摆手:"不用点了不用点了,谢谢你。"边说着边将钱放到了口袋里。缇香有点愣了,都还没怎么交流就这样信任她,这和她原来的上司真是太不同了。缇香一下子对他有了好感,直觉他其实是个很好交往的人。

齐智见缇香似乎欲言又止的样子,刚想开口问她还有什么事情时,却见缇香将一张购物发票放到了他的桌子上,他挺奇怪地看了看,于是就看到了其中一项商品——老人头皮鞋的发票。他笑了笑,蓦然间想起,自己原来还曾经做过一件成人之美的事情呢,可这个女子如此细心地将一张发票保存了这么久,也真是个有心人呢。

"又见到您真是太荣幸了,齐先生。"缇香掩饰不住内心的喜悦说道。她真是没有想到,几个月前超市邂逅而留下的那份神秘美好的印象,竟然一下子复活了,它们竟然一直藏在了她内心深处。

70　尘埃落定

晚上,缇香回到家里打开了电脑,很高兴地将这件意想不到的事情告诉了"狮子王"。他沉默了片刻后,发给了缇香一个可爱的图像,继而说道:"缘,妙不可言,那就好好珍惜在一起合作的机会。相信你一定可以赢得他更多的赏识的。""是啊,我也相信自己。你从加拿大回来了是吗?现在正在做什么呢?"缇香好奇地问道。"我回来了啊。现在不是正在和'几度夕阳

红'小姐聊天吗。"缇香的网名正是"几度夕阳红",缇香想,这个"狮子王"还真是颇有点幽默感呢,还没等缇香回话,"狮子王"就又打上了一行字:"青山依旧在,几度夕阳红。"这正是缇香这个网名的来源与含义,他真是个善解人意的聪明男人。

饭店筹建期间的工作相当地繁忙,缇香不敢聊天到太晚,便和"狮子王"道了"晚安",早早地休息,准备明天一早就和供应商谈财务软件事宜。

"运通"和"银燕"两大财务软件公司是最负盛名的,号称南有"运通",北有"银燕",软件功能各方面相差不多,销售人员推销得也是相当积极。缇香将两大软件的优势与劣势都做了详细的分析后,给了齐智和老板一人一份分析报告,老板回复,由缇香自己定夺。

"运通"软件销售员暗示若缇香选择他们的产品,将会给缇香留一部分实施费,并且承诺缇香,不会有任何人知道这件事情,缇香只笑了笑,不置一词;"银燕"销售员却是滔滔不绝地说他们比"运通"更占优势的地方,说他们也是给的缇香最低的价格,并热情地要请缇香吃饭。

缇香招聘的员工也是来自这个城市的各大酒店,她让他们出去给她询价,当他们将询回的价格告诉缇香的时候,她心里也有了自己的建议。

她一开始就开诚布公地将自己的原则告诉了销售员:"这是家私营企业,而我的任务,就是将老板的资金用到最合理合适的地方,并保证公司最大程度地节约资金,所以,公关费用啊一类的费用,就请你们不要费心了,和我一样的思路就可以了。"

缇香最终选择了价位较低但服务意识相对较好的"银燕"财务软件,当她将合同交给老板的时候,明显地看到了老板眼中那份欣赏的神态。

齐智高兴地告诉缇香:"老板让你定夺财务软件,其实也是对你品质的一种考验。在这之前,常有采购员被老板开回家,原因彼此都是心知肚明。老板经常说的一句话就是,'我宁可明给你十万,也不能让人暗宰我十元。'私营老板发家也并不容易,他自己其实都和软件公司的本地销售商很熟。所以,缇香,他对你很信任,不光这一件事情上,你在筹建期间的每一分付出,他都看得到的。别看他看上去粗鲁,实际上人很细致。你要为赢得了他的信任而高兴啊。并且,过段时间,他会安排你、我以及厨师长一起去香港,那里的贵重干海产品要比国内便宜一些，你也趁这段时间，多找厨师沟通下这些知识。"缇香听着齐智略有些沙哑的谈话，心里非常高兴，也挺佩服眼前的这个男人的。开业迫在眉睫，好多悬而未决的事情，就如发了海啸一般，冲着他排山倒海而去，并且还要面临老板颇带点审视意味的考验，可他却是临危不乱地一一去面对了，夜以继日地工作，毫不回避责任与矛盾，以至于累病了。从他身上，缇香惊喜地看到了她一直都在寻找的那种成熟男人的魄力和魅力。

一天，缇香和齐智去银行谈完了贷款的事宜，两人正要找地方吃饭时，缇香接到了向姝的电话。向姝是和她告别的，她马上要到北京了，因为彭安飞已经在那里的一家酒店做到了财务副总监的位置。她觉得工作可以再找，而爱情，却是可遇而不可求的，遇到了就一定要紧紧抓住。她说："缇香，你知道吗，你知道我现在有多么解气吗？颜悦刚给我升职做成本副经理一个月，我就提出辞职了，虽说机会难得，但是工作合作，也更讲究个心情愉快，更何况，我上北京，一定会有更好的机会等着我的，彭安飞也在帮我申请着职位，应该差不多了。缇香，颜悦现在定期接受着心理治疗，听说她有心理偏执症倾向，成本部现在也就剩下一个人了，盘点都没法进行了。"缇香越听越糊涂："那肯定就是冯恬一个人了是吧？""缇香，你是不是这阵忙得都没上QQ啊，我给你留言了啊，冯恬两个月前就离开了，我特意告诉你，让你开心一下的。真是太解恨了，老天爷真有眼啊！"向姝开心的笑声，明朗地传到了缇香的耳边。"为什么呢？"这个结果可真是缇香想都没有想到过的。

两个月前，饭店分批召开员工大会，冯恬因自己工作忙就没去，路过餐厅的时候，她看到几条刚洗涤完的桌布很漂亮，就趁机拿了几条放到了自己的包里。下班了，她往供应商出口的那道门走去，已经走出去了，却被正从那里路过的保安部经理一下子喊了回来，执意要开包检查。这是酒店规矩，她没有办法，只好大包小包全都打开。于是，保安部经理二话不说，一个电话通报上面，第二天，冯恬就被酒店通知即刻离职。

这史无前例的事情，成为了曼珠莎华酒店的一大笑谈。尹家胥和颜悦曾想要继续保她，也是保他们自己的面子，可是，这件事情传播得太广了，他们已经无力回天了。

"缇香，尹家胥也快要离开了，你不知道啊，尹敏天天跑他面前哭呢。""看来，她还真是挺恋恋不舍的。"缇香感慨道。"不是的，缇香，你听我和你说说啊，这你走了后的财务部，也是故事一个接一个呢。"

当尹家胥将要被调到南方一家饭店就职的消息传出后，尹敏那一贯春风得意的脸庞日渐憔悴，甚至还会有梨花带雨的神情。大家都感动于她的情深意长，都说伴君如伴虎，可是，怜香惜玉的尹家胥，却使得一贯红袖添香的秘书小姐恋恋不舍。职场上难得如此真挚的情感。

近水楼台先得月，格子间里，老板的办公室只有秘书进进出出最频繁。起初，大家并不在意，可渐渐地，常会听到老板办公室里传出隐隐约约的抽泣声。一天，好奇的佳秀忍不住透过百叶窗往里瞧，发现尹敏竟泪流满面地边倾诉边趴在了老板的办公桌上，放声痛哭起来，而尹家胥是一副又诧异又感动又惘然的神情。

连着好几天，每次，尹敏都会一哭哭上半个小时。后来，大家就见被吓坏了的尹家胥早晨一进门，就赶紧将办公室的门关紧，生怕再有哪个多愁善感的闯进来，再情切切、意绵绵地倾诉一番衷肠。

尹家胥不得不向那边酒店的总经理申请，想带个外聘的秘书过去，通常秘书都从本地人中招聘，但碍于尹家胥的极力请求，总经理终于同意了。尹家胥将这个好消息马上告诉了尹敏，因为在那些他被她哭得不胜其烦的日子里，她曾经斩钉截铁地表示，他到哪里做总监，她就愿意到哪里做秘书。

可是，令人意外的是，一切条件都谈好的尹敏又改变主意了。她先是找到人力资源总监夏蕴，提出自己的调动申请。人力资源总监颇为诧异，给她陈述了一番利害关系后，说你马上要结婚的人了，到那边去恐怕不太合适吧，何况，出去了再回来就难了，要不这样，你在这里选择一个职位吧。本来坚定地要跟尹家胥走的尹敏，马上又痛快地答应了，并提出想调到销售部去做。销售部多好的部门啊，见多识广，可是却被"超级剩女"艾琳一口拒绝。

好不容易帮尹敏申请下职位的尹家胥，却又听到了尹敏的变故，他挺诧异。尹敏就解释说，她在秘书这个岗位上已经驾轻就熟了，如果财务部内部不能升职，她就希望到销售部去磨炼一下自己。尹家胥一听就明白了，她不过就是想升职加薪罢了。

尹家胥虽有点生气，但还是给她涨了工资，毕竟他是要离开的人了。

向姝心里就冷笑，对他坦诚的人，他不珍惜，和他耍心机的人，他倒帮忙，也真是物以类聚。

当向姝提出辞职的时候，她鼓了鼓勇气，向也即将离开的尹家胥问道："尹先生，您还记得缇香吗？"尹家胥愣了一下，脸色阴沉了片刻，没有吭声，良久，对向姝说："我承认冯恬的事情，对我是一个警醒，我以后会多注意员工的品质与品行问题。""尹先生，您真的已经记不起缇香了吗？"尹家胥沉默良久后，缓缓说道："缇香很能干，真的是很能干，也很有才气，但是她太倔强了。"

71　相逢一笑泯恩仇

向姝转述的尹家胥的话，竟让一直在静听着的缇香，在人流如织中，默默地流下了眼泪。"谢谢他还记得我的能干，我其实一直都很能干，过去、现在还有将来……向姝，过去的都已经过去了不是吗。相信每一个人都会从中有所启示……"她竟控制不住地哭出了声，齐智默默地递给她纸巾，轻轻拍拍她的肩膀。

"缇香，走，我们去那里吃饭去。"缇香不好意思地笑笑，跟着他去了名为音乐海洋的西餐厅。

缇香刚坐下翻着菜单，一抬头，对面的齐智竟然不见了，不一会儿，她看到餐厅的乐池里，那个熟悉的身影，正在唱着一首令缇香感触颇深，并且她在自己的博客里无数次提到的一首歌《顺流，逆流》。

不知道在那天边可会有尽头，
只知道逝去光阴不会再回头，
每一串泪水，伴每一个梦想，
不知不觉全溜走。
不经意在这圈中转到这年头，
只感到在这圈中经过顺逆流。

每颗冷酷眼光,

伴每声友善笑声,

默然一一尝透。

几多艰苦当天我默默接受,

几多辛酸也未放手,

故意挑剔今天我不在乎,

只跟心中意愿去走。

不相信未作牺牲就可以拥有,

只相信是靠双手找到我要求,

每一串汗水,

换每一个成就,

从来得失我睇透。

  缇香不知道齐智怎么会如此洞悉她的心愿,她曾经在博客里这样写道:"等到我重出江湖,重新焕发出拼搏职场勇气的时候,我要对着令我欣赏,也欣赏我的上司,唱这首歌,我想,会有这样一天的……"

  缇香脑海里蓦然想起了那个一直都那样善解人意,给人力量的"狮子王",难道……她正遐想的时候,齐智将话筒递给了正一脸迷惑一脸激动的缇香,还不忘调侃道:"缇香,可惜我不是华仔,不过,说不定,等我们饭店开业庆典的时候,也能请来华仔,到时候,你就可以和偶像高歌一曲了,是不是啊?"缇香不由哑然而笑了。

  第二天一早,齐智和缇香还有采购部经理及厨师长一起坐飞机去香港。在登机的人群里,缇香蓦然发现了一个异常熟悉的身影,当他也回头看到了她的时候,也似乎有片刻的愣怔。前尘往事似乎又涌上心头,一缕淡然而释然的笑容浮上了缇香嘴角。"缇香,快跟上我们。"正走在前面的齐智,回头呼唤着缇香,将她从回忆里拉了出来。她微笑着走过了那个曾经给过她无数鼓励还有无数心伤的人身旁,追上了齐智他们。

  透过飞机舷窗,看白云缱绻,缇香脑海里不可抑制地又涌上了过往尘烟的点点滴滴……

  这人生啊,其实就是由人和人之间的一场场缘分演绎而成——缘起,缘尽，缘生，缘续，可以见识男人女人、大人小人的心地与本质。所以，对缘分已尽的人，在红尘偶遇的刹那，她只会相逢一笑，没有恩怨，只有启示……

在且跌且行且珍重的日子里，一切依然是云淡风轻……